老爬蟲的告白

增訂新版

司馬中原 著

以文字表演多面人生（新版代序）

非常感謝廣大讀者群對我的抬愛，使我的散文集《老爬蟲的告白》能有再版的機會。散文創作的面向極廣，它可以「抒情」，可以「論理」，可以「言事」，作者恆以「心靈」為骨架，生命體驗為羽翼，加上文字的冶煉，方能如大鵬展翅，一飛沖天。

我是一個淺浮愚陋之人，生長於漫生戰亂中，漂泊流離，自知不敏，困而學之，在我若干散文作品中，足可見到我一生實踐文化的軌跡。

在多年創作過程，我亟力追求的是「真」與「美」兩個字，真是「真情」，美是「美境」。如果一篇散文，能以「真情感人，境界高遠」呈現人間，那就可以說是「功德圓滿」了。

說實在話，那種境界，一直使我追求和仰望，好像仰望垂懸天頂的長虹一樣，如今我已步入老邁衰殘之境，雖看得見它，卻摸不著它，也許這一輩子，我都踏不上美麗的「彩虹橋」了。

古人說得好：人的一生，如能「抱元守一」，「尋真探美」，不改初衷，不易初志，而「雖不能至」「心嚮往之」，何嘗不是一種「盡心而已」的「美境」呢!?

這些年，我在練習書法，想把原先一路歪斜的字體，逐漸的「改斜歸正」，而且「多說人話，少講鬼話」，為此，我刻了兩方書法用的圖章，上面刻的是「山野拙夫」和「司馬老鬼」的字樣。

凡是生為世人，一落地，便要闖「八陣圖」，進去的人千千萬萬，出陣的「萬不及一」，也就是說，即使人生不過數十寒暑，但到處都是坑坑洞洞，亂踏一步，便飲恨千古，按現代人的說法：就是被八陣圖「套牢」，名利「套牢」、職場「套牢」、感情「套牢」、家庭「套牢」、子女「套牢」、觀念「套牢」……無一不被「套牢」，等到臨嚥氣才懺悔，為時已晚了！

我寫的散文，稱不上是「出陣」的經驗，而是「被套牢」的省察，更可說是：「拙夫」與「老鬼」的忠實供詞，是諸位為父母師長者的教育參考，更為本身省察的「鏡鑒」。

以「一念之誠，發而為文」，若有不敬之處，尚祈諒之也！

司馬中原　老鬼　謹此叩謝

二〇一三年四月三日清明節前夕寫於台北

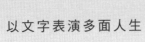

處處展現心志、人格與風格

——司馬中原其人其文

司馬中原的腦袋就像一口裝滿好聽故事的百寶箱，隨手打開，古老中國傳奇，不論是人是鬼，他寫得栩栩如生，說得繪聲繪影，筆下的人物早成了許多人記憶的一部分，熟悉一如故友。他的小說和散文，以及說鬼的有聲書，都充滿了史詩性，抒情的或鄉野傳奇等特色。

他曾說他寫的或說的均不及他腦海中的千分之一。豐沛的創作泉源是來自過人的記憶力，說起自己為何記憶力特佳，他有一個傳奇般的版本：出生前在閻羅殿少過一段關卡，所以完全記得自己的前世。前世他是個童養媳，未圓房即被婆婆凌虐致死，因此記憶力極佳。

司馬中原本名吳延玫，民國二十二年生，江蘇淮陰人。屹立文壇半世紀，作品八十餘部，字數超過五千萬字，著作等身。作品備受肯定，曾先後獲全國青年文藝獎，教育部文藝獎，國家文藝獎。經常被選入各種文選，以及各級中學課本，同時也是學院派研究的對象，雖然他並沒有正式的學歷。

他將人生比喻成一座七寶樓臺，每一層有每一層的境界，每一面有每一面的風景。五、六歲時他喜歡看戲，看完了就學講戲，七歲時，粗識文字，《鏡花緣》、《野叟曝言》等早已背得滾瓜爛熟，也是在這一年，在家鄉洪澤湖畔的淮陰，他成了小小兵，生逢承平年代末期，田園般的童年轉眼即逝，十五歲加入游擊隊，離鄉背井，看著戰場上前仆後繼倒在血泊中的戰友，走過整個華中地區，二等兵吳延玫以生活為書本，學習生命與生存，用他自己的形容是：「用飢餓的眼看人間流血。」他深深體會，善良無知的百姓，永遠是人性醜惡面的祭品。所以他為自己取筆名為司馬中原：「以『司馬遷』的精神去寫發生在中國胸膛——也是故鄉『中原』上的風土人情。」

司馬中原與朱西寧、段彩華等被譽為軍中作家，時局動亂，一批握筆從戎的年輕人，以軍隊為家，隨國民政府自大陸撤退來臺，遠離故土，在臺灣建立自己的新故鄉，以筆代槍，寫戰亂分離之苦、對舊故鄉、親情的渴慕、新世界的探索與期望，司馬中原的寫作事業，就是從軍中開始。同時他也是早期少數的專業作家。

他十九歲成家，當時還是軍中少尉，官階小薪水低，孩子一個個來，寫作成了他重要的謀生之道，他曾自嘲：「寫散文讓我快樂，寫小說卻能讓我吃飽。」話雖如此，他卻是「背負歷史和民族的力量」寫小說，長篇小說《狂風沙》、《荒原》等，膾炙人口，鄉野傳奇系列，風行四方，《春遲》更榮獲國家文藝獎。相對於小說中的荒涼，亂世英雄的豪壯與迷惘，小老百姓的無辜、無知、無告；他的散文，則滿溢生命的情感，有回憶式的感懷，或抒情或幽默，處處展現他的心志、人格與風格。

從少年到白頭，半世紀來，司馬中原維持每天閱讀寫作的習慣，他從未上過正式學校，軍中離亂的生活讓他足跡遍及中國的山川大地，接觸到不同省分不同地方的人，讓他懂得學習尊重不同的生命，「每個生命都有他們的過程，都背負沈沈的回憶，當你深入去體會，那種深刻的態度，絕非歷史課本上所能得到的。」他說別人是「上九流」他卻是「下九流」，易卜星算無一不通。他善寫也善聽，坐計程車時，司機會主動講故事給他聽，豐富他的創作材料。他喜歡結交不同的朋友，對年輕朋友愛護有加，文壇許多女作家還拜他作乾爹，每年過年大事，就是與在清潔隊的朋友吃狗肉喝酒。

世事洞明皆學問，人情練達亦文章，散文是作家的身分證，司馬中原為千萬中文讀者創造了迷人有趣的鄉野傳奇，《老爬蟲的告白》一書，則是更靠近一點，聽聽他怎麼說自己的故事。

寫作爬格子爬了大半輩子，司馬中原自喻為「老爬蟲」，這本「告白」，精選自《月光河》、《駝鈴》、《精神之劍》三本散文集，從「故事」說起，召喚記憶和印象，本書輯一，司馬中原像說書人般，精彩的描繪古老的傳說，各地趣談，翔實逼真，遙遠的人與事，如在眼前。

司馬中原錦心繡口，下筆妙語如珠。輯二「浮生」他以妙筆寫生活，說自己的寫作生活，活靈活現是一個新好男人：古人以河東獅吼形容老婆的咆哮，他說家裡那位是無河之獅，不用過河就直撲面前，他完全不抵抗，平常筆耕養家，全由太太打理，過年時再向她要壓歲錢。他以趣味之筆寫家居，充分表現夫妻鶼鰈情深。他熱愛下棋，〈弈趣〉一文，寫的不但是生活樂趣，「棋輸子還在，拾掉再重來」更表現出他從容閒適的人生態度。

生動的敘述，幽默的筆觸之外，輯三「時光」則是司馬中原以唯美抒情寫鄉愁，細數成長的歡愁歲月。在帶領讀者走過從前後，又帶回現實中，在時光流轉中得到啟示與省悟。寫童年他有這樣的句子：「曠野上的沼澤是一隻望天的眼」，他在回憶中馳騁在這片沼澤的四野，然而過去永不再來，童夢早已破碎，在他心裡卻永遠是完整的。所以他這樣解讀：「生命不光是一種漂浮的美，童夢也有著它的莊嚴。」

司馬中原說：「我相信人之一生，都當有一種不逝的永遠。」聽聽老爬蟲的告白，走入不同的時空，跟著他的筆，尋找並創造生命不同的美。

——編者

司馬中原小傳

司馬中原，本名吳延玫，江蘇省淮陰縣人，民國二十二年二月二日生。十五歲時從軍，未受正規學校教育，一切皆靠自學自修而得。為著名軍中作家，創作不輟，早期作品，多成於軍中。他歷任教官、訓練官、參謀、新聞官，民國五十年以中尉軍階退役，即專事寫作。曾任中國青年寫作協會理事長、中華文藝月刊社社長、華欣文化事業公司顧問、中華民國著作權人協會理事長等職。

曾以《荒原》一書獲民國五十四年「第一屆全國青年文藝獎」，五十六年獲「教育部文藝獎」，六十年獲「十大傑出青年金手獎」，另獲「第一屆十大傑出榮民獎」，六十九年獲「第二屆聯合報小說獎特別貢獻獎」，七十六年以長篇鉅著《春遲》獲「國家文藝獎」。

評論者認為他的重要作品按主題和表現形式可分為三類：史詩性、純抒情的和鄉野傳奇。史詩性的小說是他以山河戀為經，以半世紀前抗日勦共的戰爭為緯，襯托出人性的正邪之爭；純抒情的散文，散發著人性的光輝；第三類的作品數量最大，這些趣味性很高的故事都發生在他熟知的鄉野間。他的名著《鄉野傳奇》曾改編成六十集的廣播劇，在中廣新聞網播出。近來應臺灣科技大學之邀主講「司馬中原文化講座」。

著作主要有短篇、中篇、長篇小說及傳記、散文等近百部，其中多部改編為電影、電視，如《狂風沙》、《路客與刀客》、《大漠英雄傳》、《鄉野奇譚》等，均膾炙人口。他藉著高度的文字運用技巧，抒展胸襟懷抱，屢經淬煉，字字珠璣，在時空的壓縮上和情境的顯呈上尤見功夫，值得一讀再讀。他的作品，筆墨豐潤，取材面廣，有它陽剛的一面，也有它陰柔的一面；無論剛柔都受廣大讀友的喜愛。

目錄

輯二

浮生

輯三
時光

附錄

輯一

故事

磨坊

有時候，記憶是不被選擇的，人總希望能選擇記憶，把美好的留下，把痛苦的遺忘。那磨坊留給我的印象並不美好，但卻一直深深鏤刻在我的心中，半生難以遺忘。

那家原是經營醬園生意的，前後好幾進屋，一片青煙般的瓦脊，看上去很有規模，小時我常端著碗，去買醬和醋，買醬菜不用帶碗，醬園的主人丁大爺總把切妥的醬菜用兩層荷葉包妥，隔著櫃臺送到我的手裏；醬菜和荷葉混和的香味，常使人滴出口涎來。

抗戰期間，小鎮遭遇戰亂，丁壯去了後方，老弱婦孺，也東逃西躲的過日子，原本熱鬧的街，就荒冷下來，醬園的主人帶著家眷逃離去了，祇留下一個肥胖的師傅，在冷清中撐持，這樣過不久也就歇了業。大約經過兩年，丁大娘回到劫後的家，我才知道醬園的主人丁大爺在逃難途中，被亂槍打死了；他們身邊唯一的女兒小金子，也死在同一場劫難當中。

那個身材瘦小、頭髮灰白的老婦人，絕少對誰提起她的丈夫和女兒，她不哭不笑，一臉漠漠的呆滯使人見著了會感到寒冷。那年頭，死人是常見的事情，開始時，人們還會嘆息著談起那些死者；到後來，一街的住戶，幾乎家家都有人死去，大家便都陷在冷漠和痲木當中，不再談論什麼了！

那老婦人一個人活在那古老的宅子裏，把前門封了，從臨水的後門出入。醬園的後屋原就是磨屋，她買了一匹灰色的母驢，開設磨坊，靠著替別人磨糧過日子。時間在磨上旋轉著。白紛紛的糧屑，人間亂離的雨。轟隆隆的磨響，權當著雷鳴吧。

從圮塌的牆缺處，看得見那片空寂的院落，沿牆排列著許多醬缸，有些用尖頂的鉛笠覆蓋著，有些缸口朝天，缸裏的醬早已乾裂了，竹製的醬油抽兒還歪斜豎立著。方磚的地面上，深一塊淺一塊的染著苔，亂草和霉菌子在磚縫間茁生著。早先熱鬧的光景都消逝了，丁大娘就活在那種一情一景都能觸動她記憶的地方，那彷彿是一座生命的洞穴，使她踩在她的記憶上活著。

磨坊是陰黯的，四壁間祇有一個小牕洞，透進一點天光，地面上有些凹凸不平，石磨的周圍，有驢蹄踏成的圓形痕跡，整整凹下一圈兒，土面泛出青黑色的油光，靠著牆角，有一個籮櫃，那是籮麵使用的。丁大娘套驢上磨時，一個人是夠忙碌的，她一邊要吆喝著驢子，一邊要把堆在磨眼邊的糧食均勻的掃進磨眼，一邊又要把磨齒間流迸到磨檯上的粗粉放在籮子裏去籮。圓形的細籮子是用馬尾編成的，放在籮架上往覆推動，細白的麵粉就篩落到下面的木櫃裏去。通常，粗粉籮過之後，還要重新進磨，再籮兩次，頭一次籮使用細籮，籮下的是上等細麵，再籮出來的是中麵，第三次籮出的是較黑的粗麵。每次使用的籮子，籮孔粗細也不相同。通常，她為人家磨一斗糧，祇取半升麵粉，以及落下一點麵麩；因此，她必需辛勤的工作，用以養活她自己和她的牲口。

不論在哪個季節，她都在傍午前拉牲口上磨，晌午休息半個時辰，然後一直工作到深夜。驢蹄聲，磨盤轉動聲，噼啪噼啪的籮櫃聲，混和她吆喝牲口時所打的哩哩聲，使人隔著牆也能想得到她忙碌的光景。

哩哩不是俚歌，它既沒有一定的節拍，又沒有人能聽懂的歌詞，那種隨口發出的咿唔，彷彿是人和牲畜間最親密的、特定的言語，每個在磨坊工作的人都會唱，但每個人唱出的音韻都不相同。

我聽過很多人打哩哩的聲音，農夫們在耕作時叱牛，通常是粗沈宏亮的。尾聲微帶著半分顫抖和自然的蒼涼，而丁大娘在磨坊裏所打的哩哩，聽來特別的淒楚，有一種撲鼻的悲酸，尤其在秋深葉落的夜晚，寒月下聽見她獨自哼唱的聲音，彷彿那和天地間肅殺的秋聲綰連，刻進人的骨縫。不管時光去得多久，我仍記得她唱出的那種聲音。

「噢呀哈，噢呀哈嗚呼嘿呀，

噢，呀胡嘿呀……」

很單純的一種曲調，徐緩又哀悽，彷彿在哀哀切切的怨訴著什麼！驢蹄聲，磨轉聲，籮櫃聲，都成了那歌聲的配樂。

丁大娘儘管冷漠呆滯，但她並不是一個性情孤僻的人，尤其對孩子，一臉的親切，說話也很溫和。因此，我常常跑到那座荒冷的宅子裏去，癡癡的陪伴著她。她住在磨坊旁邊的北屋裏，滿是雨跡的牆壁上，還貼著不知哪年貼上去的年畫，年深日久，畫紙已變成蒼黃帶褐的顏色，原先那些鮮艷的顏彩，都隨著黯下去了。她告訴我：小金子活著時，最愛那些年畫，她追著人問詢年畫所繪的人物和他們的故事。她床頭放著一隻三層的籐製小提籠，籠裏裝著許多她女兒小時愛玩的小東西：銀鐲啦，花邊的圓鏡啦，手磨得渾圓細緻的瓦彈兒啦！……除了套驢上磨，常就待在這屋裏，摸著這些，想著過去的日子，……永也不能回來的日子。

她在磨坊裏忙碌時，自覺要比待在屋裏舒心些；至少她還有灰驢陪伴著，有些聲音填塞她心靈的空洞。籮櫃打響後，細微的麵屑飛成一片霧般的白雨，把她籠罩著，屋頂的樑柱、蛛絲，全叫染白了，她的灰白的頭髮和衣衫上，也粘滿了那種麵屑，她就那樣輪覆的唱著哩哩，活在那片白雨之中。

經歷過亂世的人，常會悲憐死者，有些人軀體被熱鐵和硝火撕裂，有些人在無盡長途上被沙塵蓋臉，有些人應了水旱瘟疫的天劫，他們的生命如殘春時飄零的殘英，或歸泥土，或葬溝渠，確是使人悲嘆，但像那活在磨坊裏的老婦人呢？命該是那樣獨自擁抱著一片白白的冷了！

噢呀哈，噢呀哈，嗚胡嘿唷，

噢呀胡，……嘿！

在天和地之間，曾響過那麼一種聲音，從一個生命裏流出來，帶著某一類民歌的意味；彷彿不需要再敘說一個有關於那生命的故事，直接便能從那歌聲裏，聽到民族心臟的律動和那一時代的呼吸。如今，那座古老沈黯的磨坊，那頭灰色的老驢，以及那樣唱著的老婦人，也許早就不存在了，但它們卻在我的心頭，成為一幅墨黑的畫境。那就在秋夜運筆，輕輕的畫出它來吧！至少，它是我童年期真實的生活背景。用感覺去回顧更遠的歷史，或許有更多無告的淒涼，誰說這是消沈的呢？每當我用溫熱的心，去覆蓋一代代不幸人們的時候，生命便有了重量。

——六十五年八月・臺北市

雁

雁是怎樣的一種鳥呢？在蒼藍的秋空上寫著字，寫得那麼快又那麼整齊，仰酸了頸子望著牠們飛進緲遠的雲裏。那些抖動著的、會飛的字，常引起人魔異的遐想。

每一年的秋天，風涼露冷的時辰，一天之內，都會見到好幾陣雁群，有時已經入暮了，牠們還在飛著，偶爾從雲層上面，灑落下充滿寒意的啼聲，使人聽在耳中，心裏像秋般的寒冷。

雁朝哪兒飛啊？母親在橙色的燈光裏回答我的問詢，並說起雁的故事，說牠們是飄泊的候鳥，寒季從北地起程，飛到溫暖的南方去，春暖時，牠們又飛回解凍的北國。說雁是專情的鳥，牠們一旦選擇了伴侶，便相愛著，廝守終生，牠們更是合群的鳥，一群雁是一個大的家族，相互關心著，禍福與共。

但家鄉既不是北國，又不是南方，會寫字的大雁祇飛不落，離我們的生活很遠很遠，因此，魔異的遐想，始終在人心裏發酵著。深秋落葉，野地遼闊荒淒，蒼藍如水的秋空，更高遠無際，一般的鳥雀，都非常的戀巢，黃昏一起，便匆忙的飛回巢裏去，祇有雁鳥橫空飛著，高高的天頂上，風該多猛，天該多寒啊？有時天黑了，南牆邊落了葉的梧桐的枝幹，迎風清嘯著，冰樣的雲上，仍然滴著悲戚的雁語，嘎、嘎的，彷彿在向人吐訴些什麼？是說天太長？地太濶？還是怨著冰雪鎖住了牠們慣於棲止的家山?!

牠們飛著，中途會停落在一些有蘆有沼的地方，那祇是陌生的、暫容牠們一夕棲止的地方，冰寒的沼水，能洗淨牠們翅上的風塵？嘎嘎的雁啼聲是那樣嘹亮、那樣清越，常常穿牕越戶，把人從夢裏喚醒，怔怔的，恍覺自己也正飛在寒冷的高天上，透過一層雲，迎面又撲來一層雲，翅膀下，盡是不相識的山川。

後來，經歷離亂，才知道有時候人的生活也如鴻雁，不但長時飄泊，還會索落離群。一年秋天，流浪到大湖邊，總算看到葦地的落雁了，無數的雁隊都聚落到荒曠近水的灘地上，里許之外，全聽得見那種嘎嘎的啼叫聲。那種肥大如鵝的雁群，按理該是上好的獵物，但湖濱一帶的居民，卻極少願意獵雁的，他們認為行獵殺生，有傷陰德，尤其雁是善良的鳥類，殺了一隻雁，必會使牠的伴侶成為孤雁，哀鳴不已，使人不忍聽聞。

一位白鬚白髮的老農夫告訴我，當地人寧可在荒年餓死也不願獵雁，而外地有些貪利的獵人卻經常趁夜潛到葦叢和澤地來，獵殺雁群。通常，雁群不論棲息怎樣荒涼的地方，牠們都極為警覺，入夜眠息時，遣有守望的哨雁，這些哨雁，多由孤雁擔任著，不眠的哨雁立在雁群外圍，遇有絲毫動靜，便出聲啼叫，警告熟睡中的同伴，醒來準備應變。獵雁的人知道雁的習性，他們穿著黑色的軟皮水靠，帶著火摺兒，推著輕薄的瓜皮小舟，沿著水潭，緩緩的接近雁群，到達相當距離後，他們便停住了，故意晃動火摺兒，使哨雁看見，引起牠嘎嘎的叫喚，群雁醒轉來，四邊張望，覺察不出動靜，會怪哨雁無端驚擾牠們的睡眠，群起飛啄牠，然後重新把頭埋進翅下入睡。獵雁人耐心等雁群靜下來，如法炮製的再晃火摺兒，這樣反覆逗弄到雁群對哨雁失去信心，哨雁被啄得羽毛零落，即使聽著些許動靜，再也不敢發聲示警為止。這時候，獵雁人就放心的把瓜皮小舟推到距離雁群最近的地方，這條船上，裝有木架，架上固定安裝三排火銃，每排三支，第一排銃口低，專打停落的雁群，第二排略高，專打初展翅上騰的雁群，第三排銃口斜向天空，專打飛起的雁群。黑裏三聲銃響之後，獵雁的人再沒旁的事，單等著天亮時在沼面上撿雁了，由於宿雁密集，三排火銃放出去，通常能撿拾一船的雁隻。

這是很殘忍的故事，也許有些人能從這故事裏體悟到若干人間的事吧？獵雁人故意晃動一下火摺兒，用火光騙得哨雁鳴叫，然後匿伏不動，讓雁群怨怒哨雁，對牠失卻信心，這不是明顯的離間法麼？可憐的是雁群怎會知道人類的貪婪和狡詐？

對雁知道得愈多，擡眼再看秋空，見著雁陣時，心裏便多了一份沈重的繫掛，減卻兒時夜聽雁語的幽情，彷彿秋水蒼空，就是莽莽山河，而奔波如雁的人們，在亂離中，一樣被狡者當成獵物，心中便迸出一聲雁唳。

流浪到山溫水軟的江南，聽到一處民家談起雁的故事，說是某地一家，在潭邊拾獲一隻負傷折翼的大雁，替牠裹傷收養著，希望牠創傷癒合後，能再飛去尋找牠的族群。這樣過了些日子，那隻雁傷癒了，但牠吃多了米糧，體重增加，無法再行飛翔了。當牠試展翅翼，無法飛起時，便日夜痛苦的哀叫著。有一天，天空飛來另一隻雁，那是傷雁的愛侶，牠離群尋覓牠受傷的伴侶，終於如願，但當牠發現牠的伴侶已經無法飛翔時，便徘徊不去，哀鳴不已。無論牠們的結局如何，都會深深的激發起人的同情。

雁

也許人在浪途上，感覺中的生活一如鴻雁吧？我對於那些會寫字的飛鳥，始終有一份異樣濃厚的情感，友人裏雲先生以繪雁知名於畫壇，十數年前一個夜晚，我造訪他的畫室，向他求畫。他畫的是秋日的沙渚，枯葦搖曳，雲水蒼茫，一群雁鳥棲落渚邊，或剔羽、或徘徊，情狀栩栩如生，我把它裱懸在客廳裏，指著它對兒輩說：我們該是一群南翔的雁，有朝一日，北國解凍，我們總要飛回家鄉去的。

這裏又臨著秋天了，山麓的草蟲，在月白風清的夜晚，寂寂的吟唱著，露臺獨坐，蟲聲繁密，倒也有些秋韻，但橫空的雁陣，卻久久沒能見著了！更聽不見雲端滴下的雁語，這使人在情感上終覺缺欠些什麼，也有些輕輕的悒鬱，那該是不忍拂拭的鄉情罷？

生苔的階石上凝著冷露，
雁聲驚落井梧的葉掌，
童年眼裏的星，
該是雁翅下的流雲。

如今思念起雁群來，祇有在逐漸煙黃的畫裏看了！流年如水，久困都城，人會不會像故事裏的傷雁，飽食終日，而振翅難翔呢？我是一隻醒著的悲鴻，夜鳴於海上，該不會因示警的啼聲，受雁群怨啄吧？明天，我們當有更高更遠的行程，當群雁北返時，一路都將響起冰河解凍的聲音，若真人生如雁，活著，必將長翔！

——六十五年八月・臺北市

畫夜

先點起一盞帶罩的煤燈來，微帶橘黃色的燈光非常溫暖，這種煤燈在戰前是民間常點的，一般都用玻璃燒製成的燈座，也有些考究的人家，用純銀燒製成的燈座，燈腹上鏤刻著細微的花紋。燈罩的質地和型式沒有什麼區分，但罩端所覆的燈笠就花式繁多了，有細瓷燒製的，有紙製的，笠上有著不同的花朵山水之類的畫，燈光透射，使那些畫幅的影子印落在牆壁上，產生出一種奇幻的光景。

若說北方的夜晚黯而柔，也許就被這種燈色染成的吧！臨街的商店裏，老賬房戴著玳瑁邊的老花眼鏡，滴滴答答的撥著算盤，有閒的老人們端著水煙袋，呼嚕呼嚕的抽著煙，一面不著邊際的談說些什麼，燈光從那些屋子裏，流到街上來，遠看像一朵朵黃色的睡蓮花，在黑裏開放著，神秘而誘人。

那種古老年月裏的夜，影影綽綽的隨著燄舌搖曳著，使人很自然的產生一種深邃的感覺，彷彿從夜的黑門走過去，能走到很遙很遠的地方去。在那種多幻想的年紀，把山想成天邊的雲彩，把海想成風濤波湧的黑夜，無數精靈古怪的事物，都化成眾多怪異的形象，在燈光圓束之外喧呶著，那彷彿是一條波濤洶湧的河流，把燈下聽來的傳說，書場上聽來的故事，全都綰合起來流下去，流到王小二所探的地穴裏，流到孟姜女哭倒的長城缺口，流到水下的龍宮。幻想是一艘有翅膀的船，在黑夜裏飛著。

幼小的靈魂總是飢渴的，伸著頭，眨著眼，隨著好奇的漩渦打轉，無論別人說些什麼，都貪婪的啜飲著，說江無底、海無邊的異地，鰲魚浮在波濤上像一座小山。說有一種拐騙幼童的老拐子和麥黃溜子，拐了孩子去釣海蚌，也有賣給馬戲班子做鑼童的。說某年某歲鬧大荒，集市上沙風迷眼，許多人為了活命，插草為標出賣妻室兒女的，彷彿天外的世界充滿不幸和孤寒，和眼前的燈色比映起來，越發使人覺得家宅的溫馨了。

守著家宅守著夜，守著一盞油液般亮黃的燈火，日子便像蜜汁似的甜又黏了。學著打手影兒吧，這是狗，那是兔，這是老虎，那是鋤田的農夫。手影兒在牆壁上晃動著，真像是動物和人，還帶著些誇張的趣味。

姑姨們在說笑之餘，總不願丟開她們手上的針線，多繡一朵花或幾片葉子，才算不白耗一個夜晚的光陰，她們的手藝很熟，能一面閒閒的刺著繡著，一面教人唱童歌，或是講述故事，許多孩童們都是在那種哺餵中成長起來的吧？……教育孩童，正像她們手上的刺繡一樣，細緻、綿密，把人性和愛，織進下一代的生命裏去。無數那樣的夜綰合成一首歌，像在風中搖曳的鐵馬，響出一串串細碎的叮噹！

夜的容顏總是隨著季節和環境變化的，離開家宅，夜的光景又自不同了，如果在星月交輝的夏季趕夜路，涼風吹得人精神爽爽的，一路亮堂堂的和白天差不多，路邊的樹木，桃是桃，柳是柳，一眼就分辨得很清楚，因此，人們為了貪圖涼爽，躲避炎陽，總喜歡成群結陣的趕夜路；尤其是走長途的行商客旅，牲口的頸鈴聲和雞公車的軸鬧聲響成一片，紅紅的煙火和響亮的說笑，經常在人半醒半睡中傳來。如果逢著寒冬臘月裡，月黑風高，遍地冰封，離家趕夜路就是一宗使人愁眉苦臉的事了，風像怪獸般的潑吼，天和地一片呼嗚，兩眼墨黑，伸手不見五指，祇有燃亮燈籠和葵火棒子，才勉強照得清路影，除非是身強膽壯的漢子，一般人沒有作伴，即使有燈籠照路也不敢夜行，在四面八方圍來的黑裏，很難不使人想到那許多可怖的傳說，像鬼打牆啊！碩大無朋的魔物啊！黑漆漆的鬼爪子凌空伸過來捏熄燈籠裏的燭燄啊！山魑木怪啊！彷彿那種夜晚該屬於陰森的非人的世界的。

但無論天有多寒，風有多猛，夜有多黑，人們仍然在夜的胸懷裏奔走跋涉著，趕路人的燈籠，遠看像一朵朵橙黃的花，閃搖出細碎的光刺，敲更的梆聲沖破凝凍的大氣，攆著時辰，一更天又一更天，最深最黑的夜，人總是能穿得過去的。

在戰亂的日子裏，夜的容顏也淒苦慘愁起來，鄉野上的人家，多半使用粗陶的燈具，燈盞裏貯著菜油，浸著燈芯草，平常的夜晚，為了節省燈油，祇燃一莖燈草，半明半滅的暈黃，像欲睜欲閉的睡眼；甚至連這點燈光，也不敢讓它透窗射出，怕它惹來麻煩。

宅裏的人全像田鼠般的豎起耳朵，聽著夜的原野上的動靜，風裏嗚咽的角聲，沖上天的狗吠，或是馬蹄的潑響，都會嚇得人趕緊把燈吹熄，使夜的黑臉緊壓在人忐忑的胸膛上。有時候，偶爾聽到胡琴低啞的飲泣，伴著那種琴聲哼出曲調，總充滿淒遲嘆咏的味道。不過，存活的人們能夠忍受這些，照樣砍劈柴火，掃積落葉，偎在火邊和夜共守著。灶間的紅火閃跳著，幾碗粗糙的熱茶飯仍誘使人暫時舒展眉頭，在彌天漫地的淒苦裏尋找一絲自我的寬慰，儘管希望的光像燈燄般的微黯，但它總在亮著。……有家有宅的人，比較起來還算是幸福的。

有一天，把家宅扔在身後的雲裏，許多亮著燈的夜晚的情景，便昇為照在眉際的星群了，這時刻，夜的胸膛是遼闊的，夜的圖景是沈黯的，用張開的肺葉呼吸風沙，灼亮的燈便在人心底亮著。

用不著誰來講說夜的故事，人心和夜的原野同樣廣大，一串燈火一直亮到記憶的盡頭去，甚至和歷史上的太平年景綰結起來，變成一望眼不盡的輝煌，人值得為它活著，更值得為它死去，這就該是它全部的意義了！人有權保有他們意想的生活，覓回那些曾經保有並已失落的情境，在戰亂歲月裏，生命的選擇方式往往劇烈而單純——活著，或寧願死去。

抱著冰冷的槍枝，背靠著牆，坐在寒風流咽的瓦廊下，望著夜色，也許在明天、後天，或是一個即將來到的時刻，一張臉就將被塵沙覆蓋，變為泥土，但洗心的夜色，異地的單寒，會使人真正的醒著，醒在他們各自的夢的圖景裡，在那一剎，生命便有了它的莊嚴。

用那些夜的情境，網結成微白的鬢絲，我能秤得出生命的重量來，我常從眼前的夜晚望進往昔的夜裏去，無數的夜，各有各的不同姿影，變成記憶的森林，各種燈色輝亮著，彷彿那是繽紛而透明的迷宮，究竟該如何去描畫呢？祇怕再聰明也變為愚拙了。生命像是一尾魚，游過時空的無際的海洋，從望星就變為星，望燈就變為燈的年歲，便逐漸握起一把夢想。於今，記憶中的事物，恐怕在現實人間早已不存在了，但那份美是經過久遠的時日，更增添了它的光輝。

拎著一串夜像一串燈，穿過金迷紙醉的浮華，拂去霓虹追逐的光雨，我走著，走回用囊螢照光的年代，去尋覓燻紅老灶君面顏的油盞，找尋一種最基本最安適的人的生活方式，那不屬於某些人，而屬於民族的整體，企望在那和樂安詳、無恐無驚的世界裏，再聽不著犬的驚吠和流落的哀歌，這樣的走著，便不再恐懼、不再孤單了。

——六十六年一月・臺北市

古老的故事

最好是夜晚，我們同坐在山間的木屋裏，四面都是高聳的森林。遠在我們來到這世界之前，在撥開寒雲也望不見的年代，這些樹便迎著風霜雨雪茁生了。人類的故事在它們聽來算得上是古老的麼？人的一生總是短暫的，李白的詩裏有過這樣的吟咏：「高堂明鏡悲白髮，朝如青絲暮成雪」，在唐代，夢也沒夢過三重明鏡，那時耀眼的銅盤，即使磨工再細，於今怕也斑剝如雲，再也照不見過世的人臉了。古人的白髮，已化為秋風中的蘆荻，投人以一絲裏遠遠遙遙的想像罷了。對於人類而言，所謂古老的故事，也祇是短暫的古老罷？一些屬於記憶的開端和感覺深處的事物，凡蒙上塵埃和訴諸回想的，勉強說得上是古老的了；如果那些事物的本身在人的感覺上還不夠幽古，那麼，這木屋變黯的板壁上的年輪，會像當年磨銅鏡的鏡工一樣，把你遲鈍的感覺磨得敏銳起來，你像一隻從牕外飛來的草蟲，停落在板壁顯示的年輪間，緩緩爬動著，一年一年就那麼快法，當草蟲展翅飛進無邊的夜色中去，你和我也許都已成為古老故事的一部分，由別的人談論著了。

你或許有些很使人迷惘的經驗，比如面對著比你年齡大上若干倍的器物，像一張變成深褐色的雕花的木床，一枚生滿銅綠的前代銹錢幣，一幢在型式和裝飾上都不同於今的屋宇，你會用感覺的觸鬚探進那段已經消逝的時間裏去追索和描摹，有時更會興起浮泡般的出奇的異想。若干古老的故事，都是根植在那裏，緩緩生長出來。

我們一面這樣說著，姑把它當作一個故事的楔子，然後緩緩的點起一支蠟燭來，讓燭光照亮我們的眼眉，你看見木屋裏陳列著的那些古老的器物麼？變黯的銅質燭臺，染著斑斑的蠟淚，有多少支燭火，在牕前的風裏哭泣過？古式的雕花自鳴鐘，的噠的噠的趕著時間，它已經老得發出喘息的聲音來了。

平常我們聽取那些古老的故事，多半由鬚眉皆白的老者講述的，他們手捏著長長的煙桿，叭著、噴著，那些故事和他們的臉都裹在沈沈的煙霧裏面，看來彷彿很不真切似的。但任何老人，都曾年輕過，夢過，愛過，像燭火一般的點燃過，器物也是一樣，你如何能從一幅變成灰黃的畫幅裡，尋覓到當初它被繪成時的光澤呢？同樣的，我們花和夢的年齡，歡笑的青春，也會隨著波流的時光轉黯，變成另一些古老的故事，這樣說來，一切古老的事物都是自然的，絕無可嘲可蔑的成分，聰明的人，會嘲蔑到自己的頭上麼？

當然是不會的，你們眼裏亮著誠懇熾熱的光彩，會使我在述說時覺得安心些，我還不能算是老者，至少，在生命的感覺上，有荷負很重的況味了。有人說，常夢見明天的人，都是年輕的，近年來，我常常夢見過去，那該是老化的象徵，但我自認品嘗經驗，既寬慰又安然，若干古老事物帶給人的啟悟是豐盈的。

前幾年，多雨的冬夜，我從一份專談弈事的雜誌裏，讀過許多首屬於回憶的詩，據說作者是個弈人，但我毋寧稱他為詩人，他寫的詩，意境高遠而蒼涼，這在現代人所寫的傳統詩裏，算是極有份量的作品，我沒有見過作者，更不知他真實的名字，祇知他詩裏展現的寒冷的江岸，排空濁浪聲，煙迷迷的遠林，紅塗塗的落日，在酒店的茅舍中，愛弈的主人把棋盤當成砧板，盤中不是棋子，而是片片魚鱗。俄而景象轉變，呈現出細柳依牆，蔓草叢生的院落，如煙的春雨落著如同飄著，一雙愛古玩字畫，更愛弈事的年輕的夫婦，曾將生活譜成詩章，轉眼間，柳枯花落，變為歷歷的前塵，寒夜裏獨坐，聽北風搖牕，獨自拂拭，那況味豈非如澆愁的烈酒?!

一個落雨的春天，清明節前，我到墓場去祭掃一位逝去的友人的墓，看見一個滿頭斑白的老婦人，坐在她亡夫的墳前，身邊放著一隻籃子，籃裏放著沒織成的毛衣毛線、便當和水，她用一把家用的剪刀，細心的修剪墓頂的叢草，我好奇的留下來，看她從早晨工作到傍晚，彷彿她不是在剪草，而是修剪她自己的記憶，……誰能把古老的事物真的看得那麼遙遠呢？人在真正的現實生活中，隨時都會遇著這一類隱藏著的、古老的故事。

另一個落雨的春暮，和一位深愛古老事物的女孩在大溪鎮上漫步，看那條古趣的街道，參差的前朝留下的房舍，她說起童年時就在那兒上小學，放學時走過這條街，會呆呆的看老木匠雕刻桌椅和油漆木器，時間使老木匠變成新的年輕的小匠，而他們雕刻的雲朵、龍鳳和人物的圖案，仍然是那樣，彷彿在生命與生命之間，有一條深深長長的河流相通著。

她撐著傘，帶我去看一些更古老的，一家圮頹的宗祠，雕花的樑柱落在蔓草裏，石碑上排列著一代代有顯赫官銜的列祖列宗的名字，也半躺在湮荒的庭園中濯著雨，而崖下的大漢溪仍然流著，和從前一樣的流著。她沒有說話去詮釋和肯定什麼，她的笑容展在無邊春雨中，染上一些些春暮的悲涼……。

更遠一些時日，有位朋友告訴我：郊區有個賣燒餅的老人，他的妻子早就過世了，留給他一個男孩子，他一個人除了起早睡晚忙生意，還得父兼母職帶領他的孩子，日子滾馳過去，似箭非箭，至少在困貧中生活的人，感覺並沒那麼快法，當那男孩留學異邦時，賣燒餅的父親的生命，已快在時間裏燃盡了。孩子去後，每年也都來一兩封信，告訴老父他成婚了、就業了、購車了、買屋了。……成家立業的風光都顯在一冊彩色相簿上，而賣燒餅的老人死時，緊緊的把那冊照他夢想繪成的相簿抱在懷裏，他的墓由誰去祭掃呢？

燭光搖曳著，我的聲音當真有些蒼涼沙啞麼？說別人的事，實際上和自身的事有何差別呢？新鮮裏含著古老，同樣的，古老裏也亮著新鮮，就那樣參差羅列，相互映照著，人生各面，不都是透明的鏡子，能映出生命不同的容貌來麼？前人常慨乎懷古，寫出「折戟沈沙鐵未消，且將磨洗認前朝」的句子，那似乎太古遠也太重情了，若能隨手牽來，把今與古融合為一，也許使人更獲憬悟罷？

我夢過煮物架上的蓮子粥，在煤燈燄舌上吟唱，恍惚又聽到自己童年腳步踏在樓板上的聲音。

你們的第一首詩是怎樣寫成的呢？

——六十六年一月・臺北市

開槍

——第一次扣扳機

我是在戰亂年代裏長大的，童年期就熟悉了各類的槍枝，在我周圍的人，沒有幾個不帶槍的；那時候，民間為了防範盜匪，略有產業的人家，戶戶都有槍枝，從火銃，到土造後膛槍，以及從西洋各國來的洋槍，每一種都有特殊的名稱。像獨子拐兒（每次祇能裝填一發子彈），六子聯兒（一次裝填六發子彈），紅銅鋼，彎拐球兒，鴨子嘴，比國造，短柄馬槍，老套筒兒，大金鉤，捷克式，湖北條兒，漢陽造，廣東造，大排樓；不但槍枝是形形色色，連子彈也不一樣，同是七九口徑的子彈，有尖頭、圓頭，有紅銅、青銅，有裏面灌鉛，見血就炸的。步槍如此，短槍更是五花八門了。最常見的是德造匣槍，俗稱盒子炮的，分頭膛、二膛、三膛。頭膛匣槍比較大，固定在木匣上，可以代替步槍使用，三膛比較玲瓏輕便，威力也較手槍大些。至於手槍的種類，那就太多了，有些專門玩槍的，能蒐集十幾廿種，而最被一般人珍愛的，要算象牙柄的德造馬牌手槍了。它的性能穩定可靠，豪華有氣派，當然，也有人偏愛袖珍型的掌心雷和小八音，那種純屬極短矩離自衛用的玩意兒，大多場合很難派得上用場。最早我喜歡看槍，也喜歡好奇的去摸槍，在那種不甚解事的年紀，把那些槍枝，看成大人們玩的玩具，聽到放槍，好像聽放炮竹一樣。

慢慢我知道它是能殺傷人的兇器，對那冷冰冰、黑洞洞的槍口，就自然產生出嫌惡畏懼之感，不再敢輕易的去摸弄它了！尤其是那時候，經常有官府槍斃土匪的場面，我夥同一些孩子跑去看，也不知看了多少回，每看到一個活活的人被子彈打死，血流遍地，破腦穿腸的光景，真是又恐懼，又噁心。因而對於槍枝更是如敬鬼神了。

更大一些的時候，長輩們認真的告訴我，作一個男孩子，過分喜歡玩槍固然不好，但也不必過分的厭惡槍枝。這種東西，落在奸盜邪淫的壞人手裏，會助其為惡，但在好人手裏，用它靖鄉防盜，也有它正當的功用，國家的隊伍用它保國衛民，功用就更宏大了。聽了這一番道理之後，我對槍枝的厭惡感減少了，但恐懼感仍沒減少，一想到自己去開槍，就渾身打哆嗦。

我們那裏的人，買槍像買牲口一樣，檢查得仔細。什麼廠牌？什麼年分的槍枝？槍身的烤藍褪沒褪？槍口的鬆緊狀況如何？緊口槍含三分火（子彈倒放進槍口，彈尖祇入槍口三分）；用久些的含半火（彈頭一半沒入槍口），這類槍的價錢較昂。鬆口槍含全火（子彈完全沒入槍口），俗稱淌子兒的老牙貨，子彈出膛，必溜溜的橫著走，沒勁道，也射不遠。除了檢口驗膛之外，還要試放，檢查這枝槍的準頭如何，雙方都滿意了才成交。在當地人們買賣槍枝頻繁的時刻，經常有人當眾試槍，我也經常掩著耳朵在看熱鬧。

有些槍手們曾多次表演他們射擊的技術給我們看，其中真有伸槍就打落飛鳥，夜晚能擊中香火的神射手，使我驚異得瞠目結舌。每次他們打完槍，特別裝上子彈，送過來逗我說：

「壯起膽子放一響嘛，就像過年放花炮一樣好玩呢，不會騙你的。」

有多次這樣的機會，我都嚇白了臉躲開了。我的力氣還拿不動槍，放槍時，槍托的震動力真會把我打得一屁股跌坐在地上，我不敢！槍手們更講了很多有關用槍的故事給我們聽。其中有個故事是說：鄰近有個姓杜的，放槍時，槍枝炸了膛，把他的手掌炸掉了（那不是故事，我見過那個失去手掌的人）。通常這類會炸膛的槍枝，都是土造的，俗稱土溜子。另一個故事更有戲劇性，大意是說：某地抓到一個悍匪，鄉長要一鄉丁把他拉到圩崗外斃掉，鄉丁去了不久，大家都聽到一響槍聲，以為他已經把土匪斃掉了，誰知等了很久，去斃人的鄉丁還沒有回來，大夥兒透著奇怪，打起燈籠火把去圩崗外瞧看，見那鄉丁滿身是血躺在地上，土匪和槍都不見了，一問之下，才知槍炸了膛，斃人的受傷躺下了，被斃的扛了槍溜掉了。

步槍的危險祇是走火或炸膛；匣槍和手槍，如果不細心，使用起來危險就更大了。槍手們講到一個有名有姓的漢子，幹游擊隊，他買了一枝匣槍，用得並不熟練，一次，跟隨隊長化裝進入日軍駐紮的集鎮打突擊，雙方在大白天開了火，那位仁兄邊跑邊開火，因為匣槍使用不得法，竟然把一粒子彈打進他自己的腳面裏去了，最後還靠隊友把他揹著逃回來的。又說起有個徐鬍子，把短槍頂了火插腰帶裏，過後他抓癢，不小心觸動扳機，把一粒子彈弄進肚皮，流出一截小腸來。

我白天聽了那些玩槍出意外的故事，夜晚作夢夢見那些事，主角都換成了自己，由此可見對於一個沒玩過槍的孩童，這些故事帶來的恐懼意識有多深。

按理講，像我這樣一個恐懼槍枝的孩子，怎麼學會開第一槍的呢？說來真像作夢一樣，連我自己都不敢相信了，記得那年我剛滿十歲，隨著家人逃難到一個叫施家槍樓的村莊裏。那是個寒冷的冬季，村裏村外都顯得索落荒涼，村主施老漢告訴我們，說他們這裏不會有鬼子兵的威脅，但常常會鬧土匪，不是大股的，最多五七個人跑來擡財神，上扒戶什麼的。他們那個村落很小，全村有六七戶人家，祇有他一家建有槍樓，所以一臨到夜晚，村裏的婦孺們，便都擠到槍樓裏來睡，比較安全些，有一天，村頭有個年輕的寡婦叫黃臉的，跑來哭泣說，南邊有個幹土匪的傢伙，託人捎信給她，要糾合幾枝槍來搶她，而且指明某天某日的夜晚要來。

依照鄉俗，年輕的寡婦，單身漢子可以糾眾公然搶親。但土匪要來搶寡婦，顯然要人又要錢，黃臉發誓寧可跳河就死，也不跟土匪強盜在一起過日子。黃臉對施老漢講這些的時候，施老漢也愁眉苦臉的，顯得不知如何是好的樣子，因為那村子太小了，年輕力壯的漢子大都拉游擊離了家根，全村祇有施老漢家裏，有一枝新買不久的湖北條子後膛槍，外帶三十發槍火。施老漢是個極為憨厚老實的農夫，沒玩過槍，買枝槍在家裏懸掛著，也許祇用它來壯壯膽子，若說單用那一枝槍來對付土匪，真是四兩棉花——免談（彈）了。

等到土匪講明要來的那一天，村子裏的人都惶惶不安，有人燒香拜佛，求神佛保祐，有人希望土匪祇是講的玩笑話，誰會真的要來搶黃臉呢？臨到夜晚，好些老弱婦孺都擠到槍樓裏來，關上包鐵的門，又加上三道粗木門槓子，準備萬一土匪來了，總比待在一腳踢開的茅屋裏安穩些。在這些人裏，婦女和小孩又被安排到上層，施老漢和幾個中年漢子在下面，他們把燈火用黃瓢蓋住，講話都用耳語，我圍著棉被，坐在秫稭編成的地鋪上，脊背仍然寒瑟瑟的打顫。偷眼望望射口外面，曠野烏漆抹黑的；一片風聲，映著屋裏驚恐的氣氛，更使人駭怕了。假如不是寒冬臘月，滴水凍成冰，假如附近另外還有較大的村落，我想，這村裏的人都會逃空，不至於困守在這座槍樓裏，等著土匪來擄人和洗劫了。

就這樣想著想著，就迷迷糊糊的睡著了，不知什麼時刻，被巨大的槍聲驚醒了，心裏立即意識到土匪真的來了，果然，土匪在朝空放了兩槍之後，放聲叫喊起來：

「施老漢，你快把黃臉寡婦送出來，二爺要樂一樂，你要是不送她出來，咱們就要放火燒房子啦！」

「諸位爺爺，行行好事吧，」施老漢用帶哆嗦的哭腔央求說：「你們都是家根鄰近的人，曉得這兒是個窮莊子，黃臉她平頭塌鼻的一個苦命婦道，守寡幾年了，你們糟蹋她又何必呢！你們若是要糧，全村倒願意湊個三斗五斗的，聊表寸心啦！」

「甭生你的大頭瘟了！」對方粗暴的罵說：「黃臉又不是你親娘，要你護著她，不讓二爺掏弄，我看上的雌貨，就要弄到手，你放不放人？」

「甭跟他窮囉嗦了，」另一個聲音說：「先點火，燒它一座草堆再講！」

這不光是虛聲恫嚇，他們說縱火就縱火，麥場邊的草堆真的被他們點火燒起來了。在黑夜的鄉野地上，草堆起火後，火勢真的十分驚人，在天乾物燥、北風猛烈的隆冬季候，麥草垛子一著，火舌便直衝上半空，隨風捲旋著，彷彿是一條活的火龍，噼噼啪啪的炸著燒，把壓上一層黃泥的草堆頂蓋，抓到半空去，不停的打轉。一座麥草垛子看上去不值什麼，但它卻是農家一整冬的燃料，無怪施老漢直嚷著饒命了。

而土匪根本不理會這些，接著又點了第二座草堆，我們蜷縮在槍樓上，火光透過槍眼射進來，一片血紅，火光裏走著濃煙的影子，鼻孔裏更是一股嗆人的煙味，彷彿這座槍樓，已經變成硫黃地獄，天地末日就在眼前的樣子。

我從槍眼朝外望，這回外面被火光映得通明透亮，我終於看見了那群土匪啦！一個穿黑襖留大鬍的傢伙，一隻手扠腰，一隻腿高踩在石滾兒上，腰裏別著一把帶穗的攮子。有兩個站他左右，手裏順著兩枝後膛槍。另外三個，手裏執著火把，坐在碾盤上，大模大樣的。一個孀婆扳著我的肩膀問我看見土匪沒有？我舉著手掌說：「一共有六個，祇有兩枝長槍。」

說也奇怪，在我沒朝外面看的時候，心裏怕得要命，一旦看見在火光中活動的土匪，反而不大駭怕了。他們也都是一個鼻子兩隻眼的人，並不是妖魔鬼怪，這些人祇是多了兩枝槍在手上就炸鱗抖腮的充起人王來啦。

土匪燒了兩座草堆之後，又舉著火把朝村頭的屋脊上扔了，施老漢還是一直在哀求。我突然看見那枝後膛槍，就掛在我背後的那面磚壁上，我奇怪施老漢花了這許多錢帶來的槍枝，為什麼到這種要命的辰光還不用它，難道真的要等到土匪把整個村落燒光嗎？

在那一剎，我站起身來，試著取下那枝槍，我把對槍枝的畏懼和嫌惡都忘記了，祇記得槍手們曾經教我如何開槍的事。那枝槍很重，但我還勉強拿得動，我把槍口朝外，順過去，擔在槍眼裏面，對準麥場上的土匪，用力扳起拐球兒（即機球）。將子彈推上膛，閉上兩眼，把扳機壓下去，耳邊聽到轟的一聲巨響，槍托打得我肩骨疼疼，我知道，我已經把子彈放出去了。

第一槍打過，我的膽氣壯了許多，緊接著，又機械的連著放了兩槍，這三槍開出去不要緊，那些土匪鬼喊狼叫的撒腿就跑，也許他們完全出乎意外，一時沈不住氣！當時，大夥兒以為他們還會再來，但一直等到天亮，他們都沒有再回頭來打槍樓。第二天早上，村裏人們確定土匪退走了，才奔出去救火，他們在麥場的石碾邊，發現有土匪留下的血跡，一直迤邐到村外去。施老漢判斷，我閉著眼開的那三槍，一定有一槍歪打正著，打傷了其中的一個土匪。究竟傷的是誰？又傷在什麼部位？那可就不知道了！

而我真像作夢一樣，不知道自己究竟做了什麼，閉上兩眼放槍，居然也能打傷土匪。除了用瞎貓碰到死老鼠去形容外，簡直不知該怎麼說才好。

我離開施家槍樓後，第二年的夏天，在別處又遇到那裏的人，他們告訴我，那夜被我打傷的，就是要搶黃臉寡婦的土匪頭兒丁二，他的傷並不是直接命中，一粒子彈打進土裏，又鑽出來，從他腳心進去，腳背出來，那一槍使他多了一個外號——丁二跛子。

我這個蹩腳射手，讓土匪跛腿，倒也滿相稱的。但頭一槍就開了采，不值得記一記嗎？

——七十年元月廿三日・臺北市

軍閥過年

在我國歷史上，所謂群雄紛起、各據一方的年代很多，他們相互的傾軋攘奪、擁兵割地，自比是天上的王大，可憐無槍無馬的小民百姓，只好做地上的王二了！這些閥系的頭兒們，自封為大元帥、上將軍，只知有己，不知有國。權傾一國的，可稱之為國閥；權傾一省的，可稱之為省閥；等而下之，州有州閥，縣有縣閥。由此可見，軍閥亦如賣牙膏，是論號頭的，即使是最小號的護兵馬弁、伙伕傳令，也比小民百姓大得多焉。

民初的北洋時代，擁兵自雄的閥頭們，咸認為皇帝老子遜了位，天下無主，一個個炸鱗抖腮出來闖蕩。有土斯有民，有民斯有財，他們就來個神仙一把抓！這些閥頭們，有的是在北洋軍系裏幹行伍起家的，有的是受過招撫的草莽流寇，只是領了個番號，披了一身老虎皮，就儼然以官府自居，大模大樣的派頭起來了。他們和土匪之間的關係，實在複雜而又微妙，所以民間常把軍閥比做官土匪，這可是半點不帶虛頭的。

軍閥過年，當然要比土匪風光體面。他們據的是肥城，土匪待的是荒鄉；他們以清勦土匪、保衛地方為名，可以強攤硬派、窮徵暴斂；土匪除了搶掠，耍不出什麼花樣。軍閥頭兒們都知道，土匪四下裏鬧一鬧，他們才好假藉名目斂錢，所以，他們表面上是勦匪，實際上是把土匪養著，邊勦邊縱容，互相玩起捉迷藏的遊戲來。尤其到了寒冬近年的時刻，將軍帥爺們就在嘀咕著：「鄉角裏那些王八蛋們，你倒是替我動一動啊！」話風颳過去，土匪就真的擰上大股兒，出巢焚掠了。鄉團丁勇單弱抗不住，只好哀哀上告，向督軍帥爺們求援，這好，勦匪的事兒當然是要答允的，只不過出兵若干，開拔費用是少不了的，幫打費用也是要的，子彈費、伙食費、花紅獎賞費，同樣少不了的；有錢給現也可以，沒錢按糧食牲口折算也可以，求援的地方先捧錢出來，然後再行開拔；打包票，一定把土匪攆跑就是了。

各鄉各鎮明知這記竹槓敲得猛，也只有硬著頭皮去湊啊！湊足款項，官兵果真揚著旗號開拔出來了。土匪搶掠完畢，見著官兵就撒腿開溜，官兵跟著土匪的尾巴推大磨，朝天響槍接火，打得挺熱鬧的。土匪邊奔邊搶，官兵跟在後面坐吃，表演得有模有樣兒的。其實，他們這套把戲並非新創的，而是從前朝前代抄襲來的。明末流寇為患，官兵開出去清勦，多半是敷衍故事，推推大磨、捉捉迷藏，有心人看出端倪，寫詩諷云：官兵畏賊如畏狼，軍行賊後勢難當。清代同治年間，捻匪崛起，擾亂北方六省十有餘年，清軍開拔勦匪，沿途燒殺搶掠，尤甚於匪，所以民謠有謂：賊如梳、官如篦（意謂：賊人來去匆忙，粗粗搶掠一遍，及至官軍過境，仔細搜羅，無一倖免）。

過年之前，官兵出動勦匪一圈，然後各自腰懷多金，回巢過肥年，卻把小民百姓，留在荒野廢墟喝風飲淚。這種情形，屢見諸筆記、方志，可不是亂打高空的。

軍閥打土匪，除了彼此裝模作樣之外，兵爺們和土匪之間，有時候還另有暗盤交易。官兵先乒乓五四打過去，土匪退了，官兵把子彈若干埋在地下，上面做上記號，隔一陣，土匪又乒乓五四打回來，把子彈挖走，埋進若干銀洋，官兵再乒乓五四打過去，把銀洋挖走，交易完畢，這場火於焉結束，落得個皆大歡喜。原來連打仗的方式和條件，都是事先洽妥了的，每場火都有不同的花樣。

若說北洋將軍帥爺們一味護匪護到底，那未免也太冤枉他們一點了。有時匪寇鬧得太兇，吃過了界，太不上道，將軍帥爺們翻下臉來，土匪也不買帳，雙方偶爾會來上一場真的；不過，他們都不會揀上過年這個時刻，包頭紮胳膊的過新年，那多傷感情。

好了，匪也剿過了，買賣也成交了，該拿的都已撈上腰包了，將軍帥爺們要過新年啦，穿二尺半的總爺們也要過新年啦。北洋軍裏迷信很深，各營都拜一尊神，俗稱叫做「營膽」的，而各營所拜的神多半不相同，有的拜的是關王老爺，有的拜的是黑虎趙玄壇，有的乾脆就把紅臉財神爺當成營膽來拜，求祂保佑大夥兒油水十足，財源滾滾。

軍閥的大頭兒多半是大老粗，偏要裝出一些假斯文，吟上幾首歪詩。有的自己做對聯，請人寫了張貼，召窯姐、起堂會、票戲子，越熱鬧越好，過年應景兒嘛。山珍海味，想盡窮奢極侈的花樣宴飲，還要找些舞文弄墨、能吹會捧的無聊士子當成門下清客，作個什麼頌什麼記之類的，也好他奶奶的著諸史冊、傳諸久遠；連姨太太的裹腳布都寫成香的，不讓香妃專美於前，那大帥才有得樂呢！寫某年某月大帥親臨前線，督師剿寇啊，七進七出，打得血肉橫飛啊，功高日月，勇賽張飛啊！好！賞他大洋三千，真他娘的會肉麻，這些騷筆頭子、小兔崽子。

樂活夠了，煙榻上歪歪身子，談古論今，和古人比比高低；夜來晚上，挑燈開賭，三千大洋三道快，贏了入庫，輸了橫豎不是自己的，豪氣吧！

有些小頭目平素勒索得勤，弄到些好處，先得孝敬上面，落進口袋的並不多，新年開賭，總希望財神爺照顧；賭起錢來，個個都是拚命三郎，有些傢伙和士紳對賭，輸急了，會把手槍帶子彈全押上，有的把新娶到手的小姨太太也折價送上賭臺的，輸掉儘管跟對方叩個頭，改名換姓跟他走，老子有機會再娶一房，好歹不要花錢的。

真實說來，軍閥過年，多半是糜爛二字。他們用民脂民膏來撐場面、湊熱鬧，又興奮又瘋狂，狂嫖濫賭是他們心態的表露。有些帥爺們死要面子，新年也差出巡邏隊，張著旗子，到處作軍風紀巡查，偶爾捉住幾個倒楣鬼，砍掉腦袋瓜城門樓上掛掛；新年嘛，總得應個景兒，給當地老百姓一個交代，你們這些傢伙，能說本帥爺不是青天在上、明鏡高懸嗎？那耍筆桿的，替咱們記上一筆，當年諸葛亮揮淚斬馬什麼的來著，咱這可不遜乎古人啦！

腦袋儘管砍，總爺們在新春鬧事的，仍然層出不窮。贏錢的搋一筆巨款，開差溜回家去啦，輸光的糾眾搶劫，沒有賭本怎能撈回已輸的錢呢？有的喝多了酒，上下不分，和上官幹架，把賭臺也掀掉啦；當兵吃糧頂槍子兒，老子連屎腸子都賣啦，你神氣個什麼勁兒你?!

有的新投軍，膽小孱弱，逢年過節麼，更想著遠遠黑裏的老家鄉，賭錢怕輸、喝酒怕醉，升火烤疥瘡，越抓越癢，偷偷去泡土娼寮；掀開老棉被，一股貓騷味，摟著土娼像摟住親娘一般溫暖，哭得像喝熱粥一樣。開了年，化了雪，日子會怎樣呢？張部和李部接火，這省和那省交兵，你皖系，他直系，我奉系，打個沒完沒了。有時雙方一開仗，大帥就忙著招安土匪來幫襯，黑白兩道又合成一家了；子彈呼呼亂飛，沒眼魚似的，萬一撞上一顆，翻眼伸腿，就挺著身子涼在那兒了，血的顏色，不就和家家戶戶張貼的紅紙門聯兒一樣麼？老娼老娼妳暖著我，嗯，給妳給妳我僅有的銀洋，活上一天，新年總是要過的呢！

但有經驗的老油條們可不這樣想，人他娘一生能過多少新年？少拿這些窩囊事刻苦自己，不懂得及時行樂，哪配吃糧？家鄉日子若能過得去，誰他娘要飄來盪去扛這燒火棒子？遍地亂得使人睜不開眼，想大事，咱們沒那學問，既然有槍為大，先混飽肚子、找找樂子，該死不得活，哭有啥用？一缸眼淚也不能把婊子心給泡軟，少他娘丟人敗氣出洋相了；大新春裏搞這個，走啊你！上哪兒去？還用問嘛？好好的賭上幾把，沒賭本，老子借給你。

新春宴飲頻繁，將軍帥爺在新春操演時，騎馬出場亮相，更顯得腦滿腸肥胖了一圈兒；有的收了總商會的巨額年禮，有的又娶了新姨太太，耳語傳告得比春風還快。管他娘，橫豎月餉剋扣不了，拿不到錢，就來它一個喧嘈炸營，要他們做單身帥爺、光棍將軍。

新年和民間一樣過到踏進二月門，連值崗的都伸頭到賭臺上抽冷子押押游門，不過不要讓上面查著；其實上面也賭得暈天黑地，哪有精神找碴兒？過完了年，響號集合，再恢復三操兩點，十個兵，三個沒到，兩個上茅坑，五個掛病號；有的撐得傷了食，有的拉稀瀉肚，再拿槍，整整他娘的重了好幾斤。聽說南方來了真砍實殺的革命軍，年也不過，勢如破竹朝北衝，他們放槍準得稀奇，可不是十萬發槍火打不倒一條牛的那種打法。

將軍帥爺丹田提氣呼吼來著，咱們一樣是有槍有炮的，怕什麼怕，儘管挺著胸脯朝上衝，懸賞大洋若干，只要這一仗能打得贏。是他娘錢值錢還是命值錢？你說！將軍帥爺的話音兒已有些戰戰兢兢，老油條也都嚇得小腿肚子轉了筋，打什麼打？在槍子兒搆不到的地方，扠著腰督戰我也會啊！臨到這辰光，向後轉跑該是最時髦的口令。打龍潭是這麼打的，汀泗橋也是這麼打的，有例可援啊！要不然，這麼多萬人，得多少槍火才能煮得爛？他奶奶的，甭看咱們人土，腦袋瓜子可不土，這點兒帳，還能算得過來啊。

聽老人講起早年革命軍北伐，那些軍閥的隊伍兵敗如山倒，譁變炸營的事件層出不窮，散兵游勇侵擾四鄉，還口口聲聲要保衛地方。一年新春，敗兵一個營駐紮在我們鎮上，他們過年想發利市，就以打土匪為名，把隊伍拉出去，不知在哪兒遇上小毛賊，割了兩個人頭回來，用蒲包裝著，一路走一路滴血；拎人頭的兩個兵，一個叫曹二鬼，一個叫沈禿子，是那個營長的馬弁，他們先到飯鋪裏，把血淋淋的人頭放在桌子上，把食客全嚇跑了，然後問老闆這值幾個錢？老闆作揖打躬陪笑臉，取十塊銀洋消災，那兩個才肯走。然後，他們沿街出賣人頭，殷實的店鋪不願在大新年惹晦氣，每戶三五十塊不等，不到兩個時辰，他們斂走銀洋幾大千。末後營長出來道歉，同時也對地方上肯對他們勦辦土匪全力協助道謝，把曹二鬼和沈禿子罰坐一日夜的木籠，責他們不該把人頭放在人家櫃臺和桌面上，弄髒了家具也不擦抹，他對地方上說：「這兩個傢伙真該罰，要錢麼，可以笑著臉伸手，犯不著惡形惡狀，大新年裏觸各位鄉親父老的霉頭！我這是專誠來向各位道歉，同時也是道謝的。」言下之意，不外是那幾大千銀洋，他是卻之不恭，受之有愧。他們這套招數，可要比派送財神、跳加官討賞錢厲害得多了。

北伐成功，中原底定之後，這些稱雄稱霸的大小人物，一霎時也都煙消雲散了。有的腰懷多金，遁居租界；有的放下屠刀，洗心革面；有的隱姓埋名，遁走江湖，空留下一些使人哀歎的談資。像我們這麼自由自在，衣豐食足的新年，歷代的中國人，有多少人過過呢？

伏莽之春

說來怪嫌人的，伏莽遍地的景況，在中國歷史上屢見不鮮。按照「成則為王，敗則為寇」的老觀念，當然也有許多身在江湖的英雄豪傑，事敗蒙冤，被視為草寇的；但我所指的伏莽，祇是指專以打家劫舍為能事的「純強盜」而言。即使如此，也可分為三六九等，不但範圍極廣，而且名目多多；因此，他們如何過舊曆新年？便成為非常抽象的大難題了。

說伏莽二字，實在太文酸了些，乾脆就用土匪形容，倒直截了當。土匪在東北叫鬍子，到了山東，就叫響馬了；到了河南，改稱為桿子；到蘇皖，又變成撇子；有些省分，稱為股匪。這些都是大規模的土匪，有的是獨家門面，佔山為王的；有的是多股散匪捻合，分合無定的；他們人多勢眾，可以穿州越縣，灌城鎮、洗村寨，力抗官兵。至於小股的匪徒，有的是橫行鄉里，常在家根打轉的霸爺小手；有的是出沒無定的棒老二；有的是兔子不吃窩邊草，純從外鄉來的客匪；有的是入則為民、出則為寇，偶爾客串幾票的暗匪；要硬寫他們過年怎麼過，那恐怕只有他們自己知道了。

通常，大股的土匪比較有組織，他們的聚散和屯紮，多以外間的情況而定，如果官兵和鄉團勢盛，四鄉安靖，照他們的行話叫做水清；有經驗的當家頭領，寧願冒著被聚殲的危險，也不在水清的時刻輕言散夥，因為在這種要命的節骨眼兒上，一旦散夥回鄉，那不就變成瓦罐裏的螺螄，被人攫去坐大牢、砍腦袋了麼？他們料定在年節前天寒地凍，官兵鄉勇誰都不願冒著風雪，到荒鄉僻野作大規模的清勦，所以他們便把大股嘍囉拉到天荒地野的地方，設下垛子窯過冬。

這一類的股匪，多設有票櫃和水櫃。所謂票櫃，就是拘押人質的機關，土匪管人質叫做肉票，又稱為財神，依照肉票的身分，又分為花票（女人）、童票（小孩）等等名目。每張票身價若干，全係根據肉票們家中經濟情況如何而定，這種身價錢的多寡，具有極大的彈性，可以依照各種情勢討價還價。所謂水櫃，就是掌管銀錢的機關，土匪把錢稱為水子，大概是從財源似水源的俗語套來的。真正的股匪從事洗劫，劫得的財物，都不得暗中私吞，必須繳交水櫃，再由水櫃按照各股的槍枝人頭，平均分配下去，他們把這種分配叫做淌水。

匪徒們蹚渾水，作亡命，大肆擄掠，說穿了無非為的是錢。票櫃是財源，水櫃是現貨，對他們而言是最要緊的，無論情形如何，過年的時刻，理票櫃、清水櫃是首先要辦的。一入臘月門，票櫃和水櫃就日夜的忙碌起來，票櫃要派人去各地送片子（催告贖人的函件），催逼肉票的家屬，按照他們所開的時間地點，攜帶指定的票款，好作銀貨兩訖的交易。不過，事情並沒有這樣簡單，有些家屬，一時湊不出夠數的錢來，哀懇求情，希望延長期限或減低價碼；有些家屬，希望能夠換票（就是變換人質），把當家作主的人換出來好去籌錢。遇上這類的情形，若干小說上曾出現有割耳朵、剁手指威嚇肉票家屬必須按期贖票的；當然，土匪逞兇施暴的情事不是沒有，但絕非普遍如此，不到把他們逼到急處，他們是不輕易損票和撕票的。大的股匪頭領，不單單祇是懂得逞一時之快的暴徒，在黑道上，他們也都是響鐺鐺的爺字輩人物，做出事情來，一樣講究擺得平，要他們揹上蹧蹋花票、撕掉童票的惡名，他們不幹；尤其到了年根理票櫃的時刻，肉票的家屬祇要哀哀求告，把話說得中聽些，有個七折八扣，他們照樣的放人，大家都要過年嘛。

對於沒有家人來贖，長期拘禁的肉票，他們管他叫乾票（指沒有油水可撈），臨到年節前理票櫃的時刻，當家的會傳他們去問話，問他們願不願入夥？願意的留下打雜活，不願意的遣散，而且多少還送點兒盤纏。

票櫃一理清，水櫃就漫上來了，嘍囉們伸長頸子，等著水櫃淌水子出來好過年。股匪的水櫃，可不像銀行、錢莊那麼單一化，他們掌理的，不但是金銀財寶，還有各式各樣搶來的東西，那些東西真是五花八門到了極點，就算把當鋪的老朝奉請來，也無法準確的估價；如果有時間，水櫃會分別差人把這些贓物銷售出去，換成現鈔，但水櫃通常沒有時間做這些，而把原贓粗略估價後，均分成若干攤兒，由各股頭拈鬮，拈到哪一攤就是哪一攤。

各股分到水子之後，要朝下轉分；通常是大頭目先取一半，餘下的，按照馬二、步一、游手半的比例分配，分得的現金，當然足數抵用，分得的贓物，由於不易脫手，通常十不值一，祇能在同夥間買賣而已；不過，有些物品在匪群中行情極俏，像騾馬牲畜、槍枝藥火、糧食和煙土，那可是沒有折扣可打的。

在天寒地凍的荒僻之處，股匪們總想盡方法，過一個酒肉無缺的肥年，他們在大吃大喝之外，更瘋狂地賭博。他們賭錢，不光是用紙牌、麻將、牌九、骰子、寶，在桌面上賭輸贏；槍手們比賽槍法，馬賊比賽騎術，更有些賽鞭、角力鬥勝，旁觀的趁間下注，賭得稀里嘩啦。

從表面上看，匪窟裏的年景挺熱鬧的，他們朝天響槍當炮竹，一群一簇的嘻笑喧譁；有些土匪把紅綢女褲圍在頸上當圍巾，陰陽怪氣，興奮得幾近瘋狂。但有心人自可看得出，在淫靡熱鬧的氣氛裏，卻夾雜著一分怪異的慘愁。股匪們的心態很容易理解，他們人人都有一本難念的經，既然蹚上了渾水，過去的事便絕口不提了；再兇悍的土匪，也脫不出「路死路葬、溝死溝埋」的宿命觀，活一天，祇是暫時把腦袋寄放在頸子上而已，他們自己都相信：天底下沒有白了頭的土匪，拎著命玩的人，也祇好今朝有酒今朝醉了；逗上過年那一天，可不比尋常，過一天便添了一歲，這對他們而言，可是一宗大事啊！

若是遇上四鄉水渾，賊勢浩蕩，他們在年前也有給年假的，大部分都是幹練的小賊目，在稟明當家頭目之後，潛渡回鄉。這些遁回鄉里的傢伙，不單是回家過年，有時是回去招股兒，或是為賊作耳目，探聽哪些村落可供新春發利市的；有些是替當地包庇他們的胥吏送年禮的，官裏既有門路，他們當然有恃無恐，不會被捉去砍腦袋了。

股匪的當家頭目以次，各股重要頭目鮮有在過年前後離巢的，他們在宴飲之餘，橫身鴉片煙榻上窮作計議，盤算開春如何發利市，如何對付仇家？他們把替官裏作耳眼線的當成血仇，千方百計找機會報復；把曾經聚團抗擊他們的村寨，使他們有所傷亡的圩堡，也當成仇家，計算如何血洗那些村寨圩堡，挽回他們失去的臉面。在鄉野上，凡是不安本分幹土匪的傢伙，多少有些鬼頭聰明，到了能開山立萬的地步，當家匪目更是具有經驗。不過，土匪們雖然行為粗豪野獷，看來嚇人，但真正接起火對起仗來，卻遠不及那些保鄉保產的農戶丁勇。那些攎牛尾巴的農戶，平常木訥呆笨，一旦豁起命來，個個酣猛如虎。遇上這類的鄉團，股匪就沒轍了。既不能力敵，祇有智取，新春的煙榻，正是他們打鬼主意的地方。俗說：賊也有賊經，他們會把當年某股如何設計灌開某堡，某股如何血洗某寨的傳聞，抖出來合計；埋暗樁啦、通消息啦、暗中縱火啦、趁演酬神戲的時刻混進去發難啦……其實這些老套鄉民們也都熟悉得很，為了新春發利市裁跟頭的股匪不在少數呢。

有些股匪被官兵民團逼急了，連年也沒法子過了，他們也會不按牌理出牌，趁除夕的夜晚拉出去做案的，那意思是：害得咱們過不了年，你們也休想過安穩年。遇上這種狗急跳牆的事兒，那真是大殺風景了。

依有關的傳言和記載，這種情事並不多見，足見股匪也是想過安穩年的，祇有極少數心理變態的匪首，才會帶著嘍囉，來它個一窩老鼠下湯鍋。吾鄉早年有一股土匪，匪首俗稱范小猴子，就這麼拚著玩過。

比起前清的捻匪、教匪、幅匪、會匪、棍匪……來，范小猴子所率的千把來人，祇能算是零股，但他緊捏著狠字訣，橫行鄉里多年。遇上水清的時刻，他便竄荒鄉，走湖蕩子，不攖兵鋒；遇上水渾，他便來個渾水摸魚，每次揀定一個村寨，出其不意的一舉拔掉，掠完就走，絕少村寨能夠抗得住他的。近湖有個大村寨叫做謝家雙錐，丁強勇悍，寨裏槍枝火藥甚多，范小猴子把它當成一塊肥肉，夏秋兩次攻拔，都被打得抱頭鼠竄；由於謝家雙錐連續勝匪，西南各村寨相率舉勇自保，把范股逼縮到湖蕩裏過寒冬，鄉民相率嘲笑說：「這如今，范小猴子屁股上沒有一根毛，真的變成光腚猴兒了！」

股匪飢寒交迫，范小猴子惱羞成怒，把罪過全推在謝家雙錐，決計趁過年的時刻豁命進撲。他對嘍囉說：「拔得那座寨子，咱們都過肥年，拔不掉，也要鬧得他們過不成年，否則，咱們沒得混啦！」

他們冒著風雪嚴寒，除夕的夜晚，進逼謝家雙錐，那座寨子遇匪的經驗充足，猜準范小猴子會情急胡攪，過年照樣過，但丁不離寨，就在寨牆的哨棚裏守歲，白龍炮、子母炮，連火藥全填妥了，等著股匪來犯。范小猴子趁夜攻上來，正好一頭撞在火牆上，被轟得有皮沒毛。范小猴子仍然不死心，揮令嘍囉們拔鹿砦，挾草捆填壕，推帶輪的雲梯攀寨牆，雲梯一靠上寨垛子，就被對方用竹排推翻掉，梯上的股匪，都像下餃子一樣，栽進護壕啃碎冰去了。

他們從除夕的夜晚打到年初一，祇扔進火把，燒掉兩處寨棚子，打傷了兩個寨丁；他們自己，傷的不算數，一共死了八十七，連屍首也沒來得及搶，就倉皇退走了。後來股匪的家屬不滿，紛紛指責范小猴子處斷乖張，鬧得大家散夥為止。

強徒草寇的行徑，原不足一論，但他們如果不是生在人謀不臧的年代，有家有室，得能溫飽，又何至於淪為盜寇，拎著自己的腦袋去玩命呢？如果官有官常，民有民德，大家都過安穩年，這些悲劇，也就無由發生啦。

蛇的集錦

一、碎蛇

中國大陸的某些省分，產有一種罕見的怪蛇，當地的人管牠叫「碎蛇」。在臺灣，我認識一位唐公公，他老先生就曾親眼見到過碎蛇，我把牠寫出來，一來是讓讀者們和我同樣的增長見識，二來是提供給研究蛇類的專家們作為參考。

唐老公公是四川人，抗戰前，在湖南唐生智的部隊裏擔任軍醫官。一年春末，那支部隊奉命由湖南調到湖北時發生譁變，唐老公公看到情形不對，就離開那批亂兵，一個人朝西走，打算越過川鄂邊界，回到他的老家去。

「當時我身邊帶的錢很有限，一個人單獨走上幾千里的長路，經常翻山越嶺，說起來真夠苦的。」唐老公公回憶說：「從鄂北走到川東，我的盤纏就花光了，好在山野的民風敦厚，村莊裏見我是同鄉，我開口討點吃的，他們都願意給我，並且為我指點路途，就這樣，我又走了半個多月，離老家約莫還有七百里地的光景。

「我一想，兩千多里路都走過來了，還有七百多里地，腳下緊一緊，最多走十天就到啦！……那天早上，我開始翻越一座很高的大山，當地人管它叫門面山，山勢很險峻，林木又多，我順著一條曲折的山徑朝上爬，爬到傍午時，才爬到山口。

「山口有塊空地，邊上有棵彎腰的老松樹，四月裏的天氣並不很熱，但爬高山太費力，我仍然渾身是汗嘞！心想到這兒，找塊青石坐上一歇，等收了汗再走。

「嘿，就在我剛坐下的時刻，無意間一擡頭，便看到松枝上掛著一條蛇。我走了幾千里路，不知翻過多少座山，看過多少條蛇，但我從沒看過這樣怪的蛇。牠渾身上下都是碧綠的，閃閃發光，像是玻璃做成的。我站起來，用竹杖朝空一揮，意思是想把牠嚇走，誰知那條蛇的膽子極小，忽然從松枝上摔落下來，一落地就碎成五六段了！」

「蛇會跌碎成五六段，這我還頭一次聽說過，碎了，不就死了麼？」我忍不住的插口追問起來。

「要真是死了，也就不奇怪了！」唐老公公說：「牠雖然碎成五六段，但每一段都在蠕蠕地動，這一節找那一節，找著了，一碰就接合了，好像現時小孩子拼七巧板一樣。說真話，當時我真的嚇呆了，以為在深山裏遇上了妖怪，天下沒見過的怪事，偏偏教我遇上了。這時間並不很長，前後還不到一盞茶的功夫，那條跌碎了的蛇又自行拼攏，活靈活現的在我面前游走了。」

唐老公公是誠實溫厚的老人，走南到北的到過很多省分，真是見多識廣，我沒有理由懷疑他所說的；但這種碎蛇，我在眾多典籍書裏都沒有看到過，說牠怪還不夠，應該稱牠為怪之尤也。

「後來，我終於回到了家，我把路上遇見怪蛇的事對人說起，很多人都搖著頭，不敢相信，結果，有位經常入山採製藥材的老人，他知道有這種蛇，說牠名叫碎蛇，他更告訴我說：『你當時要是趁牠跌碎在地，接著抓起一節，讓牠無法拼攏，牠撐不了多久，就會逐漸僵死了，等牠死了以後，你再把牠們撿著包回來，那就好了！』……我問他有什麼好處？他是這樣說：用碎蛇浸泡成的藥酒，治跌打損傷是天下第一奇效，尤其是骨折，祇要你喝一口那種藥酒，你身上的斷骨會像碎蛇一樣，自動的拼合起來，也祇要一盞熱茶的功夫……可惜當時我不知道有這等好處，白白把稀世寶物給放走了！」

唐老公公這麼一說，我哈哈笑起來說：

「我真要有這麼一條碎蛇，泡它幾瓶藥酒，也就不必熬夜寫文章了，早就改行去行醫啦。」

「我看，你還是寫文章好些。」唐老公公說：「你別以為碎蛇泡酒能治得骨折，若是遇上那些沒骨頭的人物，你那碎蛇藥酒一樣派不上用場呢！」

二、蛇尾人身

在唐老公公所講的故事裏面，蛇的故事最多也最精采。這些故事，都是他親身經歷的，講起來不但鮮活生動，也非常具有說服力。當他提起蛇尾人身這四個字的時刻，我承認我是好奇到極點了。

「公公您是說，您曾經親眼看見蛇尾人身的怪物了？」我問說。

「倒不是什麼怪物，祇是連上的一個兵。」唐老公公說：「那年夏天，部隊開拔到湖南的鄉下，在野地上紮營，各連都臨時挖茅坑，用竹子在四周擋一擋。那個兵姓張，是個禿頭，弟兄們都管他叫張禿子。半夜裏頭，他起床去蹲茅坑上大號，天上有月亮，他也就沒帶手電筒，蹲到坑上去，沒注意坑下面正盤著一條蛇，張禿子一泡熱乎乎的稀尿，全淋在蛇的頭上；那蛇受了驚，順勢朝上猛的一竄，無巧不巧的，蛇頭正竄進張禿子的肛門裏頭去了！……蛇這玩意兒，原就是鑽洞的物件，既然進了洞，當然沒命朝裏鑽，張禿子嚇得提著褲子朝回跑，邊跑邊喊救命！

「經他這麼一嚷嚷，全連的弟兄都起來了，最先沒弄清楚是怎麼回事，還以為有人偷營劫寨來了呢。有人抓著槍，有人抓著刀，一鬨跑了出來，問張禿子遇著什麼了？張禿子白著臉，用手指著屁股，弟兄們打亮電筒一瞧，張禿子肛門外面，拖著半條蛇，搖來擺去的像長了尾巴一樣，看起來很噁心的。有人問他究竟是怎麼弄進去的，怎麼會這麼巧的？張禿子也說不出所以然，祇說正在大便，忽然覺得肛門一涼，蛇就進去了！

「連長這時也出來了，看到這種情形，罵那些弟兄說：『蛇都鑽進他的肚裏去了，問這些有什麼用，趕快想法子把蛇給弄出來要緊啊！』……但蛇鑽進人肛門的事，極少發生過，誰也不敢說用什麼法子，保險把蛇給弄出來；有人主張找兩個孔武有力的，抓住蛇尾朝外拔拔看，有人主張讓張禿子猛喝烈酒，讓人醉，蛇也跟著醉，七嘴八舌的吵鬧著，有人指著叫說：『連長說得不錯，要趕快啊，你們瞧，蛇尾巴拖在外面，又縮短啦！』王排長說：『不管那麼多，找一條乾毛巾來，裹住蛇尾朝外拖拖看吧！』

「人說：老鼠穴裏倒拔蛇，拔斷了都拔不出來，真的不錯，兩人合力朝外拖，根本拖不出來，祇拖得張禿子眼淚巴嚓的，嚷說腸子像要拖斷了。這時候，才有人想起找唐醫官，把張禿子擡到我的醫務室來了。

「我是軍醫官不錯，但從來也沒看過這種怪毛病，那時候，部隊裏醫療設備極簡陋，不說用營裏，連師裏也沒有破腹開刀的手術設備，我怎能用阿斯匹靈、消炎片、小蘇打和奎寧丸，去對付一條鑽進人肛門的蛇呢？……對付一條蛇不難，但蛇和人連成一體，事情就不好辦了。有人建議我毒殺這條蛇，我說：『那怎麼成，那不是連張禿子也毒殺了麼？』連長說：『唐醫官，你要是沒辦法，我們又該怎麼辦呢？總不能讓張禿子拖著一條蛇尾巴不管啊！』我說：『當然不能不管，蛇在裏面不出來，阻塞了他的腸道，使他無法排便，時間一久，他會中毒，那就活不了啦！』」

「後來究竟怎樣了呢？」

「後來還是用鄉下老百姓提出的方法，給張禿子吃生巴豆，以水瀉法把蛇給瀉死後拖出來的。」唐老公公說：「張禿子雖然撿回一條命，但他足足瀉了五六天，人瘦得眼窩都凹下去了。那時部隊裏的弟兄都是一窩子粗人，把張禿子遇上的這回事拿著笑話談，有人稱他張相公，氣得張禿子和對方吵架。不過，從那之後，再沒人敢半夜摸黑去蹲茅坑了。」

聽了唐公公的這段故事，我一直在想：一條活蛇鑽進人肚裏去，究竟是什麼滋味？但這種事，實在是難以想像的，恐怕祇有那個身歷其境的張禿子心裏明白吧？

三、杯弓蛇影

通常，人對於蛇都很敏感，我是既敏感又好奇，恐懼加上憎厭，使我經常在噩夢裏掉進蛇窩。抗戰期間，我在北方鄉下，常見鄉下孩子玩蛇。有些割草的孩子，他們每人腰上繫了一條蛇，就像穿洋裝的女士繫腰帶一樣。他們捉蛇的手法很高妙，捉住之後，把蛇尾捏住，用力一抖，那條蛇的骨節便鬆散了，其軟如棉，祇有任憑擺布的分了。他們把蛇圍在腰上，當成賭具，用來賭草。賭的方法是每人割一堆草，堆積在一起，又用鐮刀在地上畫出起點和終點，把蛇解下來，放在起跑線上，一聲令下，大家把自己的蛇順著一抹，蛇便朝前游去，最先到達的是贏家，可以得到那一堆青草。

看到別人把蛇玩弄在指掌之間，心裏十分羨慕，也想練成役蛇的能耐，但我很快就明白，我是沒有此種能耐的了，因我永遠無法克服對蛇的憎厭和恐懼也。

廿多年前，我結婚不久，在南部買幢克難房子，作了個小小的家窩。房子是竹牆紅瓦，建在一棵很大的鳳凰樹下面，房裏的地面，打了一層薄薄的水泥，時間一久，水泥龜裂了，當時也沒去修補，誰知鳳凰樹根下面，是個很大的蛇窩，我的客廳，便成了牠們的後花園了。

一天夜晚，我在昏黯的燈光下掃地，發現我的黑皮帶被扔在桌子下面，我便彎身去把它撿起來。手一抓心知有異，是那涼冰冰、滑溜溜、軟綿綿、骨蠕蠕的玩意兒，我嚇得毛髮直豎，一跳三尺高，喊了一聲：「蛇啊！」過後，順過掃把，一頓亂舞，再掃出來一看，果然是一條小黑蛇，已經被我打昏了——在喊爹叫媽之後，雙手發抖，打昏一條小蛇，可憐見的。

又過了一個多月吧，蛇兄蛇弟經常出現在我的宅子裏，有時盤在我燒火的茶壺上，有時蜷伏在我的腳邊；我奇怪這些蛇都是從哪兒跑出來的，循線追查，才知道客廳的水泥地下面就是蛇窩。萬事莫如防蛇急，我想，假如我再不防牠們，總有一天，牠們會鑽進我的被窩裏去的。

我買了些水泥來糊洞，這才發現牆角上到處都是洞，能鑽老鼠的，當然都能鑽蛇；正巧那時報上常出現蛇咬人的新聞，其中一則說是鄉下有個年輕人，和朋友在一起聊天，朋友發現牆角有個洞，指說那像蛇洞，洞裏可能有蛇；那個年輕人脫掉拖板，把大拇腳趾伸進洞去說：「要是有蛇，我願給牠咬一口。」說著說著的，大叫一聲哎喲！大拇腳趾就被咬了。又有一則說是臺南有座穀倉，經常鬧蛇，主人請捉蛇專家來清倉，大大小小清出一百七十多條蛇，而且是不同種類的……。我若住的是高樓大廈，也許會把它們當成有趣的故事看，但我的腳下正是蛇窩，誰知道有多少條盤絞在下面呢？

洞雖然糊了，但蛇患鬧得我神經衰弱起來。發呆的時刻想著蛇，每夜作夢都夢著蛇，一次夢見我到了蛇國，蛇大王請我吃蛇麵，擡上大鍋來，裏面盤繞的全是花花綠綠的蛇，讓我吃牠們我還咬著牙張不開口來呢。

夏天，落雨的夜晚，我掃地時又發現一條黑蛇，牠正躺在我設在客廳一角的書桌下面，這回我事先覺察，取了一枝竹棍，邊打邊嚷說：「打死你！打死你！」我足足打了好幾十棍，撥出來一看，哪裏是什麼蛇，原來這回真的是我的黑皮帶了。

「你怎麼會這麼顛倒？」我老婆說：「前些時，明明是條蛇，你卻把牠當成皮帶，如今明明是條皮帶，你卻偏把它當成蛇，我看，你該去看看大夫了。」

「大夫能治得好我的恐蛇症嗎？」我說：「除非世界上沒有長蟲這種玩意。」

四、蛇老槍

這條蟒蛇，是在四川成都一座大廟裏被發現的。

那大廟裏的老方丈，有阿芙蓉癖，俗說就是吸鴉片的；出家人吸鴉片，自不便大明大白的吸，每晚燃燈熬膏，必閉門悄然為之，除了侍奉的小沙彌外，外人都不知道。方丈屋頂上有座鐘樓，因為年深日久，已有部分圮塌了，牆洞裏有條大蟒蛇住在裏頭。人都知道，蟒蛇是不常吃不常動的蠢蠢大物，老和尚吸鴉片的煙氣朝上升，正升入那蟒蛇的洞口，久而久之，那條蟒蛇也跟著上了癮了；等到夜晚，老和尚順起煙槍吸食鴉片時，牠就把頭伸出來，聞嗅鴉片煙的香味，那時候，老和尚坐禪的木床，上面有層木頂子，故而，蟒蛇掛下來嗅煙的事，也沒人曉得，也就是說：老和尚偷吸了很多年的鴉片煙，那條蟒蛇也隨著偷聞了很多年的煙味，人和蟒蛇雖非同類，嗜好卻是一樣的。

這個秘密，一直等到老方丈圓寂後才被發現。

老和尚逝世後，寺僧們整理方丈室，赫然發現床頂上盤著一條黑色的巨蟒，渾身僵僵的，一動也不動，就好像死了一樣，寺僧們怎樣逗牠，牠都不動，卻睜著眼看著周圍的人。等到找出煙具等物來，那個沙彌才恍有所悟，取出煙槍，啣在嘴裏，對著那蟒蛇的鼻尖吹了一口；那蟒蛇嗅到鴉片的氣味，便動動頭，吐吐信，試了幾次，那蟒蛇彷彿添了點精神，能夠蠕動了。

「嗯，這是一條染上煙癮的蟒蛇，」一個年長的和尚說：「牠是在屋頂上聞煙聞上了癮，一旦斷了煙氣，牠的毒癮發作起來，渾身鬆軟，不能動彈啦。」

「這麼大的一條蟒蛇，我們怎樣處置牠呢？」

寺僧們議論起來了，一個擔水和尚異想天開，主張把牠賣出去供人觀賞。

「天底下的蟒蛇雖然很多，」他說：「但想要找一條染有鴉片煙癮的蟒蛇，可沒那麼簡單，要是有人用牠去表演，保管人人叫絕，連外國人都目瞪口呆呢！」

「算了吧，虧你想得出這個主意。」方丈的師弟說：「我們國裏有很多鴉片煙鬼，連帶著讓蛇蟲都染上毒癮，再把牠弄出去展覽，可不是朝自己臉上貼金，而是丟人丟到外國去了！……何況老方丈吸煙的消息傳出去，這廟裏還會有十方香火麼？」

「老師父說得極是。」一個執事僧說：「還是把牠攆到後山澗邊，扔下去，由牠自生自滅好了，這裏總是寺廟，不是鴉片煙館，養活不了一條染有毒癮的蟒蛇呀！」

「阿彌陀佛！看樣子祇有讓牠自行勒戒了！」方丈的師弟口宣佛號，雙手合十說。

唐老公公有些累了，把這故事說得很簡單，我聽了之後，倒覺得餘味無窮。人和蟒蛇一樣，一旦為物所役，積癖成癡，陷於難以自拔之境，那就懊悔也來不及了！你相信那條被扔下山澗的黑蟒，戒煙戒得了嗎？

五、黃風追人三千里

中國大陸南方的幾個省分，傳說中有一種毒蛇，叫做黃風蛇，牠的背脊是以黃色為主體，行動快速如風，牠的性情暴躁獰猛，毒性又非常強烈，被牠噬傷的人畜，多半都會死亡，所以當地的居民都很畏懼牠。

傳說中的黃風蛇，確實是使人畏懼的，因為牠是一種懂得復仇的蛇類，牠不但能認識仇人，而且能極有耐心的長途追蹤，等到牠有十足把握復仇的時刻，像鬼魅般的突然出現，一舉致人於死。黃風追人三千里的傳說，就是這麼來的。

我和唐老公公談起這種蛇，問他見過沒有？他輕鬆的聳一聳肩膀笑說：

「豈止是見過，我還親手打死過一條呢！不過，當時我並不知道被我打死的蛇就是黃風蛇，雖然在那之前，有關黃風蛇追人報仇的事我聽過很多，但我並沒看見過黃風蛇，見了也不會認識；打死的那一條，是誤打誤撞撞上了，事後才知道是黃風蛇，我的同事告訴我的。」

「如果那傳說是真的，黃風蛇的同伴怎麼會沒有找老公公報仇呢？」我說。

「也許那條蛇還在打光棍，沒有配偶吧。」唐老公公說：「那時是抗戰後期，我在雲南一處空軍基地服務，還是幹軍醫官老本行，我的醫務室外面，是一片曠野，再過去就是墳場。那時候，我們上大號都不去蹲茅坑，總習慣散步到墳場裏去，找個僻靜的地方去方便，我們管它叫出野恭，悠悠閒閒的，倒是一種享受。記得德國的作家雷馬克，在《西線無戰事》那部書裏，就寫過出野恭的樂趣，我這愛出野恭的人，感覺和他幾乎是一樣的。

「那時剛過完舊曆年不久，在北方，應該還算是大冷的天氣，但在南方，地氣上升得快，白天太陽出來，已經有些暖意了。南方那些墳場，和北地一般的墳場不同，它多是用大塊長條形的麻石砌成的，石塊之間有一兩寸的縫。一天傍午時，我又出去野恭，擡頭一看，奇怪了，遠處的石縫當中，怎麼探出許多尖尖的，像竹筍樣的東西來了？我再仔細瞧一瞧，不得了！原來都是蛇頭，一排一排的，怕不有好幾百條！那些蛇怪氣得很，牠們並不游出來，只是把個頭伸在外面，一動不動的曬著太陽。

「我急忙跑回去和同事講這件事，有人告訴我，這並不奇怪，南方暖和，春來得早，這些都是在石頭下面冬眠的蛇，被暖暖的太陽蒸醒來了，伸出頭來透透氣的。老實說，牠們的出現，完全破壞了我出野恭的樂趣，我得動腦筋來撲殺牠們。

「很快的，我便發明了一種捕蛇的利器，那是使用一根報廢了的飛機翼上的空心鋼管，把雙環頭的麻繩穿進去，一端是繩圈，一端是繩尾（形同套索），我祇要把繩圈套在蛇的頸子上，迅速抽緊繩子，飛快朝上拖，蛇就會被我拖出來了。

「那時候，我的工作很輕鬆，閒著也是閒著，出完野恭捕殺這些蛇來消遣，倒也是一大樂子。我實在很滿意我的發明，用它捕殺探出頭來曬太陽的蛇，可以說是百發百中，萬無一失，最高紀錄，一天裏頭被我拖出打殺七十幾條。有一天，我拖出一條全身亮黃的大蛇，樣子很可怕，我把牠砸死後，掛在小樹上。一個當地籍的炊事兵看見了，白著臉跑來告訴我說，唐醫官，你的禍事來了，你怎麼把黃風蛇給打死了掛在樹上呢？黃風蛇最陰毒，牠們的同伴會找你報仇的。

「我一聽，真有些傻了眼了！黃風蛇報仇的傳說我聽過，但單看蛇頭，怎麼知道牠老哥是要命的黃風蛇呢？不過，既然很輕鬆的打死了一條，我也不覺得大夥談牠就色變的黃風蛇多麼厲害，一人做事一人當，我不信那些傳說都是真的。」

「真有黃風追人三千里的傳說嗎？」

「有啊，說起來還有名有姓的呢，」唐老公公說：「說是有個北方來的騎兵軍官，在湖南打殺了一條公的黃風蛇，那母蛇便一直尾隨著他，部隊調到鄂北，那條蛇追到鄂北報了仇。……這類的傳說不祇一個，可信可不信，但黃風蛇是極厲害的毒蛇，倒是真實。」

「公公打殺了黃風蛇之後，該沒遇上什麼事故吧？比如牠的同伴來報仇什麼的。」

「要是遇上了，今天我還能坐在這兒和你講故事嗎？」唐老公公說：「不過，我們在空軍裏面的人，和那騎兵軍官不一樣。打殺黃風蛇的第二天，我坐上飛機出了一趟差，黃風蛇游得再快，也追不上飛機呀！這也就是老傳說和新故事不同的地方吧。」

輯二
浮生

笑的藝術

我們常聽人說到愛、美、笑、力，也常在意識中把笑和喜悅連在一起，其實，這種概念是大有商榷餘地的，笑裏面包含著的各種人生滋味，認真討論起來，恐怕講上三天三夜也講不完呢！

當然，大多數的笑，和興奮、喜悅的情緒有關，像古時候猛將張飛那種掀髯大笑，聲震屋瓦，彷彿要把心都吐出來的那種笑法，祇有直心直腸的漢子才會，這種樣的笑，在如今高度文明的社會裏，是愈來愈少見了。不信麼？如果有一個人，在大庭廣眾之下，旁若無人的縱聲大笑，不遭人白眼和唾棄才怪呢。也就是說，現代文明人很講究儀態，認為那種笑破肚腸的笑法是嚴重失態，除非你自認是下里巴人，最好不要跟張飛去學樣。

老爬蟲的告白

我是軍旅出身的人，對這種直率粗豪的笑法倒挺欣賞的，它具有一種強烈的感染和搖撼力量，凡是笑得像張飛的人物，都是豪爽明快，極易和人相處，並且生死論交的，這種笑，和用拇食二指輕捻下巴，魚吐泡般打兩個不輕不重的哈哈，那種斯文得分不清真假的、紳士式的笑是頗有區別的。在某些特殊環境冶煉中，人們的哲學是水開了就冒泡，氣起來就像平劇裏的大花臉，跺足騰跳，咬牙切齒，口吐一串「哇呀呀呀……」，樂起來就洪洪大笑，嗓亮聲宏，能掀翻屋頂，粗是粗了點兒，但十足的見性情，聽那種笑聲，不能不說是一種過癮。

不過，站在生理學的立場，再快樂的笑也得要有些節制，最後不要笑過了頭。民間有句俗諺說：氣死周瑜，笑死牛臯。牛臯是岳武穆帳前的大將，此公和張飛是同一型的人物，但較張飛詼諧有趣，但笑過了頭，樂極生悲，把命給送掉了。可見笑得太亢奮，不合乎生理衛生條件，對心臟產生的壓力，遠超過煙酒茶和咖啡，凡是肥胖的、血壓高的、心臟衰弱的朋友，恐怕都要引以為戒吧。

你如果硬要吹毛求疵，說那祇是荒謬的傳言，那就錯了。我曾讀過一篇筆記小說，裏面講到有一個人，被土匪用快刀砍掉了腦袋，旁人趕緊把它趁熱黏上，那個人居然活了，祇是脖頸間有一道紅色的疤痕。一位醫生鄭重的告誡他，三年內不能大笑，否則定會送命的。那人起先倒是很聽醫生的囑咐，從不發聲大笑，這樣子過了兩年多，也都相安無事。有一天在茶肆裏，他遇上一群朋友，提起當年的事，大家都起鬨，說那醫生是草頭郎中，故意危言聳聽，砍掉的腦袋既已長好，笑怎會笑出毛病來呢？

那人本身也不信醫生的話，便仰頭大笑起來，笑著笑著，頸間的疤痕變得更紅，突然破裂，那人的腦袋又掉下來了。

你是說我愈講愈離譜麼？好，我再講一個現代的事實。我多年前住南部，鄰居有位老太太，很喜歡築方城，一天坐在牌桌上，做成了一副清一色雙龍抱珠，獨聽一張絕五萬，她一摸摸到了那張五萬，便哈哈的笑說：

「你們看……你……們……看……。」

說著說著頭一低，人就暈死過去了。那張五萬還緊緊抓在手心裏，彷彿這牌桌就是「極樂世界」了！所以說，這種樂極之笑，是要健康的身體作為本錢的，本錢不足，笑得不自量力的話，好像是吃毒藥，變成另一種自殺的方式，那就有違初衷了！

不管講了多少話，想使人對於笑產生節制，那幾乎是不可能的。在非洲原始部落裏，有一種怪病叫做笑死病，患了這種病的人，藥石罔效，祇好一直笑、一直笑、笑到死為止。在文明世界裏，還絕少有這種病例，但笑得過了頭的情形，卻常常見到，像捧腹大笑，掀髯狂笑，笑得彎腰流淚，咳嗽不止，笑得肚子痛，喘不過氣來，臉部抽筋，有人在餐桌上講笑話，聽的人忍俊不禁，被酒嗆的也有，大口噴飯的也有，萬一把飯弄進氣管和鼻腔去，麻煩雖不是大麻煩，那滋味不太好受倒是千真萬確的。由此可見，笑是很難控制的，能控制的笑，便缺少了直率的成分。

我們每個人，都具有充分的笑的經驗，我們嬰兒期，睡在搖籃裏的時候，便學會夢笑了，嬰兒睡夢中浮現的笑容，比初綻的花更美。民間相傳神仙世界中，有一個夢婆婆，是專門在嬰兒作夢的當口教他們怎樣笑的。一般說來，孩子們的笑，是純潔的、無邪的、天真的，不像成人世界的笑，那樣的錯綜複雜，誠如一首詩所形容的：「在山泉水清，出山泉水濁」吧！

成人世界裏的笑，不論有多少種類，大體上，可以區分為好的笑和不好的笑兩大類。像少男的窘笑，少女的羞笑，純情的甜笑，開心的大笑，似有還無的微笑，風情萬種的嬌笑，眉眼含春的媚笑，轉過身捂住嘴的偷笑，渾然忘情的酣笑，像春風拂人的淺笑，道似無情卻有情的回眸一笑（唐伯虎遇上秋香，秋香就是這麼笑法的），笑斷肚腸，笑得歇斯底里的狂笑，斯文雅氣的莞爾之笑，眉飛色舞、盼顧生姿的得意之笑，兩眼微瞇、張口露齒，不知不覺的笑，一切盡在不言中的謎笑，傾國傾城的色笑，原始樂天的笑（大肚彌勒的專利商標），無緣無故的人笑我也笑，直楞登的傻笑，驚訝之後自我安慰和補償的笑，心裏雖不想笑，但拘於禮儀，不得不笑的湊分子笑，硬在臉上擠出來的乾笑，……這些都算是比較好的，至少是於人無害的笑。

如果像不懷好意的恨笑，咬牙切齒的痛笑，長歌當哭的慘笑，神祕莫測的陰笑，揶揄人使人難堪的嘲笑，以他人悲苦為樂的冷笑（講人壞話之前的序曲），油頭滑腦的奸笑，一笑就要殺人的獰笑（魔王式的笑法），皮笑肉不笑的假笑（貓哭耗子恐怕是哭和笑摻混在一道的），滿臉色瞇瞇的慾笑（近似獰笑，目的較為單一），鼻孔嗯哼的蕩笑（像搖動落魂鈴焉），撒嬌撒癡的賴笑，冷熱不定、真假不分的刁笑，眼睛鼻涕一起出籠的悲笑，無可奈何的苦笑，孤獨酸辛的淒淒笑，……這些笑，應算是不好的笑，絕不是當年孩提時代夢婆婆教的那種笑了。這些笑，摻混了太多人性的雜質，把怒、恨、妒、樂、苦、悲、哀、淒、嘲、慾，都加了進去，使笑成為幌子而已。除非你是在舞臺、銀幕，或螢光幕上時常亮相的演員，或是日後有志於戲劇表演行業，但願這些不好的笑不要光顧到你的頭上，弄不好不是身敗名裂，遭遇悽慘，就是人人痛恨，遺臭萬年呢！不信麼？歷史上的暴君之笑，虎狼之笑，甚至妲己褒姒之笑，所造成的痛苦，比捲地而來的哀哭更可怖得多，因為人在哀哭時，心總是軟而善良的，笑則不然，古代暴君尼羅在縱火焚燒羅馬城時，不是笑著的麼？

在林林總總的笑裏，有單獨的笑（和獨唱相似），有相對的笑（和兩人對口唱相似），有群笑（多人混聲合唱），有無聲的笑，像笑容、笑意、笑顏等，笑則笑矣，未必有聲也，另外就是有聲的笑了。

提到笑聲，可真是洋洋大觀，有些尖聲的銳笑，具有高八度的音階，像新刀片般的劃人耳朵，有些蒼老的笑，既寬廣又平和，有一股溫炙人的力量，有些笑串成一長串，像放連珠炮，打機關槍，有些笑異常低沈，像老蛤蟆吞了鹽，有些笑聲乾乾的，無情無韻，祇是仰臉朝天，打兩聲空空洞洞的哈哈，有些笑是單純的，笑聲很統一，有些笑綜合了多種不同的情緒，笑聲便起了曲折和變奏，絕不止是嘻嘻哈哈了，人們形容一會兒哭，一會兒鬧，一會兒又咧開嘴來笑，大概就指這種怪異的變奏體的笑吧！

人們用文字記載各類的笑聲，像洪洪、哄哄、哈哈、嘿嘿、呵呵、嗨嗨、嘻嘻、吃吃、嗬嗬、噗嗤、霍霍、呼呼、吭吭、咕嚕咕嚕、吉咯吉咯，……看來好像很多，實際上絕不止此，同樣的笑聲，音的高低不同，內發的情緒不同、神態不同，意韻和給人的感受也就有了很大的參差啦，於是除了笑聲外，另加許多形容，像淒美的、甜蜜的、怡然的、蒼老的、稚嫩的、活潑的、明快的、爽朗的、陰沈的、冷冷的、熱情的、媚惑的、酸苦的、悲慘的、瘋狂的、沈醉的、碎心的、空洞的，把笑聲形象化、立體化起來，這還不夠，再加上像什麼，比如像春花初綻啦、百合花開啦（不信你看徐訏的風蕭蕭），像洪鐘般敲響啦，像刀片劃玻璃啦，像一串銀鈴啦（為何不用銅鈴鐵鈴，百思不解），像噎住啦，像喝了熱湯啦，像喝白開水啦……太多太多，簡直不勝枚舉啦！

你有過笑的歷史和經驗，你是常展露哪一型的笑呢？我前半生是個苦人，但在戰亂歲月裏，卻也留下不少的笑聲。我臉上常留著一種無聲的笑，其實是內在多種情感和情緒的大拼盤，一點兒酸苦，一點兒寂寞，一點兒憂憤，一點兒慰安，一點兒關切和同情……由於常那麼笑著，使我臉上的皺紋也跟著固定化起來。有一次，我去理髮店理髮刮鬍子，鬍膏抹在嘴角上，理髮小姐卻遲遲不下刀，我說：「咦！妳怎麼不刮呀？」她說：「你一直在笑，我怎麼刮你的鬍子呀？」我想一想，便笑得前仰後合，事後想想，她的話倒頗富哲理，俗說：光棍不打笑臉人（嘲笑、蔑笑、訕笑、恥笑在外），你如果笑臉迎人，你的上司一樣不會刮你的鬍子呢，如果你還沒結婚，三笑姻緣絕不是傳奇，很多友情和愛情，都是從笑裏來的，祇要我們摒除那些粗惡的笑，人生便真的花團錦簇了。

哭的藝術

也許有人會指著這題目罵我，說是老古人說過：人不傷心不掉淚，哭是一宗痛苦的事兒，還有什麼藝術可言？我得先承認，我這一輩子很少認真的哭過，鼻一酸，兩眼一濕，甚至流出幾滴眼淚，嚴格說來，簡直談不上是哭，當然也就找不出什麼藝術成分來啦，我連哭都不會哭，對哭的藝術完全是門外漢，乾著兩隻眼眶子談哭經，恐怕也衹是隔靴搔癢而已。

太幼小的時候，自己是怎樣哭過，恐怕任是誰也記不得了，也許父母和長輩，會在無意中吐述出一些，並且把它當成笑料來談論，拋開嬰兒期那種家常便飯式的啼哭不談，據說我小時的幾場哭，都不是真正傷心動情的哭，而是把它當成追求某種滿足的、蠻橫無理的嚎鬧。一次是在進城的時候，吵著要買一套武俠連環圖，書攤子敲大人的竹槓，硬索銀洋二十元，家人不肯買給我，上了黃包車，我就扯開喉嚨大嚎四十華里，真是嚎得聲嘶力竭，大有古人哭秦廷的意味。一次是家人帶我赴宴，我嚷著非要坐首席不可，在座的尊長不願與小兒一般見識，同意禮讓了，我用一塊搓衣板橫擔在太師椅背上，眼淚沒乾就笑得像猴兒似的，等一會上菜了，頭道菜是「素雞」。我一嘗，味道極好，便把盤子拖到面前，用手擋住四方來的筷子，大叫：拿柳條來，我要串了帶回家吃。結果嘴巴貪饞害了屁股，我整整哭了一天，真個是哭到傷心淚盡，嚎鬧的原因，不過是為了幾塊素雞而已。諸如此類的哭，講多了自己都會臉紅，事後品味，嚎鬧不算哭，根本沒有藝術。

逐漸長大一些之後，我發現所有的男人儘管會哭，但都哭得不夠藝術，有的男人拉長苦臉，哭得非常難看，有的跺腳搥胸，好像要找誰拚命，哭的本身都被強烈的動作掩蓋了，男人一哭過火，便失去了哭的韻味感和節奏感，抽搐連連，間露粗魯的嚎腔，有時像捱刀的豬吼，有時像整吞煮雞蛋，噎得倒著吸泣，他們本身儘管傷心，但無法傳達出來，感染給別人。

而女人不同，尤其是古老年代的那些傳統女性，她們才真是哭的藝術家，能把人世間無數不同的慘切哀悽的美，以不同的哭表露無遺。

就社會學的觀點來看，也許早期北方的農業社會，教育不普及，一般婦女在體力勞動上不及男性，又缺少其他獨立謀生的技能，加之迷信的宿命觀根深柢固，扛著一些世代衍傳的古人的話生活著，像：父死從夫，夫死從子，這就是女人自比為蔓藤，一生都要依靠男人過活，俗話又說：丈夫就是頭頂上的一塊天，死了丈夫塌了天。她們的婚姻觀大都是一竿子到底，連和丈夫鬥嘴時也會說出：生是你家的人，死是你家的鬼，也就是說，像一服狗皮膏藥貼定你了。這樣的婦女，一旦遇上喪夫失子之痛，除了哭，還會有什麼路走？就算其中有些比較笨拙些的，本身不太會哭，但生長在那種哭的環境，自小常見旁人哭，學也學會了。

我不知道在戲劇裏，把哭分成多少種類？像呼天搶地的狂號，披髮而奔的瘋哭，雙目盡赤的血泣，傷心欲絕的痛哭，娓述無休的醉哭，此起彼落的群哭（有如合唱者焉），斷續無定的啜泣，落淚無聲的默泣，有聲無淚的乾嚎，邊哭邊唱的哭吟（無以名之，祇有使用哭吟新詞，方可形容），轉身落淚的偷哭，幽房嗚咽如鬼哭的獨泣，敞開嗓門，旁若無人的酣哭，喜極而泣的樂哭，恐怖惶亂的驚哭，邊哭邊罵的恨哭，邊哭邊吐述的哭述，頭一低，眼一紅，淚光一閃，像短而含蓄的抒情詩般小哭，充滿小兒女的纏綿……此外，像真哭、假哭、濃哭、淡哭、長哭、短哭、傷心的哭、笑意的哭、狐媚的哭、哭給別人聽的哭、哭給鬼魂聽的哭、哭給自己聽的哭，那真是五花八門，不一而足，我想，假如有心的音樂家，能記下這些不同種類的哭譜來，它的價值是可以肯定的。

現在的社會結構改變了，無論男女都有普受教育的機會和獨立工作的能力，男女平等的觀念已逐漸確立，社會上的人，似乎是笑得多，哭得少，即使遇上生死離別之類的事，哀痛難免，但也很少天崩地塌般的感受了。這是社會的進步，人的適應能力的增強，使人們逐漸遠離了哀哭的世界，哭的藝術隨著時代的演進而式微，仔細想來，也是很自然的，值得人們慶幸的事。

我自己雖然不太懂得哭，但總是在那片古老的哭泣世界裏長大的人，品嘗過別人痛哭流淚的生存滋味。各種有聲有色的哭泣，保存在我童年的記憶裏，至今仍是那麼強烈而鮮明。不知何時，我發現到當時許多鄉土小曲兒，甚至部分的謠歌，在音節、語詞和意韻上，都深受著哭泣藝術的影響，充滿悽楚哀沈，因為那時候的哭，多半是有豐富生活內容的，非僅是嗚嗚作聲和流淚而已，尤其是婦女們，她們叉開兩腿，跌坐在地，哭的時候，眼睛、鼻子、嘴和雙手，都異常忙碌，兩眼忙著流淚，鼻子也幫著滴淚，嘴巴要不停的數說怎麼長、怎麼短，兩隻手更分工合作，一隻手忙著抹眼淚、揑鼻涕，另一隻手來回抹著腳脖子，有時也配合哭腔去拍擊地面，好像唱歌打拍子一樣。

在婦女群中，哭泣的藝術和她們的教育程度多存相反的比例，也就是說，教育程度高的大家閨秀，反而不怎麼會哭，愈是無知無識、擁抱鄉土生存的婦人，愈是鮮活靈動。

通常，鄉野上的人們平常談話，都使用樸拙的生活語言，哭泣時吐出的話，更有著激烈、誠懇、生動的表現，在江淮地區，鄉土語彙十分豐廣，信口吐露出來，就有著極為鮮活的情境。當然，哭的人祇管哭，永不會像藝術家那樣存心求取什麼，或創造什麼，正因她們心無旁騖，聽的人就不能不承認她們確實是創造了痛苦的悲劇藝術了。

在若干民間流行的俚俗小曲兒裏，有一些簡直是哭泣藝術的翻版，像「小寡婦上墳、歎五更、煙花十歎、十二月彈梅……」等等，怨啊、歎啊，兩眼淚漣漣的，不是哭泣是什麼？不過，那些俚俗小曲兒，若和真正的哭泣比較起來，就輕飄飄的微不足道了。就拿小寡婦哭墳來說吧，在陰陰欲雨的清明，四野有一種煙迷迷的濕潤，桃花在紅著，柔柳在綠著，青青的草色一直碧到天邊，小寡婦坐在新土初乾的墳墓前，那堆黃土下面，就埋著她陰陽永隔的良人，小倆口的日子，不論貧富，都曾有過一些些詩情畫意，在她記憶裏亮著，想到早先的魚情水情，忍不進鼻尖酸楚，原本水汪汪的黑眼裏，便噙滿了淚，怨啊：天沒心肝，地沒衷腸，眼裏所見的一草一木，都欣欣向榮的飽蘊春意，為什麼單單妒我那一口子，要把他埋進三尺黃土呢？於是乎，一掌拍打著墳土，悠悠然的叫喚一聲：我的青天啦，皇天啊！便哭起來了。

「我的個青天嗳，你的心是鐵打的嗎？狠心來個大撒手，把我扔在世上受苦情啊！你這沒屁股眼兒的小死鬼，你是喝得醉裏馬虎的，一腳踏錯了陰陽界啊，怎不跟閻王老子說一聲，要他放你還陽轉世再為人啊，皇天哪！你要回來帶我走啊，哪怕它地獄十八層，有一層我就去一層啊！我恁情去碰閻羅的冷面孔，也不願受那些狂蜂浪蝶亂欺凌啊！有人講我是桃花煞，有人說我是白虎星，媒婆常到我門前轉，還有幾個惡霸口口聲聲要搶親，我問你，我的哭告你在黃泉聽沒聽得清？有一天，我真要被人給搶了去，我要罵你死鬼怎麼不顯靈啊！……」

調子悠悠柔柔，酸酸楚楚的，紙灰黑蝶般的舞著，小寡婦坐在地上，上身搖晃著，彷佛是經不得風吹的弱柳，粉撲撲的臉被淚洗過，真是梨花帶雨，連鼻涕帶眼淚的，捏來就朝鞋尖上抹，把鞋尖都抹濕了，而墳裏那個死鬼，彷佛耳眼塞滿驢毛，沒有半句回應，就讓孤零零的小寡婦那般天荒地老的哭著，一直哭斜了日影……。

有一夜，我在一個喪禮的靈堂裏，半醒半睡的蜷伏著，聽一個老婦人哭她嫁出去的女兒，哭女兒也兼帶罵無情無義的女婿，哭得既哀且憤，她哭說：

「女兒啊，為娘心尖上的一塊肉啊，妳嫩皮嫩骨的心肝喲，我那小苦命的寶貝啊，狗肚裏還有四兩油啊，妳肚裏祇有苦水半黃盆啊，小沒良心的怎樣對待妳，妳在世咬著牙關忍，為何死後也不吭聲哪?!大熱天，妳在灶屋裏披頭散髮的吹灶火，他在樹蔭乘涼抱西瓜，寒冬臘月裏，他穿著三毛皮袍子輕又暖啊，妳穿著翻彈的舊棉襖，在前胸後背漏黃油啊！小天殺的，吃喝嫖賭不算數，日日夜夜，屋裏還點著大煙燈啊！女人都是整頭腦瓜子，再怎麼勸你就是也勸不聽，妳受盡折磨為他死，他可從沒領過妳的情，為娘若不趁此機會吐一吐，恐怕連閻王也弄不清啊……。」

黑漆漆的長夜，老婦人瑣瑣碎碎、嘮嘮叨叨的，幾乎把她想得起來的事，都哭著對死去的女兒叮囑一番，她是想到哪裏哭到哪裏，完全是「意識流」的哭法，換是現代人，恐怕是哭不出來的，而她卻能從入夜一直哭到三更。

又有一次，在游擊區的刑場上，槍決了一個惡貫滿盈的漢奸，有個高大的少婦跑來哭他，後來才知那少婦是他生前強暴霸佔，勒逼她跟他過日子的，那少婦到了刑場，並非撫屍痛哭，而是站著、跳著、踢著屍體，指著血西瓜般的開花腦袋，罵著哭的。

「哈哈！」她淚流滿面，發出神經質的笑聲來，作為哭嚎的引子，也許那就是長歌當哭吧，她哭那個暴力侵逼善良的時代，哭她自己忍辱偷生，用各種咒詛加給那個漢奸，她哭罵說：

「你這數典忘祖的邪皮貨，挨刀過鐵，頂槍子兒的賊忘八，我當你是銅頭鐵腦蓋呢，怎麼也有這一天？一槍打得你倒栽蔥，也讓你腦殼透涼風，你翹著屁股死，八輩子見不到太陽，陰山背後的黃風，吹得穿你的筋，透得過你的骨，你這生瘟害汗病，嘴上生疔瘡，毫沒心肝的強盜啊！死後上刀山，下油鍋，圓毛變扁毛，扁毛變鱗介，鱗介變螞蚱的畜生啊！你活埋我的親夫，氣殺我的婆母，硬逼我跟你同床共枕，你霸佔我的人，佔不了我的心，我從那天起，就在等你臨到這一刻啊！我罵的是你，哭的是我那原本好好的一……家……人啦！……」

她哭到最後，兩眼紅腫得像核桃，也許是恨瘋了，竟然當眾伏下身去，扯開那屍體的下裳，一口咬掉那屍體的生殖器，啣著狂奔而去了。可笑麼？一點也不！那時代人毀人的悲慘，竟連弱女也會變得瘋狂，這又豈是生在太平歲月裏的人能夠深切體會的？……我從那裏面走過來，使我的童年期被那許多哀哭聲魘成纏繞的噩夢，把它們和若干歷史上的亂世參照比映，我也該略略懂得如何哭泣了！有時，我看國產影片和電視劇，對演員們眼一眨就落淚的本事頗為驚佩，但光是流淚還不能構成藝術，很多學問都蘊藏在真實生活的境遇裏面，不信麼？孟姜女哭倒長城那種捨死忘生的哭，在邊風和應中直透過歷史的長廊，又豈是帶奶腥味的嗲嗓子能哭得出來的？

話又說回來，我對於當今軟性戀情中那種嬌啼，倒是頗為企慕的；人越老，心越軟，一聲入耳，心便像牛奶糖般的融化了，也許沒曾經過的年輕的事物，都具有它特殊的引人之處吧？願爾後的歲月，把亂世的哭聲捲起來，那倒是人衷心期望的了。

——七十年元月十六日晨・臺北市

大兵文書

幾十年前，軍中有很多不識字的大老粗，像我這種略識些字的，算得上是粗中有細的人物了。細也有細的痲煩，經常有人請你寫寫信嘍，寫寫帖子嘍什麼的。能者多勞，替那些伙伴服服務，按理說也是應該的。不過，替別人寫情書，從相識到追求，從相戀到訂婚，那簡直不是情書，而是愛情連續劇了。這檔子事，我幹過很多。

伙伕班長要追挑雜水的阿英，小號兵要追彈子房的阿紅。多著哪，什麼阿寶、阿月、阿枝、美雪、洋裁店的、冰果室的、賣豆腐的、西藥房的，只要他們看上哪個妞兒，就歪著屁股賴我寫情書了。人家正式的文書只是辦公文，我這兼差的文書卻專門寫這個，開始只替身邊幾個熟悉的朋友捉捉刀；寫久了，他們的愛情有了進度，我有了好的口碑。一傳十，十傳百，都知道某單位有個代人捉刀的情書聖手，這下子，可有我忙的了。

替同事寫情書，還輕鬆愉快一點，可以自由發揮；如果上級長官，像連長、排長追女孩，命令我替他們捉刀，那我寫起來可就戰戰兢兢，臨淵履薄了。問題不單是把信寫出去，而是要看對方怎麼回答；女方回信回得很好，連長排長笑瞇了眼，拍我肩膀，盡說好聽的。萬一女方拒絕，或是出言不遜頂回來，那我就得負起「作戰不力」的責任了。替長官寫情書沒寫好，相等於作戰不力，這觀念是我的老連長說的。

「人說：情場如戰場來，我把它倒過來，戰場就是情場。你能把情書寫得好，當然也能把仗打好來。奶奶的，你連情書都寫不好，槍也算白扛了！」

我被狠訓過一頓之後，連長氣呼呼的把女方回信扔給我，指著我說：

「你自己看看去，你是怎麼搞的？」

我看了那回信，才明白連長為何生那麼大的氣，原來對方回信罵了他，講他「滿紙胡言亂語，真是神經病」！信是我寫的，當然胡言亂語發神經病的是我，和連長根本無關，這是替人寫情書最痛苦的一點：有福不能和他同享（人家泡妞沒我的分兒），有難卻要和他同當（回信罵他其實就是罵我也）！

我替別人寫情書，有很多種不同的寫法。一種是口授筆錄式的，這種寫法對我而言言比較輕鬆，追求的順逆成敗，都是對方自己的事，我可以置身事外。一種是參考建議式，由我提出構想，當事人參加意見，共同創作，這樣雙方各有一半責任。一種是徹底包辦式，一切由我策畫作主，對方只出一個人而已，這種形式責任雖大，但有充分的參與感，也可充分發揮創意，如有進展，便為自己神來之筆自鳴得意一番，過過名副其實的戀愛乾癮——阿英阿英，我會心裏叫道：伙伕頭是假的，我才是真的。

不過，人家假戲真做了，我這個真的總是在一邊涼快著。

凡事幹久了，就出學問，替別人寫情書，當然也是如此啦。這跟寫稿一樣，題材當然是愛情，人物是伙伕頭和阿英、小號兵和阿紅、連長和藥房老闆的大女兒、排長和冰果店的阿月等等的，怎樣才能把這些不同的一對的情書寫得好呢？我就得下工夫去分別研究了。

老連長那套情場如戰場的觀念是錯不了的，當事人就是主帥，我這捉刀人就是狗頭軍師。首先，我要有一套知己知彼的工夫，比如先到冰果店去見見阿月，和她閒拉瞎扯，看她的模樣，試她的性情，再投其所好去運筆，自然能達到兵法上所說的「攻心為上」的要領。至少是：雖不中，亦不遠矣。其次，是要有「假如我是真的」觀念，替伙伕頭寫信，要抱著假如我是伙伕頭，替小號兵寫信，我也就是小號兵。只有如此，才能把情書寫得情意綿綿，肉麻也麻得有趣了。這正是寫稿所要求的「我在其中」啊。再其次，假如的我，並非真正的我，這分客觀的態度仍是很要緊的。比方說：情書裏那些肉麻空洞的字眼兒，可以任我加上幾籮筐，但涉及金錢實物的，我卻不能替當事人擅作主張。約會之類的，也得徵求當事人同意。有一回，我寫了要送阿紅一枚金戒指，小號兵把信寄出後，我才告訴他，他大罵我「害人不淺」。

「你這是強捺著牛飲水嘛，要送你送啊！」

不過，他怕會得罪他心愛的阿紅，還是去預借了兩個月的薪餉，替我信筆編出來的「錦」上添了「花」。

那之後，我忽有省悟，在日記上寫道：替別人寫情書等於是寫劇本。當事人就是主角，你要寫得他能演為限。明知他那天輪公差，你要寫約會；明知號兵很窮，你要寫送阿紅金戒指，那不是服務，是消遣人了！

你瞧，這不都是活學問嘛。

在我替別人代寫情書的那段日子裏，算算我寫的那些信，少說也有好幾百封了；這和寫稿一樣，大體上也可分出初期作品、中期作品來的。因為那時我本身也只是小毛頭，粗魯不文，情竇並沒全開。所以，我的初期情書應該是戰鬥性特強，開門見山的正面攻擊式的，其中尤以替伙伕頭寫給挑雜水的阿英那串信，可謂代表作，不信，錄兩段你瞧。

替伙伕頭致阿英之一（代辦文書第七十三號）

阿英阿英我的小阿英：

我不識字，妳知道的，只好借人家的筆，把我的心帶血挖給妳。我是伙伕頭，妳是挑雜水的；妳養的豬，我買來殺，我們關係最近乎，真是門也當，戶也對的。阿英，前晚去妳家，和妳老爸吃酒，妳在門口看月亮，我在偷眼看妳，妳的臉和月亮一樣白、一樣圓。妳每天大早到伙房來挑雜水，我最愛看妳挑著扁擔走路的樣子，左扭扭右旋旋的，比酒還醉人哩。今年妳廿二，我卅三，早到當婚當嫁的年紀了，只要妳衝我點個頭，我就當面和妳老爸提，好不好？聘金我早就準備好了，用紅布條串了一大串金戒指。

愛妳的老薛上

替伙伕頭致阿英之二（代辦文書第七十九號）

阿英：

看到妳老爸三心二意的樣子，我就冒火。妳廿幾歲的人了，怎能全聽他的？老實講，妳天生就配我老薛。我前看後看，左看右看，妳阿英都像我的太太。妳躲過河，我搭橋追妳，妳爬上山，我也會跟著爬。人說：誠心感動天和地，我不信妳阿英心是鐵打的。

始終愛妳的老薛

這一類的初期作品，也不能算是創作，因為當時央我寫情書的人太多，我懶得「為人作嫁」動那許多腦筋，乾脆把替張三寫的信抄給李四，頭尾換個稱呼就行了。我被人家罵胡言亂語、發神經病，真是良有以也！其實，這還算是輕的，還有罵無聊、賴皮、死不要臉的呢。

正因初期替人寫情書，一味採用粗線條攻擊式的寫法，比較低俗，只適合阿英、阿花之類沒程度的，所以後來我轉變了風格，加上不少暗示性的抒情，嘿，對付中學程度的，倒還蠻靈光的呢。

最奇特的一次代人寫情書，是同時替男女雙方服務的，也就是說：男方追女方的是我寫的，女方回男方的信也是我回的，直截了當的說：我是在演雙簧，當然是皆大歡喜，以大團圓作為結局了。人說：日行一善，勝造七級浮屠，我替人寫情書，也撮合了不少對良緣，我的兒女那麼多，很可能就是那段善行積來的吧？

不過，後來我從事筆耕，這檔子事就沒有再幹了，替人寫情書，總是沒有稿費的呀！

——七十一年元月廿日．臺北市

無河之獅

俗話說：一個被窩筒裏不睡兩樣人。仔細玩味，覺得頗有些道理，夫妻生活過久了，性格、意趣，生活上若干瑣碎的習慣，大多會自然的融合，處世的觀點，當然也會在無形中漸趨一致了。

不過，這種想當然耳的論點，有時並不完全吻合每一對夫婦，以我為例吧，我在婚前滿身毛病，非但渾然不覺，反而自以為是。我常以藝術家自許，把很多毛病，用藝術化為藉口，一筆帶過；輕然諾，是藝術；忘記事，是藝術；不修邊幅，是藝術；大而化之，是藝術；生活逍遙閒散，固然極盡「藝術」的能事，但卻懶散到根本沒把心用在寫作上。

「我得娶個厲害點的老婆，管一管我！」我心裏著實這樣嘀咕過。

後來我遇上她，頗有孫悟空遇上如來佛之感，她是個堅毅剛強的人，脾氣直爽，開門見山，從來不幹拐彎抹角的事，也不講拐彎抹角的話；按照北方的俗語形容，她算得上是紅臉漢子，偶爾也有些時候，略略顯出一點兒溫柔。她凡事講究原則，凡是違反她原則的事，她毫無妥協餘地。

老實說，在現代的文明社會裏，像她這種直來直往的人物，已經很難見到了，如果我是沒稜沒角的圓球，她就是一塊方方正正的石頭。她對於虛偽的人情，繁瑣的禮數，無謂的交際應酬，深惡痛絕。她反對人被文明牽著鼻子走，遮掩了真實的性情，捏起鼻子做一個假人，但我的個性比較平和，自以「吃虧人常在」，「退一步萬事皆寬」為訓。有時太熱心、太老實，常為了「不好意思」和許多人情的牽扯，硬起頭皮做假人，往往在這一點上，我們的意見很難十分調和。我承認她是對的，但我始終做不到，即使偶然做到了，也有些勉為其難，這大概是先天的個性使然吧？或者在某種病態「文明」的煉爐裏煉得久了，有了群性，卻減卻了自己真純坦率的個性，和她比較起來，有滿心塵務、面目全非之感。

我常常記取她的話：「過一點主動的生活吧！」那種家庭式的，純純靜靜的，溫暖安適的，追求性靈的生活，是她久久抱持的理想。但這許多年來，我走東到西的終日奔波，彷彿身不由主。有些時候，固然是熱心主動，有些冗煩的事務，確也浪費了許多時間。想到她苦苦盼望的生活一直沒能實現，總有一份歉疚。

記得許多朋友，常一語雙關的稱我為「多產作家」，那就是指我的作品多，我的兒女也多。我的那口子肚皮很爭氣，婚後一年一個，替我生了半打娃娃。俗謂：兒多母苦，至少，她足有十多年沒睡過安穩覺。加上我不善料理家務，安排生活，硬把她的身體累垮了！如今，孩子們淘大了，她變成一個虛有其表的藥罐子。

儘管她處事的態度比較剛強主動，但作為一個母親來說，對子女的關懷照拂，可說是細心溫柔，無微不至的。經常因天氣變化，提著一籃衣服，繞城一圈去送衣服，有一個孩子晚歸，她便在風露中守候著。她不但對自己的兒女如此，對我廿年來所帶領過的學生，也極為關切。所以，我的學生們，無一不對這位老師母十分敬愛。

到今天，我的創作生活和婚姻生活，已經廿五週年了。廿五年在整個人生歷程來說，實在是一段漫長的歲月，我覺得我像品嘗橄欖，愈咀嚼得久，滋味愈甘，正因為我們性格上有差異，所以在生活上產生了極大的鏡鑑作用。我是浪漫熱情型的，她是務本求實型；她的優點正好是我的缺點，我常用她的作為當成一面鏡子，不斷來修正我自己，最顯著的例子表現在我的創作生活上。這些年來，我從不輟筆的這份耐力，就是深受她的鼓舞、協助和影響。

一般年輕人，對未來婚姻生活的憧憬，大多著重於情投意合、習慣相同等等，我的看法卻不盡然。如果說：丈夫愛睡懶覺，太太更是懶貓一隻，那豈不是日上三竿，猶自酣臥，糟蹋了晨光麼？我家那口子生活有計畫、有規律，對我這逍遙懶散的人，形成一種無形的精神約束，使我必須盡力維持這種日常的生活規律，藉以減輕她原已沈重的負擔。不過，這許多年來，在這方面我做得仍不夠理想，一切瑣務，增添她不少的操心掛慮。使她當初如詩如畫的生活夢想，變成一筆數算不清的爛賬，這責任是該我完全擔當的。

我常常對她說：要是她早生數十年，在革命的怒潮洶湧中參與，她也許成為秋瑾般的人物；要是她戎裝披掛，她會是巾幗英雄，不幸嫁為貧困的文人妻，她的犧牲實在太大了。一個困居於鐵檻獅子，無法以吼聲震世，祇能梳理自己的密毛吧？——我和孩子們已成為她唯一的精神裝飾了。

我對這位久困於病的老賢妻，實在敬畏有加，她是一隻不吼的獅子，我精神上的鎧甲。有個秘密我實在不好意思說出口——每年過年時，她總包個紅包給我壓歲，我每次拿到這筆壓歲錢之後，心裏總覺得我這個不爭氣的老頑童，哪一天能成熟些、乖順些，能多替她分憂解勞就好了！

——六十五年十月・臺北市

閒話打呼嚕

呼嚕者，鼾也。醫學上對打鼾有專門的研究和解釋。但打呼嚕並不算是什麼樣的毛病，如果你不信，可以到各大醫院的耳鼻喉科翻病歷，看看有幾位鼾兄鼾嫂去醫治他們打呼嚕的？說來也難怪，打呼嚕的人永遠聽不到他們自己的鼾聲，既然吵不到自己，誰願大驚小怪把鈔票送給醫生呢？

我天生一把瘦骨頭，睡覺從不打呼嚕，但在這半輩子裏，領教過的呼嚕聲實在太多，聽到過的打鼾趣事，少說也有幾籮筐了。一般說來，身軀碩壯，方面大耳，多血質的人物，比較容易打呼嚕；身軀渾圓，大腹便便，又胖又鬆的人物，更容易打呼嚕；身材短小，個性沈默陰冷的人，可算是呼嚕圈中的黑馬。患鼻病的人，打的是後天有期性的呼嚕，鼻病治好，呼嚕就沒了，這類的呼嚕不算真性呼嚕，祇是鼻病的副產品而已。

由於我早年流浪，後來投軍，慣於睡大鋪，過群體生活，聽的是萬家呼嚕；加之我是神經質的人，素有咖啡敏感症，咖啡我可以不喝，但和眾多呼嚕界的英雄好漢同處一室，漫漫長夜，你想不聽呼嚕，簡直是不可能的。

聽一聲呼嚕，是單呼嚕，相等於音樂會的獨唱。聽一群同性質的呼嚕，時而高亢，時而低沈，雖各在睡夢之中仍能保持一致，那是相等於齊唱。聽一群性質不同而又各有參差的呼嚕，那就等於多部大合唱了。

講到呼嚕的性質，真是五花八門，不一而足。有人打的是文呼嚕，光聽其聲，不見其動作，而且呼嚕的聲音帶一分斯文雅氣，有一種合乎自然的節奏感。高的是柔山，低的是軟水，隱含春意，微帶歌吟，非但不吵人，反而有助人安眠的效果。在文呼嚕裏面，又可分為微呼嚕、軟呼嚕（相等於女低音）、中呼嚕等等；在節奏上，有些輕快，有些徐緩，有些沈遲，依各人呼吸而定。

有人打的是武呼嚕，一面扯鼾，一面磨牙齒、說夢話，甚至翻身踢腿打夢拳，連說帶唱的全武行。武呼嚕的音量，通常要比文呼嚕大得多，這種人不但聲音帶有侵略性，而且動作並非擺樣子，一拳一腳都勁道十足玩真的。有一回，我和一位姓向的武呼嚕同榻午睡，吃他一拳把我的犬齒打得穿透嘴脣，血流殷枕。事後他為了表示歉意，請我到四川館子喝酒吃菜賠禮，嘿嘿，酒和辣椒一進嘴，疼得我哇呀呀直嚷，幾乎跳到桌子上。

嚴格說來，武呼嚕也有很多種。拳打腳踢型的，算是正統武呼嚕，也可稱之為擂臺呼嚕、戰鬥呼嚕；有些兵爺白天殺敵沒殺得過癮，睡夢中，從潛意識裏把它盡情釋放出來。有些是悲劇呼嚕，伴著嗚咽、搖頭、咬牙、歎氣、攤手的動作，好像在夢裏演霸王別姬。有些是喜劇呼嚕，伴著吃吃咯咯的笑聲，伸手在空中搖擺，有點老萊子作彩衣之舞的趣味，呼嚕與呼嚕中間，夾著朦朧囈語，偶爾還會滑出斷續的喜劇小調呢。有些是悲喜劇呼嚕，前二者的動作兼而有之，使周公大飽耳眼之福。有的是連續劇呼嚕，他們睡著了多久，夢就有多長，他們的夢並非啞夢、默夢，夢外還帶著大武場，鼾聲是文場，動作是武場，反覆無休，他們本身從不嫌煩，這不是連續劇是什麼？

在文武兩大類之外，還有一種氣勢懾人的惡呼嚕。惡呼嚕之來也，像狂風驟雨，繞耳雷鳴，真是聲震屋瓦，瞧不出一個人小小的鼻孔，竟能發出如此巨大的聲音。惡呼嚕裏面，又可分出多類來，一種是自管老夫我酣暢，不管小子你耳聾，我呼我素型的；這種呼嚕是開門見山，坦坦白白，該怎麼呼嚕就怎麼呼嚕，絕無保留。一種是帶有無名恨意，好像誰和他老哥過不去，非找人算賬不可；聽著聽著，不由得你不膽戰心寒，彷彿那對象就是你自己，你身體太疲睏跑不掉，靈魂卻被他追逐得滿屋奔逃，彷彿連門和窗都摸過了。

真正說來，惡呼嚕還不算是最可怕的呼嚕，因為，無論文、武、惡，這三類呼嚕，都還是順著呼嚕而發的順呼嚕，套句俗話，說得上是「順理成章」。你雖覺神經受干擾，睡意被打消，耳朵受不了，甚至靈魂逃遁，至少它還不影響你的呼吸，也就是說你還保有活的感覺，但如果你聽過下面一種呼嚕，你就更慘矣哉了。

呼嚕裏最可怕的一種呼嚕，應該算是怪呼嚕。何凡先生創造的成語，拿來形容它允為恰當，那就是「不按牌理出牌」，它主要的特色是違反了自然呼吸律的，雖然結合為怪，但卻形形色色，千奇百怪。

一種是大戰陸海空型的，咯咯咯是機槍，澎澎，是迫擊炮；轟轟，是重炮；轟嘩是炸彈；噗噗，是沈艦；嗚昂，是飛機碎落；打這種呼嚕，得要把鼻端、鼻中、咽喉、口腔、嘴脣、舌尖、牙齒、上顎……全部使用上。它已經不是純呼嚕，而是睡夢中演出的特殊口技，令你歎為觀止，值得回味一輩子，每次回味，都產生身歷其境又劫後餘生之感。

一種是埃及法老王型的呼嚕，像一隻挨了刀的豬，最先是亢叫，逐漸轉為哀嗥，再逐漸轉為嗚咽，最後停留在斷續的噝氣階段，讓你在半醒半睡的朦朧中，變成身歷其境的導體，彷彿噝氣的不是他，就是你自己。這種呼嚕有一種古世紀歷史的魔性，能把你活活的埋進金字塔裏頭去，做為對方睡夢中的陪伴者，他的噝氣般的呼嚕，變成一條扼頸的麻索，逐漸抽緊，使你的感覺缺氧，儘管第二天你起了床，還有死過一回、重回陽世的感覺。多年前我訪美途中，遇著一位準博士，他打的就是這種怪呼嚕，我訪問美西七個州，和他共處十多天，聽他的呼嚕聽得死去活來好多回，真彷彿悟出陰陽一體之道了。

我忍不住問他結了婚沒有？他說結了。我駭異的追問他，他太太對他的怪呼嚕有何感覺？他笑笑說：

「最先她也受不了，十分埋怨，後來我想出解決的方法，那就是當我打呼嚕把她吵醒時，要她用力擰我的大腿，把我擰醒，起來看書，等她睡著了我再睡，我打呼嚕她就聽不到了。」接著又說：「我能認識你，和我太太擰我大腿有關，深夜起來，坐在沙發上，不看小說就打瞌睡，——看你的小說看得多了。」

原來我的小說還有提神止呼嚕的妙用。他這麼一說，我的十萬八千個毛孔都吃了冰淇淋；看在他是我忠實讀者的分上，我祇有忍受他的呼嚕了。他也提議過，讓我擰他的大腿，但我沒有這麼做。我不是玻璃圈裏的人，在男對男情況下，三更半夜擰人家大腿，怕起誤會也。

另一種怪呼嚕，不妨稱之為潛艇型的呼嚕。黑夜之中，呼聲大起，音量不小，時斷時續，但仔細聽來，彷彿是在地底下冒出來的。我有一位姓秦的老友，打的就是這種怪鼾。有一夜，我被他吵得睡不著，爬起來，到他身邊察看，奇怪的是他的呼嚕在遠方聽來很響，到了近處反而微弱了。他閉著嘴，並沒有直接把鼾聲吐出來，那鼾聲也不像從鼻孔冒出來的，他的喉管、胸腔、肚皮裏都有聲音。這種腹式音量雖不挺大，但聽來森森冷冷，帶一股鬼氣，使人毛骨悚然。

通常，身體健壯，內部結構緊密的年輕人打呼嚕，也是節奏生動明快，顯示出他們生命的內力來，我把這類的呼嚕，稱之為緊呼嚕；含有緊鑼密鼓、絕無冷場之意。而若干有氣無力的中年人，體力透支過度，又貪口腹之快，把身體弄得肥軟鬆弛，他們白天幹任何事，都慢吞吞、瘟篤篤、軟叭叭、鬆垮垮，很自然的，他們打出的呼嚕也透著這種生命的特性，真可謂由衷之鼾也。我聽過若干的鬆呼嚕，它會把懶散、拖沓、鬆浮、雜亂的感覺傳染給你，使你的精神拖上一副鐐銬，走路也擡不起腳來。

同樣的怪呼嚕，也有鬆有緊，其鬆緊的程度，因人而異，並沒有特定的標準。有一種怪呼嚕，我名之為煮飯式的呼嚕；他們的肚子是飯鍋，鼻子是鍋蓋，嘴脣是鍋蓋邊緣的裂縫，他們的呼嚕是有熱度的，隨著睡眠的程度，使熱度逐漸上升。好，從半醒半睡開始自動點火了，到了似睡非睡，立刻上升到細聲吟唱的七〇度，然後到了微睡，八〇度，淺睡，九〇度，熟睡一〇〇度，沈睡一二〇度，蒸汽機發動，水沸聲、鍋蓋掀動聲、小型馬達聲、乾柴烈火聲，交織成一片機械性的運作，蒸汽不時從兩脣之間溢出，哺噗、咻咻、哺噗……不斷釋放體內多餘的熱量，打這種呼嚕的先生，具有自然減肥的效果自不待言。

在文壇上，呼聲極高的熱門人物，算來不在少數，前文壇月刊發行人穆中南，執呼嚕圈的牛耳多年。穆公和歷史上著名女將山東穆柯寨的穆桂英是本家，喝酒喝得豪，醉酒是武醉——祇差沒三拳打死鎮關西。打呼嚕麼，據領教過的朋友轉述，形容為重砲兵，震耳欲聾。

青溪學會理事長尹雪曼，呼嚕聲的有效射程可達五十碼，而且穿房越脊，連牆都擋不住，數年來，我有幸領教過，完全是一面倒的挨打局面。

和穆、尹二公相較，聯副主編痖弦出道較晚，但呼聲直上九重天，不讓老一輩專美；另一個呼嚕圈裏的快槍手，則推已經辭世的幼獅文藝主編朱橋了。據說有一回，穆公領著五個人去中部作巡迴講演，快槍手追隨，夜晚投宿臺中教師會館，房間不足，穆公和朱橋分在一間房裏，打了一場「遭遇戰」，姑可名為「重砲兵和快槍手大對決」。入睡前，穆公告訴朱橋，請他先準備用棉球塞耳，因為祇要一躺上床，他的重砲便已進入陣地，隨時準備開砲轟擊了。朱橋聽了，面不改色，連稱不怕，說著，朝床上一躺，以快槍密集排放，打得穆公根本沒有裝砲彈的機會，睜著兩眼到天亮。後來穆公對人盛讚快槍手名不虛傳，打呼嚕連準備動作都沒有，令人防不勝防。

凡是呼嚕圈裏的人物，談起來都有英雄相惜的意味，然後各顯神通，開始對決，完全是先禮後兵，頗具古風。可惜這種呼嚕對呼嚕的決鬥，很難請到評審委員，品評其高下優劣也。

打呼嚕好像是男人的專利，很少聽到女人也會打呼嚕的傳聞，即使有，也不會像男人世界那般普及。而且她們打出的呼嚕，多半是細聲細氣的貓咪呼嚕——由於男女有別，我祇能想當然耳，如果為聽她們打呼嚕而身歷其境，被太座知道，我不變成「長耳公」才怪了呢！

文章摻水論

古人為文，遣詞練字極費工夫，有為一字拜師者，有為一字捻斷一莖鬚者，若干大家，都具惜墨如金的美譽。但如今寫稿，按字計酬，惜墨的結果就是「無」金，韓柳歐蘇若生在當代，不改行非得餓肚皮不可。

時人寫稿，看透了這一點，既然煮字療飢，總得多煮一點；文章摻水，竟然變成一門學問了。個人煮字多年，向以多產聞名，對於文章摻水之法，不敢說窮其奧妙，至少略有些心得。按理說，這是吃飯的秘方，不可輕易示人，若全被別人學去，我的飯碗豈不砸了？不過，近年讀了不少當代的作品，覺得江山代有才人出，新人摻水勝老人，以下所舉，皆為摻水新法，個人那一套，已不敢望其項背矣。

第一法，曰「拉油條法」。內容就是那麼一點，長短粗細全靠手上工夫，客人說：長一點。好！就長一點！順手一拉就行。短篇改成長篇，不難，多開兩次舞會，多吃幾餐飯，不怕篇幅不拉長。

第二法，曰「搓麻花法」。先寫一個忽冷忽熱的女人，再加一個死皮賴臉的男人，讓他們愛了又恨，恨了又愛，愛中加恨，恨中加愛，糾纏不清，搓搓擰擰，數十萬字，必可一氣呵成，迅速交卷。

第三法，曰「捉泥鰍法」。泥鰍是又黏又滑的，抓到手又滑掉；把當走的人寫得三番五次走不掉，當來的人三番五次來不了，當活的人三番五次要尋死，當死的人三番五次沒死成；滑了又抓，抓了再滑，情節既熱鬧，故事又曲折，高潮迭起，扣人心弦，還怕不財源滾滾乎？

第四法，曰「老驢推磨法」。推過來，推過去，還在原地打轉，說它沒動它在動，只是兜圈子而已。把整材料放進磨輾去磨碎，邊轉邊添，聲如雷，屑如鐘，一樣的有聲有色也。

第五法，曰「鄉巴佬過河法」。鄉巴佬要涉水過河，先要脫掉鞋子，再脫掉長褲，把所有東西頂在頭上過去，形成上滿下空。寫詩分行不得已，寫小說如此分行，是佔版面，可以多得稿費也。不信就舉個例你看：

老爬蟲的告白

黑夜。
大霧。
霧裏出現一條朦朧的人影。
近看原來是個奔逃的女人。
她背後有火光亮起。
兩個強盜舉火在追她。
她駭懼的朝前逃。
後面在緊緊的追。
她逃得快。
強盜追得更快。
逃逃逃。
追追追。
前面出現一座大廟。
女人跑進廟裏去了。
兩個強盜追到廟前停住。

舉火一看。

只見廟門掛了一塊匾額。

匾額上橫寫四個大字：

佛　光　普　照

（請注意「橫寫」二字——橫寫就得橫排了。）

第六法，曰「拎雞灌水法」。這類文章，把讀者當成雞，拎起來就灌水，手法是強迫灌輸式的，高興就教訓一頓，然後再安慰一頓，然後再責罵一頓，然後再歌頌一頓。他的話就是主題，你非得接受不行，很多方塊尤具此等特色，彷彿作者是校長，讀者是學生焉。

第七法，曰「脫褲子放屁法」。這個俗語，人人都懂，不必解釋，但用在文章上，實有拖拉之妙用，茲舉一例以證之：

電話鈴響，曼莉抓起聽筒。

「我是志節，我找曼莉。」

「我就是。你在哪兒打電話？」

「我在基地外面。」

「什麼基地？」

「訓練基地。」

「噢，你入伍啦？怎不告訴我一聲？」

「這不是告訴妳了嗎？」

「哈，你真的做了阿兵哥啦？」

「是啊。」

這樣的對話如果寫得興起，每天寫五十張稿紙都不成問題。第八法，曰「演群戲法」。當文章寫到單調枯澀之時，隨便找幾個人頭進來，你一言我一語，人多嘴雜，不怕沒話講，而且寫對話有分行之便，豈非一舉兩得？據說當年大仲馬寫連載稿，嫌報社給的稿費偏低，他就在長篇裏加上兩個經常碰面的人物，一個是聾子，一個是啞巴：「啊啊……啊……」聾子老說：「什麼？什麼？」啞巴費力的再說，聾子大聲的再問。後來報社負責人對大仲馬建議，好不好以後把這兩個不必要的人物取消掉？大仲馬說：「好啊，只要你調整稿費，我立即就把他們給遣散掉。」

第九法，曰「泡蘑菇法」。弔住筆緩緩細細的寫，即使是極為通俗的經驗場景，也拚命去渲染。海明威寫了很多短篇，他處處避開通俗的經驗場景，讓讀者保留較多的想像權利，當摻水的地方他不摻，無怪他的短篇都很短很短了。

第十法，曰「加油添醋法」。不管情節如何，故事怎樣，攫到機會就把動作和形容詞猛朝上加。例如：

「好！」他說。（原句）

「好！」他費力的搖搖頭，無可奈何地歎了一口氣說。

「好！」他先聳聳肩，臉上浮現出苦笑的神情，接著噓出一口氣，攤開雙手，搖了搖頭，聲音裏充滿無可奈何的味道：「好就是了嘛。」——從原句的三個字，加到四十八個字，整整加了十六倍，這還是客氣的。

第十一法，曰「意識亂流法」。不管合不合心理學，文章裏多寫幾個多愁善感的青春男女，碰到芝麻想菉豆，碰上菉豆想芝麻，前想它八百年，後想它八百代，想入非非，魂飛天外都行；碰得巧，贏得「東方的喬埃斯」的美譽也說不定。

第十二法，曰「蒸，炒，煮，燉法」。通常使用某種單純的方法摻水，摻得太明顯，極易為明眼人識破，如果改用此法，就可騙得讀者暈頭轉向了。先說蒸吧，既名曰蒸，當然要有水，如「原汁牛肉湯」，多有招徠的誘惑；蒸完了，拚命撥鍋鏟，乒乒乓乓炒上一記，有快速的節奏感，豐富的動作感，使讀者幾乎忘掉前面已經加水；緊跟著，再放水煮它一陣，最後來個緊煨慢燉，以四個不同的趣味，達到摻水於變化之中的目的。

第十三法，曰「禿哥趕夜路法」。俗說：禿哥趕夜路——借著月亮照光。寫這類文章，要擺出文藝道上老大的面孔，處處表示經驗老到，一肚子典故，曾經相交遍天下，而且多是泰山北斗，寫的方法是有人有我。比如：「我友適之」、「懷知友某與某」，然後用適之「曾」說，適之「又」說，盡可能寫得天花亂墜，蓋死無對證，可由你信筆縱橫也。就算寫到當代人物，別人還以為你重交情、念舊友，存心捧他的場，利己而不損人，何樂不為。這類文章寫多了，自然是人擡人，水擡船，使你的身價上漲；別人提起，至少會說你是某公、某老、某大師的朋友也。

第十四法，曰「濃妝豔抹法」。盡量把單一的名詞，加上眾多形容詞，形容詞不夠，再加副詞，還不夠，再加上比喻，使字數越多越好。時下稿費，每字一元，如果遍地撒了一塊錢，你撿錢還怕彎腰嗎？再說，如今講究化妝，尤其是夜晚，妝要化得濃，「卻嫌脂粉污顏色」的時代，早就過去了，你化妝再濃，沒人說你是弔死鬼的。古人寫文章，當然也形容、也化妝，但那是古典式的，搽胭脂抹粉而已，添不出太多字數，遠不如現代化妝，像汽車上漆一樣，左一道，右一道，前後能花七八道手續。寫摻水文章，寫到這等程度，算是已臻化境矣！你問這類文章如何寫法？真是問得好，我樂得舉例，好趁機摻水也！比如說：「眼」，這是個單一名詞。

以種類言，可為老眼、小眼、大眼、圓眼、單眼、雙眼、人眼、狗眼、豬眼、貓兒眼、陰陽眼、龍眼、瞇瞇眼、金魚眼、杏眼、桃花眼、色眼、瞎了眼、鬥雞眼、風流眼、千里眼、翻白眼、青眼、黑眼、爛紅眼等等。

這只是原始材料，還沒經過化妝呢。

假如先在情節上略有安排，使得大眼瞪小眼，狗眼看人，人眼看狗，桃花眼弔住了風流眼，青眼對上白眼；前臺的戲已開鑼了，你這化妝師就有得忙了。

古典式的化妝，濃不到哪裏去，也不過是：濃眉大眼、目光如炬、目光如電、眼如銅鈴、眼波流轉、目光短淺、老眼昏花、巧笑倩兮、黑白分明、秋波蕩漾、杏眼圓睜、眉目含春、波光流轉、目似朗星、雙瞳剪水，這種以一搏三式的形容，早已是摻水舊法，棄而不用久矣。

古人固然很聰明，把眼睛看東西神態之不同，分成很多名目：叫「觀」、叫「察」、叫「視」、叫「覩」、叫「見」、叫「瞟」、叫「瞥」、叫「顧」、叫「眺」、叫「審」、叫「矚」、叫「靚」、叫「眤」、叫「瞄」、叫「瀏」、叫「瞻」、叫「覽」、叫「閱」，……這些創發性的用字，其實是最不合摻水特性的。你想想，古人把人看東西的動作、神態、心態，全容納在一個字裏去具現，這樣寫法哪有稿費好拿！

你再看現代人寫眼吧：

「她那雙深深黑黑的大眼，好像一口非常神秘的古井，有一種特殊的、磁性的魔力，在我深夜的夢裏呈現著；我變成一個癡迷的孩童，伏在井口出神凝視著水面搖漾的雲天，我自己的臉也出現在其中，自覺已被她捕捉，被她囚禁了。她深邃的眸光籠罩著我，導我走進她生命的天地，去細心撿起她隱在眸光背後的、在戰火中失落了的青春，和許多深色的碎夢……」照這樣寫下去，可以沒完沒了也。

第十五法，曰「開古董店法」。這類文章，專賣古貨，手邊放些古典類書，再加一部辭海，便可開張大吉。把傳奇類的掌故改寫成白話，把平話類的掌故摻進一點文言，把相關的詩詞湊湊攏，標個題目，加幾句按語，仔細算算，括弧裏的字數多（抄來的），括弧外的字數少（自寫的），這邊引引經，那邊據據典，二五一湊，也有個萬把來字，可換柴米油鹽。寫這類文章另一好處是沒人告狀，絕不會吃上違反著作權的官司，何況是拼盤式的抄法，能拼出花樣，一樣能領創意獎呢！

第十六法，曰「抖陀螺法」。此法為文，輕鬆之極，別的都不動，字數卻旋轉上升，不信你瞧下面這一段武俠式的對話：

「哎，你是誰？」

「誰敢問我是誰？」

「我！我問你是誰？」

「你管我是誰？」

「我就管你是誰！」

「那我得問問你是誰？」

「甭問我是誰，只問你是誰？」

「你憑什麼問我是誰？」

「我一定要問你是誰！」

「我為什麼要告訴你我是誰？」

「我要知道我殺的是誰！」

「咦！你究竟是誰？」

「嘿，你又到底是誰？」

「我偏不說我是誰！」

「那你也甭管我是誰了！拿命來吧！」

雙方這才揮刀動劍，捉對兒廝殺，殺了半天，仍然不知道誰究竟是誰，誰到底是誰。抖陀螺必須要抖到這種程度，方能算是結了業也。

總而言之，文章摻水之法，何止千百種，以上略舉習見的十六式，若能朝夕演練，舉一反三，那就足夠享用終生了。

真正說來，文章摻水，算是老太婆的棉被——蓋有年矣。摻點兒水，取其柔和豐潤，並非壞事，但摻水要摻得適度，摻得均勻；摻多了文味太薄，水味太濃，未免本末倒置，喧賓奪主，讀起來稀鬆平常，像喝白開水。如果當摻時不摻，不當摻時窮摻猛灌，那就好像女人腫頭，男人腫腳，穿靴戴帽之外，中間更挺著個水鼓肚皮，那就已病入膏肓，要送進文章病院開刀啦。

吾友尼洛曾講過一個笑話（注意，我用的是禿哥趕夜路，藉著月亮照光法也），大意是說：

從前有個老酒鬼，喝了大半輩子酒，唯一的遺憾是從沒嘗過不摻水的純酒。一天，到了一個集鎮上，見到一家酒坊，坊名「金生麗」，門前一匾高懸，上寫：「百年老店，絕不摻水」八個大字。老酒鬼一見，嘴都樂歪了，急忙進店，掏錢買了一大碗，略一品嘗，便皺起眉頭。夥計一見，趕緊上前陪笑臉，伸手抓碗說：「客官請甭介意，我這就替您再摻上一點。」老酒鬼抓住酒碗不放說：「還摻個什麼勁？不摻酒味已經很淡啦！」那夥計笑說：「客官，您誤會啦，咱們是老字號，酒裏絕不摻水，只在水裏摻酒，我這就進屋，替您多摻點兒酒好了！」

如今百物飛騰，稿酬微薄，讀文章如喝白水已是司空見慣，遇上一二耿介安貧的作者，能替你摻點兒酒進去，讓你略有品味，已經算是大有良心啦。

為此感慨萬千，試寫打油詩一首，分佔四行篇幅，以作本文之結可也。

詩曰：

手舉清香告上天，
文章摻水為賣錢；

油鹽柴米般般貴，
人不憐我我自憐。

我的寫作生活

我本是個依鄉戀土的人，戰亂卻把我舉成一隻飄盪的風箏。失去家宅和土地，我無法像詩人那樣的去耕種一片雲，但以筆代犁，一償我農民的素願，卻是我能夠做到的；所以這卅多年來，我恆常守著夜和燈，一部書又一部書的寫下去，一疊疊原稿就是麥場邊的草垛子，空白稿紙是待耕的農田，把生命當成糧種，播種進去，它便生長出精神的禾穗，洋溢著人性的芬芳。我筆下所寫的，並非是單純的自我世界，而是主客體混融的生存世界，我的生命僅僅是影立其中而已。

如果說：寫作是一種精神的釋放，依照滿則溢的道理，如何汲取生活，去豐實我們生命的內涵，實在是很重要的。對於生活的汲取，我這半生得益於軍中特多，多采多姿的軍中生活，開啟了我的靈智，增進了我的知識，使我領略到一種非常人所能領略的、剛性的溫柔，直到如今，回憶起來，我仍然充滿感恩虔敬之情。

記憶是從抗戰初期那些鄉野的游擊隊開始的，纏紅布的單刀，原始的纓槍、長矛、火銃、檯炮，品類不一的後膛槍，大小參差的馬和騾，威武並不怎麼威武，但行走在青紗帳裏，別有一種英挺驃悍之氣。無論如何，比起陷區伸著頭被敵人砍殺的人，他們為獨立自主的權利捨命抗爭著。開始接觸到他們時，既害怕又擔憂，只意識到死亡的危險，因為傳說像風一般的灌進耳朵，形容別處的游擊隊和日軍大部隊遭遇，殺得血染沙場，有一處窪野，八百多個使單刀的漢子被困殲了，另一處地方，游擊健兒們以血肉之軀和日軍坦克纏鬥，十多里的縱深陣地上盡是屍身。但後來，這些悲慘壯烈的事聽多了，內心激憤增加，恐懼反而減少了；等到和游擊隊生活在一起，才逐漸明白決心豁命的人，根本沒把危險放在心上，他們粗獷的言語裏，充滿了高度的幽默感，臨死都要開玩笑並不是金聖歎的專利，他們那種豁達，絕非視死如歸所能形容的。

什麼叫英雄，什麼叫勇敢，他們生活裏從不興用這些字眼。有個朱小禿子常聽說城裏的日軍姦淫中國婦女，他恨得牙癢，發誓要捉一個鬼婆回來。他進城去刺探過，知道有個鬼婆，常會在清晨到西門外散步，他那麼有耐心，埋伏在那邊灌木叢裏等了很多天，像他小時候張網捕鳥一樣，終於給他等到了機會；他放下柴火擔子，攫住那個穿和服的鬼婆，繩捆索綁，扛在肩膀上，拔腳飛奔，一口氣奔有六七里地，那鬼婆拚命掙扎，用牙齒啃他搽了稀硫黃的禿頭，把頭皮咬掉巴掌大的一塊；他為了躲追兵，咬著牙苦忍，回到基地後，對大夥說：

「這個鬼婆娘，咬錯了地方了！她不咬下頭光咬上頭，我後腦勺上僅剩的幾根毛，全賣給她啦！」

小禿子把他擄來的鬼婆嘴巴摑得紅腫了，撕去她的衣裳，捆在一扇板門上，去請隊長來「開開洋葷」，卻被隊長狠狠訓斥了一頓，責他擅自行動，說明我們恨鬼子慘無人道，就不能跟他們學樣。隊長把我們反對敵軍姦淫燒殺的大張海報糊在那鬼婆的身上，找一匹馬捆了她，趕馬回城，讓那鬼婆做個活見證，證明中國兵「非不能也，實不為也」，這實在是一種過癮。

朱小禿子不久後和日軍在村郊遭遇，大腿被釘了一槍，走不動了，夥伴趕上去搶救，他看到事機危急，理平槍口對夥伴說：

「我掩護，你們趕快突圍，誰想動我一動我斃誰！」

掩護夥伴突圍成功了，朱小禿子卻被掩上來的日軍用刺刀戳爛，三天後大夥兒為他收葬，沒有人稱他英雄，還是叫他小禿子，有人傷重了，夜晚夢到小禿子站在他床面前，便笑著說：

「我想我要走了，馬虎湯要趁熱喝才過癮。」

這一類收在記憶裏的故事，太多了，說上三天三夜也說不完，戰鬥生活就是這樣像烈火般的浪漫。軟軟的小曲一樣唱成赴死的軍歌，妹子呀，嘭！我郎呀，轟！你他媽媽奶奶老子娘，去你個球！機槍張嘴哈哈笑，管你戰車迫擊炮！俺手榴彈開花，送你鬼雜種回家！……在那樣為民族爭生存，為國家舉尊嚴時，詩並不是寫在雲上的。而我讀的三字經也不是「人之初，性本善」的那個版本。

和游擊隊比較起來，中央的正規軍就正規得多了，至少臉孔要沈凝些，不像朱小禿子那一型的，那麼嘻嘻哈哈、吱吱喳喳；他們只在夜來戰鬥稍歇的時辰，偶爾展放一些內心的感受，言語簡單樸實，既不亢奮，也沒有悲涼，戰鬥就是拚；拚都拚了，還有啥好講的？誰夠種，誰是漢子，熬起火來才知道，摟著槍，壓低帽簷假寐，可比無聊浪費吐沫星子好；看起來是沈鬱的隊伍，熬起火來卻最勇猛，因為他們的精神都專用在對敵上了。愈是具有充分戰鬥經驗的老兵，愈是抱著一股陰陰的擰勁，所謂士氣，並不是吼歌吼出來的。

誰是天生的兵胚子呢？脫掉那身軍裝，大夥兒便都還原成各色人等，只是在捨生忘死的戰場上，人性當中五毒蛇蟲般的慾望都滌盪了，人變得雄猛、溫厚而又單純。悲劇性的美感，烘托出人性的尊嚴。

我從沒被反覆的道理和教條感動過，感動我的是一張民族的臉。我深深相信革命就是一種理想的浪漫，當你盤馬長城，遠邊風吹瞇你遠矚的兩眼，醉意中的山河便奔流進你的脈管，那時你一心的詩便都濺到你的臉上；從別人臉上讀詩，天知道我是不是一個詩人？我寫過一本《征程詩草》，早已失落了。

到東到西的飄著，我不能算是一個舉槍戰鬥的兵，只是一個飽受戰火洗禮的孩童，耳聽的、眼見的、心感的，匯進生命裏來，使我亟欲傾訴給誰聽，這就是我學著塗鴉的基本因素；邊寫邊扔，邊扔邊寫，作為自己的讀者，卻也是一種過癮。

從抗戰末期到剿共戰爭當中，我的習作期一直是孤獨的，在我的周圍沒遇上同好，沒有人教導我，更沒人和我討論什麼，著書立說，該是比天更高比雲更遠的夢，和生死一陣煙的戰友們觀念相去太遠，但我要是不寫出那些感動來，心裏就會滴血，為什麼人的日子要像這樣過呢？人原該白天有個原野，夜晚擁一盞家宅的燈啊！

直到來臺後，我才知道像我一樣想用文字吐露心胸的朋友多得很，而且都比我有智慧，有成就，他們絕大部分都在軍中。陸軍出身的端木方，以濃郁的鄉土風貌，平樸深厚的文筆，寫出《疤勳章》、《四喜子》、《星火》等傑作；徐文水氣勢雄渾，筆鋒銳利，像雕刀般的雕出「東門野蠻及其夥伴們」的英勇形象；楊念慈語言豐廣，行文自然流暢，粗獷處扣人心弦，細緻處刻繪入微，《廢園舊事》尤為其早期力作，讀來令人振奮不已；公孫嬿才華高絕，熱烈又浪漫，天生俠骨，兼具柔情，從《海的十年祭》到《孟良崮風雲》可見一般；段彩華的《幕後》，朱西寧的《大火炬的愛》，都展現了他們早期創作不凡的風格；尼洛的《咆哮荒塚》、《近鄉情怯》，對中共暴力本質的透視，尤為深刻，給人以一種慄怖的迫力。海軍出身的墨人，見識豐廣，創作力充沛，憂民愛國之情，躍然紙上；郭嗣汾寫大巴山、寫海上戰鬥生活，筆墨瀟灑，神韻生動，令人心折，溫新倈等人急起而前，作品亦頗有可觀。空軍出身的高陽、魏子雲、余之良、吳修邊……也有許多優異的作品推出。從海外歸隊的南郭，打過游擊的王藍，更都是早期軍中文藝開拓的先驅。

緊接著，吳東權、田原、李冰、蕭颯、朱煥文、鄧文來、洛夫、瘂弦、張默、夏楚、羊令野、張拓蕪、彭邦楨……，諸軍齊出，斬將奪旗，形成了自由文學第一度的大豐收。

總縮這一時期自由文學的發展，軍中的戰鬥文學蔚成主流是必然的。這些作品，反映了民族的苦難真貌，民眾攘臂而起，作無我的抗爭；那些悲慘的壯烈事蹟，都是真實的史詩，容或在作品技巧表現上未盡圓熟，但作者們生長的潛力卻是驚人的。

這種大風格的統一，實乃由於在同一時代裏，作者個人的經歷和感受相同，和本民族絕大多數的心靈相契相融，才能湧起這樣一道巨浪。

經過這許多年，當初我所傾慕的作者，都已成相知的老友了。還記得當年共坐草坪，飲月談天，我們對中國文學發展前途的關切和討論，彼此呼應激勵，同相期勉的情誼，仍然歷歷在目，拳拳在心。我是一匹追隨在諸賢之後的劣馬，不敢揚鬃奔騰，自願當一名載重的馱馬，一步一個腳印的奔向前程。但我仍然要由衷的道出：軍中實在是一所廣闊深沈的生活大學，每個飽經亂離，奔馳疆場的戰鬥者，都是一部大書，夠人閱讀終生的。

從這些人的精神世界，我得以走進文化和歷史，真個是英雄無頌，勇者無名，我只能用心靈去溫炙了。

早期軍中的作家，大多居留南部，尤其是鳳山、左營兩地。我和彩華、西寧相識最早，舒暢、彩羽、大荒，也經常和我相聚；有時受訓來的作家，也物以類聚，很自然的聚了頭，沙牧、辛鬱、管管，都是這麼認識的。難得大家都一見如故，對彼此的作品，探討認真，批評熱烈，而且在聚散之間，都有著青山不改、綠水長流的默契。

事隔卅多年，證明這些來自各省的朋友們，都曾為中國文學的墾拓竭盡力量，彼此間的情誼久而彌芬，成為揮刀難斷的長流水。它不單是私人的情誼，而是面對整個民族的生存處境所產生的共同體認，促使我們產生了自覺的責任感；我們要以這種皎如日月的心胸，風示天下，我們像所有民族成員一樣，渴望經由本身的努力，使民主與自由在全中國真實的體現。

這許多年，我和許多朋友們，在物質生活上是比較貧困的。婚後前十年，尚不能保有一座屬於自己的屋頂，有一度時期，我是當鋪的常客，遠道朋友蒞舍，當件毛衣去買酒是常事，比之李白的五花馬、千金裘要寒酸百倍，但我樂在其中，而且還把創作生活裏的零星瑣事，記在「面壁手記」裏面。——這是一部未曾發表過的書，別人看來，也許會覺得有些辛酸，而我是笑著寫成的，向生活戰鬥，只是生命的插曲而已。

不過，寫作者仍有著他最基本的需求。比較安定的生活和相當的餘閒，對作品質量仍有很深的影響，煮字療飢，為口腹碌碌奔走，會影響作品的精度，應該是被公認的；有些朋友們的才華，就這樣被淹沒，或者沒能達到應具的高度，談起來常令人扼腕：「某人應該寫得更多更好的……可是，生活磨人啦！」

而當事者的本身很少怨尤過，寫作是自己選擇的，無論在怎樣艱困的環境裏面，我們都會寫下去。在行軍途中暫行駐歇的街廊下面，在破落的古廟裏，一張帆布椅，一塊薄薄的圖板，就是我們的書桌；朋友們的很多早期作品，多半是這樣寫出來的；克服環境的障礙去運筆，何嘗不是一種戰鬥？生活的冶煉愈多，創作的心志應該愈為堅韌，一個作者作品的優劣，並非建立在生活環境的安適上；當我們讀到曹雪芹在一燈熒獨，四壁蕭條的景況中苦寫《紅樓夢》時，我們感懷於作者的沈潛寫作的精神，便抱有一分同情與希冀而已。

值得慶幸的是我的寫作環境尚稱安定。卅年來，我用過兩張書桌，寫禿了九枝鋼筆，一直到現在，我仍然沒有一間屬於自己的，被稱為「書房」的屋子。我把書桌放在臥室裏，挑燈趕稿時，用一張黑紙遮住朝床的那一面，免得燈光影響妻的睡眠，但她仍然自覺易受干擾，逃到客廳的沙發上去「獨宿」去了！我對自己這種鳩佔鵲巢的做法，感到抱歉和無奈，唯一報償她的方法，就只有盡力的寫下去。她認為一個作者，不離開書桌和稿紙，才算是務本，這樣，我便變成一隻司晨的雄雞了。

有人問起我多產的原因，說來很簡單，我每夜都寫到凌晨三點多鐘，我作品的取材幅度較廣，題材蓄積得多，總是寫不完，我所寫的《狂風沙》、《失去監獄的囚犯》，看來都很厚重，每部幾近百萬言；但對我來說，都還是分量較輕的小題材，我習慣把較重的題材放在後面，也許等我有了書房，換一張較大的書桌之後，就會動筆吧？我倒不執持於時代的使命感，但卻難以卸脫良心上的責任。如今，時代朝前進步著，社會的結構，生活的形式，都產生了很大的改變，作為一個小說作者，必須跟得上時代的腳步；軍中出身的作家們，如何拓廣視界，汲取新知，不斷的作自我蛻變，求得作品的升高，實在是重要的課題。因此，我除了潛心閱讀和伏案為文之外，更盡量分出時間來和青年朋友相處，彼此忘卻年齡上的差異和經驗的參差，樂以忘年，這樣結合成一種新的、生命的衍生力量，對彼此的創作，都會有很大的助力。

今天，社會上愛好文藝的人口，明顯的增加了。作家們雖貧而不困，每個人都有了自己的屋頂，上無片瓦下無立錐，早成為歷史形容，文學和藝術，在自由開放的環境中，興盛是必然的。年輕一輩的作家，人才輩出，各顯才華，可喜可賀；他們憑著關愛之心進入生活，以高度的敏銳感捕捉題材；若說反映一時一地的部分生活是夠了，但精神的深廣度，普遍較弱，對民族整體生存的關切也較淡漠，這也許受著個人經歷，和取材幅度的影響。我希望出版機構，能夠選印早期成功的作品，讓這一代的青年朋友，有重溫那個時代的機會，居安思危總是好的。我更盼當年那許多文壇猛將，能夠重新拾起筆來，披掛上陣，吐氣成雲。

這時代固有許多可變的，等待我們去學習，但也有許多不變的，像反抗暴力、崇尚自由，就是我們寫作的原始動力。在我們的民族中，暴力的根鬚一日不能盡除，我們就將奮鬥到底，在這點上，是沒有年齡分際的。

在眾多的題材裏面，我特別喜愛勇壯的悲劇，那也許根植於童年的經歷和感受。我總覺得，一個富強之國，合理的、人道的社會，是要經過每一世代的無數人努力奮鬥求取的，在求取過程中的流血犧牲，最使我撼動，我要高高舉起我心目裏的英雄們，使「英雄有頌，勇者留名」。我在最近出版的《駝鈴》一書的序言裏，曾這樣寫下：

> 讓我們在駝鈴的交響中，走到春天的懷裏去，飲一飲甘冽的清泉，看一看仙人掌上的黃花。而我們是要走下去的，因為：
>
> 我們的前進就是中國的前進！

這是我的心聲，難道不是你的心聲麼？

老爬蟲的告白

面對著稿紙度過半生，寫作對我而言，不是行業也是行業了，有時候認真去追想，我為什麼成為一個專業作者的呢？說來是非常荒謬，連我自己都不敢相信的。

小時候我喜歡聽說書、看野臺子戲，沈迷到廢寢忘食的程度。有些比較知名的說書人，都在茶館裏設有固定的場子，聽書的人可以泡盃茶，蹺起二郎腿，大模大樣的坐著聽，說書的人每說到精采之處，就停頓下來，由他的助手端著盤子請賞錢，通常一個晚上，都要收上兩次錢。我去聽書，既不泡茶，又不給賞錢，完全是白聽，一看到有人端盤子請賞，就退到門外去，等他收完了錢再回轉來。有些流動的說書人，總是揀著逢集的日子，在街頭巷尾找一塊空場子，口沫橫飛的說起來，而聽的人既沒茶喝，又沒座位，大都蹲在自己腳跟上，手托著腮，癡癡迷迷的聽下去；凡是有人說書的地方，總少不了我就是了。

至於看戲，我可看得多啦！山東戲、河南戲、江淮小戲、梨園的大戲，加上唱道情的，唱大鼓的，唱小曲的，打鑾琴的，甚至巫童巫婆行關目，我是有戲必看，白天聽的看的，都帶到夜晚的夢裏去，常常幻想自己也是書中和戲裏的人物，當然是什麼武曲文曲、青龍白虎之類的星宿臨凡嘍。

在聽書看戲之外，我還迷著聽人講古記兒，不論是悲的、喜的、恐怖得使人脊背發麻的，我都喜歡聽，每天夜晚，要是不聽一長串的故事，簡直就睡不著覺。

那些民間藝術和傳說故事，給我的影響是深鉅的，它使我充滿了歷史性的幻想，總脫不了忠孝節義、離合悲歡那種調子，而且把自己也放在裏面，扮演一個自己屬意的角色——當然是主角了。

後來，發現家裏的藏書，裏面附有插圖，我雖然看不懂文字，但繡像人物卻看得出是誰來，尤其是說書人說過、戲臺上演過的，便更熟悉了。為了想探究書裏究竟寫些什麼，我對認字塊兒的興趣愈來愈濃，沒入塾之前，我已經從文盲變成粗識文字，能夠吃力的啃書了。我最初所啃的書，從三皇五帝到清末的通俗演義類的作品，差不多都看過，尤其對唐宋兩個朝代的演義，特別熟悉，有人說：「唐書步步錦，宋書朵朵花」，表示它們精采熱鬧，我當然是喜歡湊熱鬧的了。

演義類的作品，悲劇感不深，英雄們死了沒什麼，祇是星宿歸位而已，什麼青龍四轉世，白虎三投唐，這本書裏的人物死了，翻到那本又出來了，仍然是一條好漢，這當然也是一種過癮，因為凡是星宿臨凡的人物，閻羅王管不著，死後不必下地獄，直接升天，真是羨煞人也。

不過，等我再讀到一些由民間傳說寫成的悲劇時，味道就不一樣了，俗說：逢「記」必苦，像《牙痕記》之類的書，讀來真是苦進骨縫，而那些苦況，都是沒良心的人——尤其是狠心男人造成的，偏偏我又是男人，發狠日後長大了，不能把良心扔去餵狗，做一個死後還被人痛恨的人，立誓自歸立誓，長大之後檢討自己，雖不挺壞，也不算好，直接升天歸位已經沒我的份了，地獄恐怕還是要去走上一遭的，閻羅王審問我，一定會加上寫書害人這一條，污了許多讀者的眼，迷了不少讀者的心，罪莫大焉，上刀山下油鍋跑不了啦。但世上既有創作這行業，我不寫就沒飯吃，只好先顧眼前的現實了。其實，人世間的生老病死苦，實在夠受，刀山油鍋的滋味，不必到地獄去，照樣品嘗得到，抗日和剿匪期間，我們受的苦，一樣可以寫成什麼什麼記，讓後世人也為我們灑幾粒眼淚。

我進塾唸書，先跟一個準和尚唸，背誦是背誦了，但書的內容我根本不懂，他再解釋，我還是一腦門子漿糊，後來跟一個貢生吳老先生唸書，那位先生講得非常好，深入淺出，還打了許多讓人能夠領會的比方，懂是一回事，有無興趣又是另一回事，我對於經史子集的興趣，遠不及通俗坊本小說有興趣。不過，通俗小說和戲劇看多了，總不能反覆再看，我的興趣又轉到新文學作品上了。

抗戰期間，不論是淪陷地區或是游擊地區，如果不是在大都市裏，書本都是稀少又珍貴的，偶爾見到一兩本，也被人翻爛了，有時沒有封面，連頭尾都殘缺不全，像雜誌和報紙，沒有什麼定期的，找到一本算一本，找到一份算一份，尤其是副刊上的好文章，都是輾轉抄錄下來的。那時，我在地下補習班，上國文課沒有課本，老師把一篇文章寫在黑板上，大家跟著抄，文章有古有今，新文學作家的散文，我就是那樣接觸的。我的一位堂兄讀過農校，他有個愛好新文學的同學到大後方去了，留下幾箱書籍，寄放在我家鄉下的農莊裏，我逃難下鄉找到那些書，真是如獲至寶，便吃力的硬啃起來。那些書籍，多是五四之後新文學作品，有些作者的名字很生冷，內容也不算好，少數是知名作者的作品。那位張先生收藏這些書，讀得很仔細，有許多地方，都做上眉批眉註，寫出他的感想，還在一冊描寫戀情的長篇小說扉頁，寫下「美人黃土，名士青山」的話，他的毛筆字寫得細瘦挺拔，給予我極深刻的印象。

抗戰烽火擴大了，我們四處逃難，在流浪中，我仍然不斷的讀到一些文學作品，也熟悉了當時一些小說家、散文家和詩人的名字；在當時，我對新文學作品談不上專一的愛好，由於日軍封鎖的關係，我們沒有選擇閱讀哪一類書的機會，找到什麼，只要是有字的東西我都願意看，讀得很零碎、很廣，也很雜亂，一部分翻譯小說，也都是那時候看的。

看書看上了癮，對聽說書和看戲的興趣就減低了，因為說書的所說的那幾部書，有時誇張過度，甚至部分段落渲染過甚，沒有看原書過癮。戲呢？在兵荒馬亂的年頭，也沒有什麼好的戲可看，倒是真實的人間那些死別生離，要比戲臺上演的更感人得多了！抗戰期間的許多文學作品，反映了戰亂的生活，多角度的顯陳，在在撼動了我，我時常感覺到內心也有很多話要吐述出來，讓別人聽一聽，假如用文字去表達內心，是我不敢企望的，我從來沒夢想過有一天我會成為一個作家，但學習和嘗試的心倒很強烈，那麼就從頭做起吧。

我的學習寫作的簿本，是自己找些單面有字的紙張打翻後釘成的，到東到西都帶在身邊，一面閱讀汲取，一面學著塗鴉，最早常寫些摹仿性的東西，也是雜亂無章的，比如說，讀了安徒生和格林的童話；我就學著寫童話，讀了平江不肖生和王度盧、鄭證因的武俠小說，也學著寫武俠；讀了戴望舒、朱湘的詩，也就學著寫詩。寫完了，自己看著都覺得臉紅。

到了抗戰末期，我對閱讀的作品逐漸有了偏向性的選樣，比較喜歡讀小說類的作品，尤其是舊俄作家那些滿懷人道悲情的作品，給我極深的感染，那些書本，彷彿是一座座雄偉而莊嚴的精神建築，把希望的種子，埋藏在多難的人間。也許是生存的年代、生活的環境影響吧，使我對各類型的人間悲劇特別敏感，因此，在我習作題材的取擇上，多半都以悲劇性的事件為主，至於表現得如何，那又另當別論了。

在摸索的日子裏，我都是孤獨的，沒有同好的朋友和我切磋，也沒有前輩給我指引，整整有四五年的時間，我既沒有成績，又沒有信心，祇有生活帶給我的感覺在我內心積蓄著，有想衝瀉又無法衝瀉之感。這種痛苦，到了來臺之後，有了顯著的改變，在軍中的夥伴裏面，我發覺愛好文學藝術的朋友一下子增多起來，而且其中不乏頗具素養的，我們在操課之餘，把所有能利用的時間都用上，跑圖書館，逛書店舊書攤，用微薄的餉錢去買書，彼此交換著閱讀，並且互相討論。中華文藝獎金委員會的設立，早期的一些文藝刊物的誕生，對我們的鼓舞極大，投稿必須要有適當的園地啊！

五四的時代過去了，在這個島上，我們必須重新作精神的墾拓，今後的文學往何處去呢？那是我們頂著星和月，坐在帶露珠的草地上研究探討的主題，那時候，僅有少數在大陸上就為我們所知的老作家，像蘇雪林、王平陵、孫陵、陳紀瀅、謝冰瑩……等人，緊接著，文獎會的刊物和書籍，又不斷推出一些新的名字和新作品，像潘人木、徐文水、端木方、方曙、潘壘、李莎、郭嗣汾、墨人，這些作家有部分是服務軍中的，那充分表示出一種意義，就是說：當兵的除了拿槍上陣，一樣能用筆描摹出內在的情神感受來。

當時在南部三軍裏，愛好寫作的朋友很多，像楊念慈、彭邦楨、朱西寧、段彩華、馬各、桑品載、李冰、沙塵、蕭颯（男）、王牧之、羊令野、王默人、高岱、洛夫、瘂弦、張默、彭品光、疾夫、阿坦、金刀、朱門、郭嗣汾、墨人、舒暢、張拓蕪，還有些軍眷作家像郭良蕙、丹扉、郭晉秀……多得一時無法逐一列舉了，人說：物以類聚，這些朋友早年並不相識，但彼此在寫作過程中相互傾慕吸引，慢慢的都熟悉起來，並且都成為老友了。從五十年代到八十年代，自由中國文學藝術發展到今天這樣蓬勃，以上那些早期文壇開拓者的心血和勞績，應該是被記憶的。也就是說，早期文壇的開拓，除了社會作家的努力外，軍中作家的全力投入，實在是一股不可忽視的主要力量。

對我個人而言，這些朋友對我的鼓舞和啟導，助我建立信心，更勝過我所讀過的書本，一直到今天，我們仍然用創作作為精神上的呼應，不管我們身在何處，能否常相聚首，我深信祇要我們還在呼吸，我們的心是一致的。為了一個理想的中國，為了合理的人類社會，我們自會和繼起的文藝精英匯成一體，盡力的寫下去、做下去，創作量的多寡，作品成就的高低是個人的事，但誠懇努力的心是相同的。

幾十年如一日，我守著夜和燈，思想、閱讀和寫作，從不曾厭倦過，懷著學習心情的人是不會厭倦的，唯有自滿才會逐漸的貧弱乾涸，我常這樣的自問：「司馬，你算得了一個作家嗎？」回答是肯定：「不！作是作了一點，離『卓然成家』還差十萬八千里，要學的還多得很哩！即使匍匐終生也學不完的。」正因如此，我才用生活作燃料，像一輛重型坦克般衝向前去，一千萬字，兩千萬字，三千萬字……直到用原稿砌成一座高樓，別人接不接受我我管不著，我能獨自坐在原稿的樓屋裏「孤芳自賞」也就夠了，人為自己的理想盡了力，還有什麼他求呢？王大空先生寫一本書，叫《笨鳥慢飛》，而我這陸軍出身的人是沒有翅膀的，既不能飛，祇有改以「笨龜慢爬」去形容了！儘管前面山遙路遠，能不斷爬下去總是好的，要是抱著幾本自己的書，作「烏龜曬蛋」，那就永遠到不了啦！這種認定，有時還被讀者誤為過分謙虛，其實，它正是我拚命寫下去的主要理由。在我寫作的過程中，我所受的影響是多方面的，有些得自書本，有些源自生活，總括說來，知識、友情、生活和感悟，使我的精神能夠不斷成長，我能夠用筆去表現的，僅僅是這種成長的過程罷了。

——六十九年十一月十二日．臺北市

養貓記

在文壇上，誰都知道朱西寧夫婦喜愛貓狗，不單是喜愛，還有一份悲憫的胸懷，他們經常拯救落難的貓咪或是拴在香肉店內待宰的小狗，附近鄰居們知道他們有這種心腸，凡是見到野貓野狗就朝他們的門上送，連賣魚的也送給他們一隻貓。有人到朱家去後，形容他們宅裏狗毛亂飛，更有一種貓狗混合的特殊氣味，這和一般飼養寵物的情形又自不同了。說真心話，我也一向喜歡貓和狗，我不得不佩服他們捨己而為貓狗的勇氣。我的老婆被我養得病歪歪的，孩子也都是瘦排骨，在自顧不暇的景況中，哪還能飼養貓和狗呢？一年冬天，我們冒著冷雨出去吃消夜，在附近巷道的街燈下面，發現一隻餓得形銷骨立的小貓咪，渾身濕淋淋的，不停的打抖，見人走過，就發出哀切的叫聲，我大大的不忍心，輕喚了一聲，牠就一直跟隨著我們了，我老婆說：

「瞧吧，全是你惹的，牠跟上你，看你怎麼辦？我是發狠心不養貓狗的，我沒有精神伺候牠們，你們把牠們弄到屋裏來，不能按時餵飽牠們，更是一種虐待，愛不是光憑嘴說的啊！」

「是啊，是啊！」我說：「人都養不好，我不配養貓養狗，這樣好不好？妳看這隻貓快要餓死了，我們總不能見死不救吧？——我把牠抱回去，餵牠一頓熱飯，以後就不管，好不好？」

「好嘛，」她說：「但必須提醒你，野貓野狗就是不能餵，一餵牠就不走，那時你又怎麼辦？」

「到那時再講吧。」

我們在冬夜請那隻野貓吃了一頓晚餐，牠整整繞著我們的宅子哀叫四天，要不是遇上另一個過路的善心人把牠帶走，我真不知該怎麼辦了?!

這一回竟破例的收養了這隻黑花斑的母貓，連我也沒想得到。這隻貓初來時祇有四個月大，不知是被誰家遺棄的，大概在外面忍飢受餓流浪很久了，瘦得像一隻拖尾巴的老鼠，全身都是跳蚤，牠跳在我們的圍牆上叫喚，見著人影又迅速逃走，我那喜歡招惹小動物的老五，用食物引誘牠，第二天牠又來，老五把牠弄到屋裏，牠見著燈光和人，嚇得渾身發抖。

牠長得一點也不可愛，一身髒兮兮的，瘦得皮包骨頭，牠的毛色、神情，給人一種淒怖的感覺，老四說牠真像巫婆變的，無論如何，牠極度飢餓是不爭的事實，我們還是餵飽了牠，把牠請了出去，但牠下定決心不走了，就賴在門口脫鞋的地方。

「那就暫時養著吧，」我老婆說，「母貓最養不得了，萬一懷了孕，一生一大窩，看你們怎麼辦？」

「不會，我可以找獸醫，幫牠動手術，或者讓牠先吃幾天飽飯，幫牠弄乾淨了，抱去送給朱西寧家。」

「你真的會送？」

「當然是真的，哪天見到西寧，我當面對他說。」

七哄八哄的，總算哄得她點了頭，這隻野貓總算被我們暫時收容進屋了。我女兒每天幫牠抓跳蚤，我們輪流拌飯餵牠，每個星期都替牠量體重，看看牠生長和發育的情形怎麼樣？我老婆主張養小動物不可過分嬌寵，要訓練牠們吃臢飯，訓練牠守規矩；但這隻貓咪野性猶存，你抱牠時一不小心，牠會咬你一口；牠用沙發當成磨爪子的地方，沒多久，我們的破沙發被牠弄得更不能看了。而且牠對食物挑剔的程度與日俱增，最初幾天牠還吃贕飯，後來要魚湯拌飯，再後來要吃魚乾拌飯，現在連魚乾也沒大興趣，喜歡魷魚、蝦米和雞腿，早晚還要吃兩小杯牛奶。

隨著日子過去，牠的體重增加到二．八公斤，毛色也顯得柔潤些，我們笑指牠到了青春發育期，醜貓也變漂亮了！

「嘿，你說牠漂亮，那就危險啦！」我老婆警告我說：「這附近的公貓，眼睛可比你尖得多，你再不把牠送去動手術，過不久，牠一定會生一大窩小貓，那不是麻煩透頂？」

「不會的，」我說：「春天早就過去啦，牠還這麼小，不解春情，哪隻公貓會揀上牠？牠要懷孕，也非到明年春天不可！」

「是你講的？萬一懷了怎麼辦？」

「當然是我講的！」我理直氣壯的說：「我說牠情竇沒開，牠就不會懷孕，不信，妳瞧著好了！」

這話說了不多久，我就發覺情況不怎麼對勁了，我們家的圍牆上，已經出現公貓的蹤跡，被我發現的一共是兩隻，一隻是青白斑紋的年輕公貓，另一隻是黃色虎斑的老公貓，牠們用一種奇特的曖昧的聲音叫喚著，使我們家這位貓小姐有些意亂情迷，豎起兩耳，蹲在牕臺上朝外矚望，彷彿對那叫喚聲饒有興致。

糟！我心裏說：這小母貓動情了！想起我對老婆的保證，我不得不狠下心找到一根木棒，來它個棒打鴛鴦，但我拋出的木棒並不能有效的遏阻公貓的愛情攻勢，牠們夜以繼日像走馬燈般的繞住我的宅子打轉，好像不得手絕不甘休的樣子。夏天的貓會不會懷孕？我真想去請教生物專家了！其實這是多餘的，有一天我因事出門一整天，一進門，我老婆就告訴我說：

「這可好，趁你一整天沒在家，色膽包天的公貓把我們家的貓妞給勾引出去了，有沒有怎麼樣？我不知道，你看看牠好了！」

有沒有怎麼樣？看是看不出來的，起碼在當時無法了解，看光景，祇有讓時間去證明它了！日子一天一天過去，小母貓的乳頭轉成桃紅色，我一看，十有八九是有了孕了，果然牠的肚皮跟著膨脹起來，渾身透出嬌慵懶散的味道，俗話形容家畜的懷孕期是：貓三、狗四、豬五、羊六……也就是說：貓咪從得孕起，三個月就要生小貓了。這期間，我和西寧兄碰過面，特別提起懷孕的小母貓來，我一再表示請他收養，他也很慷慨的答應了，不過我總覺得不好意思把待產的母貓立即送過去，盼能等到牠生產之後，小貓滿月斷奶再說。

三個月時間不算長，但在我感覺裏真夠長的，小母貓的肚皮被我們摸過來摸過去，有的孩子摸出牠胎動，有的肯定摸到四個貓頭，說牠一定會生四隻小貓。

「說得多鮮，你們的眼像X光似的！」做母親的沒好氣的說：「小母貓生小貓，我想到就頭痛了！」

為了減輕她的頭痛，我徵求送貓的義勇軍，老三說他可以試試看，老四很篤定的說他可以送一隻，老五說送一隻絕無問題，他有個同學讀生物學系，送一隻給她研究研究。我說：「研究貓的生態可以，千萬不能解剖掉，坑害小生命的事，我們絕對不幹的。」

八月七日，我到雲林縣暑期營隊去授課，九號回來，我老婆笑著對我說：

「昨天是爸爸節，孩子們替老爸準備了一項特殊的禮物——一窩四隻小貓。」

接著，她描述七號上午小母貓生產的情形：她看著母貓跟前跟後的對她哀叫，就在樓梯底下替牠鋪了個待產的窩。母貓進窩後，我的女兒和兒子們成了助產士，摸著母貓，安慰著牠，讓牠生產，牠從上午十時生到下午四時，一共生出四隻小貓，初生的小貓身上裹著一張透明的衣胞，像用塑膠袋裝著的海參，母貓把衣胞舔破，使小貓爬出來，生到最後一隻的時候，牠已經昏昏沈沈睡著了，孩子們祇好動手幫忙，弄破衣胞，使小貓能夠透氣。

我急忙跑去看小貓，那四隻沒開眼的小東西真是可愛透頂，孩子們為我解說：淺黃虎斑禿尾的是老大，深黃虎斑的是老二，灰中微黃虎斑的是老三，純灰虎斑是老四，老大老二是公貓，老三老四是母貓。

童年時家裏養過貓咪，我深知貓的習性，通常母貓生了小貓之後，牠的窩是不願被人看到的，尤其是陌生人，如果看了小貓，母貓會把小貓給吃掉，也許牠認為吃回肚裏最安全，這樣，任何人都無法再傷害牠的子女了，我把這事說出來，我老婆搖頭說：

「我們家情形不同，牠生小貓都是孩子們摸著牠生的，而且每天他們都輪流欣賞小貓，母貓不會避他們的。」

人和貓相處得水乳交融，當然是我所樂見的，不過，過了一個多禮拜，母貓還是叼起小貓搬過一次家，從樓下搬到樓上我女兒的床肚下面，我們猜想可能是牠原先的窩在客廳一角，常有陌生人進屋，使牠覺得不夠安全，牠才搬到樓上去。後來，孩子們告訴我，貓搬家是牠的天性，牠仍然需要在隱祕的地方，好保護牠的小貓，牠一共搬了四次家，直到小貓滿月，但牠沒有隱祕的地方可供選擇，孩子們始終跟著牠。

小貓學步了，小貓開眼了，小貓這樣了、那樣了，都變成我們家裏的大新聞，使每個人都跑去看一看，小貓還沒滿月，我們就沖了牛奶餵牠們，逐漸使牠們學會吮食，然再拌了碎魚和飯，使牠們逐漸學會用牙齒吃東西。牠們學起來可真快，不到一個禮拜，全都學會了，而新的問題也接著來了，一吃母奶之外的食物，牠們就有了很多尿屎，每天都得要人為牠們清理，牠們身上的跳蚤繁殖得極快，不多久，我們樓上的跳蚤就不斷的咬起人來了。

小貓第五次搬家，完全是人為的，我們不得不把牠們請回樓下，在樓上掃除，並且大噴克蟑來消滅跳蚤，過不久，我們很難忍受小貓隨處便溺，又發狠把牠們移到院子裏，騰出一格鞋櫃作為牠們的窩巢。

這時候，朱西寧的名字恐怕連母貓都聽熟了，每當母貓偷嘴，或是小貓亂撒尿的時候，便恐嚇牠們說：

「再不乖，送給朱西寧去！」

為什麼光說不送呢？說穿了還是不好意思，人說：己所不欲，勿施於人，就是真送，也不能把母貓和一窩小貓全塞給他們。我是下定決心顧人不顧貓了，但小貓必須贈送給願意養活牠們的人，這些天，我和孩子們四處遊說，希望能把四隻小貓免費推銷掉，但其結果都被婉拒。有人說：如果在鄉下，早就送掉了，都市人住公寓，根本無法養貓。有人說：如果是波斯貓或暹邏貓，也許還會使人有幾分興趣，土貓恐怕沒人肯收養。更有人以過來人的身分警告我說：這裏季候熱，母貓一年能生三窩，你如果不及時替牠動手術，也許這一窩還沒送掉，另一窩又出世了！

「會那麼快嗎？」

「你是不是想試一試？」

還用再試嗎？單祇是一窩，已經把我的頭都弄大了，我承認我很愛貓，我也不敢忘記我老婆的言語，愛貓愛狗不是摸摸玩玩，你得要有耐心去伺候牠們，你經常在外奔跑，讓牠們飢一頓飽一頓的，根本不是愛之道也！……這話表面上聽來像是說貓，實際上另有涵義，看她病歪歪的樣子，我彷彿領悟到一些什麼了！朱西寧養貓養狗，算是行有餘力；而對我來說，收養這隻貓和意外添上的一窩貓，該算是自不量力了吧？

真正愛貓的不是我，倒是我那太座呢。

（附記：如有人願養小貓一隻者，附贈小魚乾半斤。）

——六十八年九月・臺北市

回首

到了雲水蒼茫的年歲，在沈悒中回首，方體悟出年輕時施的太少、受的太多，對於那些激勉我、規正我、安慰我、鼓舞我的友人，我懷有無限的感恩和愧歉之情。古人嘗說：友朋遍天下，相知有幾人，可見在人生旅程中，益友難得，知友難求。比較起來，我算是幸運的，半生得益於友人特多，說它是造就生命的原力，也並不為過。

隨著時空的移轉，生命向前面去，人世間的變幻一如風裏的流雲，我一面不斷地結識新的友人，一面卻常常緬憶往昔，我當年那些益友良朋，於今有的流散他方，不知音訊，有的早已物化為中國的一把泥土，極少數的雖還偶通信息，但各揹著生活的重擔，聚晤的機會也越來越少了。

在一首送別的歌裏，有這樣的形容：

天之涯，地之角。
知交半零落……

我每次低哼它的時刻，便有淚盈眶，那倒不純是黯然的悲愁，而是尊敬和感念所帶來的片雲微雨。這種情緒激發我去做一個施者，把當年承受的友愛再施轉給別人，也許這種心意，是我對故人們唯一能作的精神報答吧。

並非一味緬懷往昔，但我卻喜歡這種悲劇感很濃的情韻，它會發人省悟，使人更趨於成熟，真實說來，緬往和開今，都具有積極的意義。真正的知友，所共的不在於生活的密彌和形體的親近，它是精神上的相融相契，這才是久遠的，久遠到超乎生死。

有時候，友誼是需要時間去孕育、培養的，你會覺得它如醇酒，時隔愈久愈為芳洌。有時候恰恰相反，它來如疾風閃電，去如流星飛墜，成一片橫曳過記憶的光雨。有時刻，似濃卻淡，有時刻，似淡還濃，人說：君子之交淡如水，小人之交甜如蜜，正是這兩者分別的寫照吧。但在我的半生經歷當中，友情濃與淡的參差極大，它們使人珍惜的程度，卻都是相同的。

童年結識的友人，十有八九都失散了，即使當年濃過、蜜過，隔著半生時間的波紋，往事早都化成斑斕的夢影，有個大我五歲的姑娘，隨著她行醫的父母，落籍到我們的鎮上，那該是我最早的好友，我管她叫桂蘭姊的，她常帶我去認識鎮街的屋宇，自然的花木，教我認字、畫畫和編結，不久她回她河北的故鄉去了，抗戰中期，有人傳來消息，說她在家鄉捱過荒年，憑媒說合嫁掉了。我早就預感到，這一生我不會再見到她，也不會得到她的音訊了，淡的是她的形跡，濃的卻是我的愁悵。

六歲那年，我逃避兵燹，寄居到鄉下外婆家，一個佃農的孩子，叫大其兒，和我成為莫逆，他告訴我許多鄉野的知識，傳授我很多農稼的技藝，以及野趣的遊戲，他是編鳥籠、糊風箏、打梭、爬樹的高手，他能用鎌刀拋擊在高高樹杪上的枯枝，把它們擊下來當成柴火，每次都擊個正著，那個純屬鄉野的靈魂，後來卻被敵偽軍抓伕抓了去，一直沒有回來。相隔四十多年了，我仍能清楚的記得他黧黑精瘦的樣子，在爽朗的秋日，用鐮刀拋擊枯枝時所發出來的，清脆的音響，在剎那幻覺中，變成一個生命的斷折聲……亂世能不使人哀愁麼？

抗戰中期，我曾寄居在一所美國教會創辦的大醫院裏，在珍珠港事件爆發之前，醫院大門的星條旗還保留一點驅邪作用，日軍不會進入醫院騷擾，鄉野上抗日的游擊隊受了傷，大多化裝成無辜的平民，穿過封鎖線，偷運到醫院裏來診治。我時常帶著好奇和恐懼，跑到外科病房去看他們，其中有個姓馮的，對我特別和善，他腿部和胸部都帶著槍傷，使他顯得蒼白而虛弱，但他臉色始終很平靜，經常帶著笑容，他拿出一本《聖經》，告訴我這本書給他力量，使他沒有恐懼。他贈送給我一些彩印的小冊子，都是兒童主日學所用的聖經故事，我閱讀那些故事之餘，更照著書裏的彩圖描畫兒。我們雖然在年齡上相差一大截，但我們卻成了相當要好的朋友，他拄著拐杖，介紹我去上主日學，我也常把獲得獎勵的畫片帶到他病床前，一張張的攤給他看，有一天，我去看他時，病床是空的，護士告訴我他出院了，託她轉給我一份禮物——一面黑木的十字架項鍊，他又回到戰場上去了，但在我的印象裏，他是一個極柔和的人。

半生當中，我常常想念起他來，一個連名字都忘卻了的朋友，他給予我的情誼卻是豐厚的，他蒼白帶笑的臉，仍在我的心湖中浮晃著。他是生？是死？不是我能知道的，但我相信他微笑中所表露的信仰，比個人的生死更為重要。

人在戰亂當中，友情會突然的來臨，像雕刀般的刻進生命裏去，留下永遠無法抹去的痕跡，即使是知友，也都是聚少離多，彼此都用思念維繫著。我和童年的好友可佩，在家鄉時經常共處，坐在河堤上守著黃昏，或是看凌晨揚帆遠駛的船群，從軍後二十年，一共祇見過兩次面，一次是在二水車站，他南下，我北上，當我們認出對方打招呼的時候，列車已分別滾動了。另一次是在我家宅裏，他黃昏來訪，一盞茶的茶葉未沈，他就起身道別，說他奉命趕回前線，他要去趕船，船要趕潮水。那一別成為永訣，他戰死在東山島上。半生交誼，他留給我的是夢般的記憶，和一個寫在晚霞中的名字。默唸著他的名字，我的感覺豈祇是世事茫茫而已。

而這樣悼亡悼失的友誼卻是極珍貴的，撤離大陸的那夜，我們在夜霧和紅火中攀登掛在船舷的繩網，我的一個戰友託我登船，他自己卻失足落進大江，那一聲水響，又豈是千萬言語所能詮釋的？我常常用這些記憶來勉勵自己，把接受的再付出去，如果有人懷念我，像我懷念那些可感可敬的友人一樣，那不就是生命的意義麼？

臭棋的樂趣

有人對我說：「你的文章還可以看看，怎麼棋下得那麼臭？」這是實在話，我不能不坦然受之。像我這號下圍棋的貨色，真是臭桃子、爛李子，勉強算是圍棋人口之一而已，論棋齡也快廿年了，下了幾千盤，依然故我，毫無長進，我並非不求上達，但我發現臭棋有臭棋的樂趣，在性格上，我是「不改其樂」的人。

我的那夥子寫文章棋友，不管是臭兄臭師傅，大夥聚在一起，真是「如入鮑魚之肆」，久而不聞其臭矣！我檢討過棋力不能上達的原因，多半是性格上的，我下棋，完全把它當成一種消遣，從來不談經論道扯正經，因此，下棋時手抓一把棋子，落子快得像小雞吃米，根本不用腦筋，也不懂得章法和路數，所得的樂趣，不在行棋的味道上，因為臭著連發，哪還有妙字可言。我所得的樂趣完全在過自己的癮，一開始被追殺，沒眼龍亂竄，竄到最後還是沒有眼，那就罵自己來過癮；要是瞎貓碰到死老鼠，把死棋弄活了，那就捧自己為鬼才來過癮；輸得起是一種過癮，贏得樂是一種過癮；著著都是新招，結果是後手死，發現自己竟白癡到如許程度，也是一種過癮；遇上打劫一看所有的劫材都被自己錯當成先手走光了，也是一種悶氣的過癮。

在過癮當中也不全無領悟，有時候看圍棋書籍，發現別人行棋的精妙，拍案歎服，有時得到高手指點一二，頓覺恍然，回來靜思自己下棋的毛病，少說也有幾籮筐。下棋祇顧眼前那一塊，從不擡頭綜觀大局，病之一也。對方落子後，自己隨手著著應，被人當成笨牛牽著鼻子走，病之二也。本身險象環生，還貪吃別人的大龍，不自量力，病之三也。遇上對方無理筋，惶惶不知所措，應對無方，病之四也。先縮地自保，等對方造成銅牆鐵壁，又妒其大，打入送死，病之五也。人家要什麼就給什麼，送禮送得太輕易大方，病之六也。該補的不補，該佔的不佔，猛打廢手，病之七也。把讓子當成資本，任意揮霍，病之八也。行棋至今，仍弄不清先後、死活、大小，病之九也。胸無成算，勝敗由天，病之十也。旁的毛病不說，單就這十種毛病，十全大補丸也治不好的。

人說：文章千古事，得失寸心知，其實，下棋也是如此，祇是離開棋盤時想得明白，面對棋盤時又都拋到腦後去了。有一回，約文友尼洛到圍棋會附設棋社去下棋，外面滿座，管理人員帶我們去貴賓室，悄悄對我們說：「這裏是老師下棋的地方，你們千萬不要講話，靜靜的下。」我偷眼一看，旁邊一桌有吳大國手的老哥在座，便對尼洛說：「咱們今兒正經點，裝出高手的樣子好了，落子前，要好好思考啊！」尼洛笑說：「思也有思路，咱們連路數都不懂，思考什麼？」我說：「盡量下慢就好。」結果發現走慢棋對我們是一種虐待，滿腦子茫然無緒，白白浪費時間而已，走著走著就快了起來，鄰枰方落三數子，我們已走完一盤，嘩啦嘩啦扒棋子了，人家一局未終，我們幹了四五盤，那種扒棋子的聲音，聽來連自己都覺臉紅，臭棋尾巴露了出來，祇好夾尾開溜啦。

若說棋走得臭就洩了氣麼？一點也不，至少，作為一個圍棋大眾，是圍棋書刊的忠實讀者，也常照顧棋社的生意，並且熱心響應圍棋的普及運動，湊個人頭數，總顯得熱鬧一點吧。寫作的人下棋，原就是換一種方式休息，和專業棋士不同，和業餘棋士多少也有些區別，我們是純玩票性質，絕不敢以棋士自居，既沾上一點邊，品得一些圍棋的味道，就不得不承認它是一門大學問，而弈棋，確實是一宗怡情益智的雅事了，能把人生放在棋盤上仔細品味，輸了也不就是贏了麼？這種屬於個人的哲學，和專業棋士力求精進上達不同，他們應該敬業務本，要是像我這樣局局輸，那豈不是祇有回家抱孩子了嘛?!正因各務各的本，我的棋才臭了這許多年啦！

——六十九年元旦・臺北市

生命的重量

我的母親是個瘦小溫順的婦人，農家出生，不識得幾個大字，她把丈夫看成頭頂上的一塊天，把兒子當成寶，所謂管教，也祇是轉述父親的話，開口是你爹說的，閉口是你爹講的。因此，我的童年沒得到過她什麼言語教育，她總是用笑容來感染我和融化我，偶爾加上短短的一兩句關心的叮囑。我爬樹，她說：「爬高上低的，當心跌著啊！」我高興得手舞足蹈，她說：「小人歡，必有禍！」我又㞘魚玩火，她說：「水火無情，小孩子少沾。」我要是唸書寫字，她就光笑不講，最後她說：「寫字就寫字，怎麼老愛咬筆頭子，把字都寫到臉上來了？你去照照鏡子，看你像不像戲臺上的張飛。」

旁人說我太愛瘋愛野，要她多加管束，她說：「養孩子像養鳥蟲，越野越好養，祇要順著他的性子，從旁點撥點撥就成了。」

她儘管不識多少字，卻知道許多歷史故事，廿四孝的故事背得滾瓜爛熟，因果類的故事更是她意識的重心，她自己並沒有什麼創見，都是拿老古人的所言所行，轉述給我們聽而已，這樣，她彷彿變成一隻船，把上一輩留下的鄉野智慧和歷史知識，透過那些故事傳給了我，她從不認為那是她自己的言語。

在生活上，她愛乾淨，每天天不亮就起床，家前屋後的灑掃，把枯枝敗葉都堆積起來，留作冬天圍爐取暖之用，她對農稼事務熟悉得很，怎樣套時間做事，怎樣選擇糧種，估計天時，適時的播下去；根據農歌農諺的知識預卜來年的澇旱豐歉，她知道多播哪類少播哪類莊稼；她對牲畜的心性和疾病方面的了解，幾乎和獸醫一樣的內行，牛羊豬隻和雞鴨鵝，這些家禽家畜，她都分別為牠們取了名字，有了小毛病她自己會看。此外，她對銀錢的計算能力很強，一筆一筆的帳目進出，她不用數字和簿本，便能長串的背誦出來。

我無憂的童年說起來短得可憐，還不滿六歲，離亂的烽煙便席捲而來，使我勉力揹負起成人世界的驚恐和悲愴。我依傍著母親的生活，也就很快的結束了，在這有限的幾年中，她留給我太多不可磨滅的記憶和印象。

記得母親一直是剪髮不打髻的，這在民風保守閉塞的方，是一宗使人駭怪的事情，同時她也沒有纏足，使她行動要比更上一代婦女便捷得多；另一宗是她的宗教信仰和鄉野上的人們不同，她是當時極少數的基督徒，常被人竊竊私議，把她當成「吃耶穌的」怪物。但這種看法，在她和里人共處數年後，已經逐漸消滅了，到了抗戰中期，她還利用磨屋作宣教的場所，使瀕於絕望的鄰里因擁有對基督的信仰而心安理得的活下去。

在動亂的戰火中，她帶著我東奔西走的逃難，有時穿經激戰中的火線，子彈呼呼的像颳風，她一點都沒顯出駭懼，卻用她瘦小的身子翼護著我。她陪伴病重的父親數次去淪陷在日寇手裏的縣城就醫，穿過許多道日軍的卡哨，都不曾遇上留難。

她有一種超常的勇敢，源於我所不懂的、她的信仰。後來，我在醫院裏所設的教會聚會所受洗，她禱告說：

「我們在天上的父，我的學識和能力，都不足教育我的孩子，現在把他交到祢的手上，祈求祢以他的信，給他智慧和力量，使他活著，並因祢得到榮耀……。」

母親到底教了我些什麼呢？父親去世後，留下大量的藏書和字畫，她小心翼翼的保管著它，父親教誨我們兄弟的話，她這時會拿來重複的提示我們，她很少在眾人面前用言語提到她的信仰，她總在夜深人靜時，獨自跪在燈前禱告，很短，但很虔誠。

離開她身邊快四十年，敵後輾轉傳來消息，得知她已經辭世了，但留在我心裏的瘦小的身影，卻成為我生命中的光熱，這是一種超語言的直接傳遞。我總覺我的行事和為人、志節和德行，無一及得上母親，她無須教給我什麼道理，單是她留下的信和愛，就夠我終身汲取不盡的了。

——六十九年三月・臺北市

自由的約許

早在愁紅慘綠的年歲，初初聽到「自由」這樣的字眼，內心所懷的莊嚴感覺和興奮的情緒，真是難以筆墨形容；那時初讀前人的吟誦：生命誠可貴，愛情價更高，若為自由計，兩者皆可拋！彷彿也就是自己的情懷。一度仰望過自由的境界在黃昏璀璨的晚雲上，無數壘疊的金色雲片，在熠射的光弧中跳著德謨克拉西；那是一幅崇高而遙遠的天國壁畫，使人產生縱身投入的玄想。

誰曾享有過那種臆想的自由境界呢？在多災劫的土地上，在多苦難的人間，人們祇有在一剎如夢的淒迷中引頸遙矚罷了。抗戰的烽火綿延著，每一閃光，就如魔手般撕裂了一些人畢生所營建的，呼吸硝煙的人們應該懂得：自由的意義歸屬於民族的整體，活著是一種責任。因此，我們走在冰稜的路上，聽從悲咽的號角，把生命像手榴彈般的投擲在陣前，用鮮血塗染出完成的標記，氣化春風肉作泥，該是另一種詮釋吧？我懂得自由就是那樣懂的，無數從死亡的烈焰中化昇的臉，舞成初春的蝴蝶！我們神聖的祖國，可詠歎的祖國。

總覺得用生命去解釋自由，要比另一些空洞的吶喊更要真實；在鐵蹄之下溜鳥和吐痰，難道比橫屍沙場更為自由?!無數人寧願選擇後者，當然具有精神上的理由，這選擇的本身便具有自由的意義了！如果侵略的烽煙壓在你的眉上，暴力的禁錮使你窒息。你會作怎樣選擇呢？對於曾經選擇死亡而沒有歸入死亡的人，自由便成為一種對生存原則的捍衛。

在一個寒風冷雨交織的冬夜，我們跋涉過滿是泥濘的長途，停歇在一座甫經激戰的鎮店上。我懷抱著冰冷的槍枝，背倚在一道古老家屋的磚壁下；一方黃亮的牕光，落在我面前的街心，牕光中剪現出一家人共浴燈光的影子。我曾回望過那扇古老的牕，自覺比雲還高，比夢還遠。一方牕光裡蘊有我童年期對自由生活的幻想，我們必須通過戰鬥去撿拾它，這保衛屬於我們自己，同時也屬於民族的整體。我忽然明白：為什麼有許多人在淞滬之戰的傳告中、在松花江上的歌聲裡，離開根生之土，奔匯成一支又一支隊伍的原因了！讓號角把生命吹成風或是捲成雲，現實就是那樣冰冷，而希望總在冰層下流動著，生存的意義和價值，都含蘊在其中。

誰曾享受過那種意想中的自由呢？精神的嚮往和實體生活之間，總有著很遙遠的距離，任何個體的生命都無法橫展成歷史。因此，活著是前進的過程，死亡便是一種完成。一個為爭取自由而死的人，他的靈魂必將是自由的；沒有誰拘禁過風和約束過雲，為意想擲出明天難道不是智者？

一旦砲聲停落，我們擁有自己的屋頂和牕光，便格外的珍惜起來，用它去悼亡悼失，用它去沈思默想；在歷史的卷頁裡，我們今天所擁有的，實在比往昔大一統的承平年代更為豐實，但這僅僅是局部的，而非整體！有一年冬寒季節，行軍路過北方的一座荒村，遇著一位頭髮花白的老人，滿臉縱橫著酸苦的皺紋，他赤著一雙凍紅的腳，蹲在自己的腳跟上，捧著黑陶碗，碗裡是稀得照見人影的薯葉湯，他就那樣瞇眼對著太陽，一口一口的啜飲著，我問他道：

「您在想些什麼啊？老爹。」

他轉過臉，眼神是迷惘分散的：

「到這把年紀了我還能指望什麼？我是在想：哪一天能過幾天像人過的日子？」

我常常想到那一類依附著土地生活的人群，他們安分守己的為人，與世無爭，但時代播弄著他們一如秋風播弄乾葉，捲起又落下，就涵蓋了他們的一生。當侵略的烽煙和暴力的禁錮來臨，獲得自由的唯一方式就是捨命的抗爭與含淚的堅忍，它鑄造民族最痛楚的悲劇型式，一直綿延到歷史的心臟裏去。你從史頁間聽過匈奴的馬蹄、韃靼的伐鼓，見過張獻忠屠蜀的碧血、李闖捲州劫縣的情狀，堆成山的首級可曾享有過所謂的自由?!如果歷史上的血光真能使人儆醒，今天的中國究竟是怎樣的中國？……當秋海棠葉般的土地成為蟻穴，我們憑什麼將自由當成個人的享受？消泯了道德勇氣和應有的承當！任意揮霍自由的人，未必懂得自由的真諦，這類人士大多是精神的自囚者，在慾的煎熬與利的攘奪中浮沈，並且吶喊著：為什麼人不能一口吞天?!

我們實在無須向任何人討乞那種生活上的自由，一個持志不屈的生命，忠於他的精神信仰，不論在任何險阻艱難的環境中，都能掌握住自由。意志的自由本乎自身，根本無庸乞討；一個自由人和乞丐之間的境界是有天壤之別的。如果我們本身的意志讓我們為愛付出，那麼付出的本身即已充分具有自由的意涵，即使在型式上它是一種悲劇，也絲毫無損於它的意義。

若是僅從煩瑣的行為中體驗自由，你將會發現這是乘無底之舟去航行怒海，誰是真正的渡者呢？社會的網格密張著，你是一尾在網裏掙扎的魚，躍來躍去，無非停留在妻子兒女、衣食金錢的網格上，營營終日，勞碌終生。一個銀行的老職員，述說他半生的經歷，也不過就是在同一個辦公室裏，換了三張桌子。一個計程車司機，說他每天清晨習慣看天氣，幻想他去山中旅行、海濱垂釣，或是呆坐在溪河上看滾延的漂石。

「小時候常常這樣。」他說：「如今被生活釘住了，左拐右彎，跳表數錢，誰說生命沒有價錢？扣除老本，一天最多值五六百塊錢。十多年了，我光是想，卻連一次旅行和垂釣都沒有實現過。……你說我不自由麼？各行各業的人誰又那樣自由過？那些達官貴人又如何？心裡想脫掉鞋子去踩踩海灘，偏要坐在會議桌上發楞，連——打個呵欠都得捂住嘴。」

他的話雖說得粗糙，卻含有使人反覆玩味的深意，促使我深夜不寐，在燈下奮筆，作一隻早啼的寒雞。面對著一些撐著沒底船，高喊著自由以招徠搭客的人物，不禁悲從中來，不知此輩究竟是豪俠還是溺者了？

在沙場上橫屍的勇士、在難途中用風沙蓋臉的生靈、在勞改營裏被驅如螻蟻的同胞，千萬顆濺血落地的人頭，會告訴我們自由是怎樣的意義？我們何能將那些過去曾發生過，如今也正發生著的慘劇摒除於人類生活之外，視而不見聽而不聞的故示遺忘？當那些與我們在同一星球上共臨日月的人類慘受荼毒之際，自由這名詞，將使人心頭滴血，一個真正體悟它的人，在他的心靈中、精神上，絕無單獨享有的觀念，這幾乎可以斷言。正因如此，我們都必須滿懷希望的繼續奮鬥下去，當人類所共享的自由尚未在人間體現之前，奮鬥的過程才是最佳的詮釋和最適切的表徵吧？

胸懷大愛的智者，你在何處呢？
我願提著裝有我短促生命行囊，
追隨於你，走在追尋自由的道路上，
把生命當成種子，
一粒粒隨風拋撒，
有一天這世界長成一片綠林，我將安然於
我們的血曾是它的養分……
願繼起者遺忘這些
忘卻以生命去植樹的前人！

浮生

隨著年齡的增長，一個人會不自覺的被編排到社會的網絡裡去，案頭的記事簿不但分割出日子，甚至連時辰都劃分得清清楚楚，幾點鐘，你要服裝整齊的去參加某項頂重要但卻極端無聊的會議；幾點鐘，你要掛上同情和悲戚的臉譜參與一位逝者唁悼；也許在下一個時刻，你換裝參加一場喜筵，滿面漾著春風。說這樣零售生命是怎樣的荒唐麼？彷彿並不是特殊的理由，人總是要適應環境的，我們馴服慣了，隨遇而安已成為很輕鬆的藉口，日子太繁瑣太匆忙了，社會性的人際事務是一條鼻繩，它把我們成群的牽入迷失之境。

不知為什麼使我對一星半點純屬自己的時間格外珍惜起來，我常忍著困倦，坐對著一盞寒燈，把窗外的風聲繫在搖曳的簷鈴上，把淅瀝的雨聲夾放在古舊的書頁裏，懷著一心虔敬，紀念著一個過逝的夜晚，我便聽見連風雨也掩不住的，時間無情的呼嘯。你也許會覺得這樣守著夜實在有些荒唐，因為這祇是一個平常得倦於記憶的日子，但我寧願用自己的思維去裝飾任何一個極平常的日子，即使勉強的記憶它，也比空白要充實些，除此，我已別無選擇了！

生命當真是眾多繁縟的世俗行為的連鎖麼？且不必用行屍走肉那樣嚴重的字眼去驚嚇自己疲倦的靈魂了，照本宣科的言語，若干浮泛概念的釋放，重複的禮貌性的套語，究竟能為生命帶來些什麼？我們是否已淪為走馬燈上呈現的活動圖景？

經常在若干公共場合裏，聽到諸如此類的寒暄；

——近況如何？

老樣子，乏善可陳！

——別來還好麼？

依然故我，祇是白髮又添了幾根！

在混和著慨嘆的笑聲裏，總含有一絲無奈和一份悲涼，生命就是這麼一種潮水，潮來是青春的澎湃，潮去是破滅的沙沙！為世俗的牽絆而活和為打發日子而活，同樣是值得自憐的愚蠢罷？我們能否從繭殼般的意識中掙脫出來，使靈性展翅飛翔呢？一朵花的宇宙，一粒沙的世界，彷彿祇是幼兒們所能感受的了，我們早用理性為籬，把生命圈囿其中，觀而不照的麻痺在一些現實事務或消閒逸樂裏，群性化的生命排列成佈滿漂石的河床。

硬說石頭會生長，怕是新的成人童話了。

在亂離的風裏長大，也曾吞飲過太多新鮮的事物，生命像海綿般的膨脹起來，騰湧出無數夢幻的浮泡，烘托出人的理想；它使人感覺到，人不論生存在何種環境裏，他的生活汲取力愈強，感受力愈強，生活層面也必愈加深透寬廣，生命也必愈形展放，而這種情形並不一定和生理年齡有關，它取決於一個人的人生態度。有些人雖然年紀老了但他們的心仍然年輕，有些人雖然年輕，卻被沈沈暮氣包裹著，顯得委頓僵凝，正如《聖經》上所說的：自以為聰明反成為愚拙。

倒是自承愚拙的人，還能準備一份容物的虛懷去充實自己，執持那麼一點兒初願，冀使生命在默默中完成，無論是一陣火花，一絲痕跡，總會引以為慰的罷？日子梭織著，人人都曾意想將生命織成一匹錦緞，但從經歷裏品嚐自己的創建，得多少不輟的辛勤？

有些更透達的人不計較這些，他們恒常散步在精神的原野上，藉由美的領略，靈的感悟和情的奔放，在一剎間掌握永恒，讀唐在唐，讀漢在漢的人，能為繼起生靈設想，以關愛貫穿千古的人，固然使人企慕景仰，詩人寫成一首詩，畫家繪成一幅畫，何嘗不是一種完成？……而那種使人仰望的境界，彷彿是很難企及的，正像夏夜皎皎的星群，看來近得像貼在人的眼眉上，實際卻相距若干光年。我們無法脫出自設自陷的泥淖。它使人變成揹負甲殼的蝸牛。如果人世間真有一面神奇的鏡子，能映照出人的精神容貌來，那將會顯出無數扭歪的丑角型的臉譜，並且從笑裏擠出痛楚和悲哀來罷？

無論如何，醒著總是好的，它將提醒人究竟生活在怎樣一種境況當中？你是繼續沈迷呢？抑或是拔脫而起呢?!你能倚仗青春麼？快速得如閃電的日子是鋒利的雕刀，日夜鍥刻著你的面顏，正像李白詩裏所寫的：「君不見，高堂明鏡悲白髮，朝如青絲暮成雪。」不能掌握眼前流逝光陰的人，還侈談什麼求取永恒?!

我在寒冷的夜晚獨坐著，冷靜而平和的舒展思維，細數記憶的顆粒，感覺無比豐盈，這才體悟到性靈生活必須使心靈保有一份孤獨和閒靜。白晝的熱鬧和忙碌已經夠擾人了，看電視和築方城之類的消遣，祇是另一種鬆散麻痺的形式，同樣是浪擲時光罷了！不久前，讀宋僧顯萬的詩：「萬松嶺上一間屋，老僧半間雲半間，須臾雲去佈行雨，回頭卻慕老僧閒。」作為一個現代人，當然不會人人去作入定的老僧或閒雲一朵，但如何從機械般的忙碌中覓取一份精神上的閒靜，該是很重要的；把松石盆栽看成高山和古木，得要幾分神遊意合的修為罷？

幼時讀曾子：「吾日三省吾身」句，似懂非懂，近時微能領略，又忙碌到難得靜心體察的程度，驀然回首，飄浮如浪的半生已悠悠而去了，這時才覺得幽與閒是好的，要比懵懂忙碌終日營營強得多，人如果不時時作精神的反顧，祇是痲痲木木的穿透一串串的日子，生活豈不是成了浮泡夢影般的假象?!也許老之將至並不算怎樣，失去自己才算是真正的悲哀！

世宇悠悠，你在何處呢？是乏善可陳？抑或是依然故我？你曾否在夜深時諦聽時間呼嘯的聲音，像一陣緊似一陣的風濤？那就摘下這個平常的日子，像摘下一片殘葉，夾在書頁裏紀念著罷！至少在這一刻，我們是清醒著並且珍惜著它的。

——六十六年三月・臺北市

握一把蒼涼

童年，總有那麼一個夜晚，立在露濕的石階上，望著透過井梧升起的圓月，天真成了碧海，白蒼蒼的一丸月，望得人一心的單寒。誰說月是冰輪，該把它摘來抱溫著，也許殘秋就不會因月色而更顯淒冷了。離枝的桑掌悄然飄墜在多苔的石上，窸窣幽歎著，俄而聽見高空灑落的雁聲，鼻尖便無由的酸楚起來。後來憶起那夜的光景，只好以童夢荒唐自解。端的是荒唐麼？成長的經驗並不是很快意的。

把家宅的粉壁看成一幅幅斑剝的、奇幻的畫，用童心去讀古老的事物，激盪成無數泡沫般的幻想，漁翁、樵子、山和水和水濱的釣客，但從沒想過一個孩子怎樣會變成老翁的。五十之後才啞然悟出：再豐繁的幻想，也只有景況，缺少那種深細微妙的過程。你曾想抱溫過秋空的冷月嗎？串起這些，在流轉的時空裏，把它積成一種過程，今夜的稿箋上，便落下我曾經漆黑過的白髮。

但願你懂得我哽咽的囈語，不再笑我癡狂，就這樣，我和中國戀愛過，一片碎瓦，一角殘磚，一些在時空中消逝的人和物，我的記憶發酵著深入骨髓的戀情，一聲故國，賁湧的血流已寫成千百首詩章。

浮居島上卅餘年，時間把我蝕成家宅那面斑剝的粉壁，讓年輕人把它當成一幅幅奇幻的畫來看，有一座老得禿了頭的山在北國，一座題有我名字的尖塔仍立在江南。我的青春是一排蝴蝶標本，我的記憶可曾飛入你的幻想？

戀愛不是一種快樂，青春也不是，如果你了解一個人穿經怎樣的時空老去的，你就能仔細品味出某種特異的感覺，在不同時空的中國，你所恐懼的地獄曾經是我別無選擇的天堂。不必在字面上去認識青春和戀愛，區分鄉思和相思了。我在稿紙上長夜行軍的時刻，我多病的老妻是我攜帶的背囊，我唱著一首戰歌，青春，中國的青春。但在感覺中，歷史的長廊黑黝黝的，中國戀愛著你，連中國也沒有快樂過。

憂患的意識就是這樣生根的。我走過望不盡天邊的平野，又從平野走向另一處天邊；天遼野闊，掃一季落葉燒成在火中浮現的無數的人臉，悲劇對於我是一種溫暖。而一把傘下旋出的甜蜜柔情，只是立於我夢圖之外的幻影。但願你懂得，皺紋是一冊冊無字的書，需要用心靈去辨識、去憬悟。戀愛可能是一種快樂，青春也是。但望我的感覺得到你感覺的指正。你是另一批正在飛翔的蝴蝶。

一夜我立在露臺上望月，回首數十年，春也沒春過，秋也沒秋過，童稚的真純失卻了，只換得半生白白的冷。一剎間，心中浮起人生幾度月當頭的斷句來，刻骨的相思當真催人老去麼？中國，我愛戀過的人和物，土地和山川，我是一莖白髮的蘆葦，猶自勁立在夜風中守望。而這裏的秋空，沒見鴻雁飛過。

把自己站立成一季的秋，從煙黃的舊頁中，竟然撿出一片採自江南的紅葉，時光是令人精神錯亂的迷霧，沒有流水和葉面的題詩，因此，我的青春根本缺少「紅葉題詩」的浪漫情致。中國啊，我的心是一口生苔的古井，沈黑幽深，滿漲著垂垂欲老的戀情。

一個雨夜，陪老妻找一家名喚「青春」的服飾店，燈光在雨霧中眩射成帶芒刺的光球，分不清立著還是掛著。妻忘了帶地址，見人就請問：青春在哪裏？被問的人投以詫異的眼——兩個霜鬢的夫婦，竟然向他詢問青春？後來我們也恍然覺出了，淒遲的對笑起來，彷彿在一剎中撿取童稚期的瘋和傻。最後終於找著那間窄門的店子，玻璃櫥窗裏，掛滿中國古典式的服裝，猜想妻穿起它來，將會有些戲劇的趣味。若說人生如戲，也就是這樣了，她的笑瞳裏竟也閃著淚光。三分的甜蜜，竟裹著七分的蒼涼。我們走過的日子，走過的地方，恍惚都化成片片色彩，圖案出我們共同愛戀過的。中國不是一個名詞，但願你懂得，我們都不是莊周，精神化蝶是根本無須哲學的。

握一把蒼涼獻給你，在這不見紅葉的秋天，趁著霜還沒降，你也許還能覺出一點我們手握的餘溫吧？

辭歲篇

歲末的時光在感覺裏總是匆促而忙亂的，一疊原本厚厚的日曆快撕完了，我們所穿經的那些日子，無論是春花或是秋月，快樂或是憂愁，都已成為過往，只能從記憶中回首尋覓了。年復一年，單看並不怎樣，串起來看，恐怕人人心裏都有一番滋味吧。這樣說，並非慨歎什麼，更非對由少而壯，由壯而老的人生自然歷程懷著感傷；在這新歲來臨舊歲將去的時辰，能靜下心來善自省察，用以勉勵自己，對新的一年預作妥切的計畫安排，總比聽其浮沈要好得多；但如何自省自察，實在是人間一門大學問。慣於寬諒自己的人，想讓他們藉省察而自勵，恐怕像用空槍射鳥吧。

小時聽過一個很通俗的笑話：說是有個不愛讀書的懶人，歲末自省，得詩一首云：「春天不是讀書天，夏日炎炎正好眠，秋有蚊蟲冬有雪，收拾書包等過年。」當時聽了覺得很好笑，後來反用它來自嘲，因為自己身上的懶筋，並不比笑話中的主角要少。嚴於責人，寬於責己，實在是人們的通病。省天、察地、怨人的時刻，人都變得很聰明，一臨到俯首窺心，即使不靦顏自解，也都裝聾作啞、得過且過居多。早歲讀得「妄」字，問師何解？師云：「不自知為妄！」及長，每憶此語，即如當頭棒喝，真所謂一言驚醒夢中人了。我們如果不能在自省上痛下工夫，又如何能夠自知呢？當初聽到有關懶人的笑話，只知別人的長長短短，竟不知自己做了幾十年的「妄」人，想來才真正可悲呢。

不過，人能自識其妄，比較那些終生不識妄的妄人總要好上一些。妄而疏愚比之妄而狂悖容易為人所諒些，說來也有些寬諒起自己來了。真實說，年輕人在沒能懂得這世界之前，作些虛浮而美麗的妄夢，該是無可厚非的；我們早年做過的作文題「我的志願」，每個人寫來都洋洋灑灑，好像都是國之棟樑，五十之後再看它，恐怕都會以少不更事，癡人說夢作解吧，果真能持志不墮，篤實踐履的，百不得一。古人所說：「志乎上者，僅得乎中」，由不得你不信了；人到兩鬢斑白的年歲，若再不自識其妄，那才真是無可救藥了呢。

現代生活像旋風般的急捲著人，使每個人都忙碌起來，尤其在都市裏面，車輛和人群急急匆匆的奔湧來去，彷彿像大陣受驚的鳥獸，鬧與靜變得十分的奢侈了，人們在忙碌中，很難定下心來運用思維去自省，總以為忙碌使人生充實，更有人直指一切創造都是從忙碌中得來的。初初聽來，這話很有道理，但是否每個人都是有計畫、有層次的忙著呢？仔細去想想，恐怕很多人都會搖頭苦笑吧。人情、禮俗、交際、應酬，像無數根無形的繩索，把人綑綁著；婚喪喜慶的場合，送往迎來的宴飲，這個會議，那個典禮，把人的時間切割成許多段落，在每個不同的段落中，要像千面演員般的扮演一個不同的角色，扮久了，甚至懷疑自己是為誰活著？彷彿整個的人變成一個空洞的殼子，飄著、盪著，上午在殯儀館拉下苦臉，下午在婚筵上放聲大笑，而真正的悲和喜並不在自己的心裏。

假如忙碌是這樣一種旋轉的風車，我倒寧願疏懶了。久久以來，我把待覆的信件疊在案頭，等待有空時回覆，一年積下來，沒覆的總在百封以上。三年前，在一座多雲霧的山上，重金購來一盆金線蘭，逐漸枯萎成祇剩一片葉子，我在日記上寫過「重栽」、「一定要重栽」、「決心重栽」，結果沒有重栽。一年前，我以最大的決心早起爬山，前後維持了一個多月，因為天氣炎熱中輟，就沒有再繼續下去，後來竟感覺家宅左近的那座山變高變遠了！如果不是被人牽鼻子去忙這忙那，我再疏懶也不至於懶成這樣，外間繁忙的事務，把日常生活的步調完全給攪亂了，就像一堆被捏成團的亂線，很難理出頭緒來。

我不知別人怎樣處理他們的日子，對我而言，繁冗的人際事務實在是一種極沈重的負擔，有些事，明知毫無參與的必要，卻又礙著人情禮俗難以峻拒。一個人的生活，如果從主動落入被動，它便具有丑角型的悲哀，那時候，你還能計畫什麼，預定什麼呢？日曆一張一張的撕，你裝悲、你扮喜、你酒醉、你踉蹌夜歸，然後你沈重愧悔的自省辭歲，但到了明年，生活的實質和你所預定的完全走樣，我就是這樣子除舊佈新了幾十年，越佈越糟，亂成一團的。

如果容我展露真性情，我會像迷路的小孩一樣，哭嚷出：我要回家了！我要關上門，杜絕訪客，拆除嗡嗡作響的電話，讓小院子裏飄滿落葉，讓燈光、書籍、稿箋陪伴著我，讓我擁有安靜的夜晚，我要單純甚至孤獨，保持不受干擾的權利，我決心拒絕演講、座談、開會和約稿，我……但像我這種戒煙九十九次如今仍每天吸煙兩包的人，我的決心算什麼呢？馬戲班裏的猴子說牠拒絕表演，要回到山林裏去做野猴，那才新鮮呢！

無論如何，寒冷的冬季，冰冰我的頭腦，讓我這樣清醒的思想過，縱然有些近乎

「妄想」，但卻是真誠的。世上有些人熱中於追求功名利祿，我卻反過來，追求孤獨和閒靜，說來祇是大傻和二傻罷了，我已是一條出山的溪，空自回首望著山，真能回去麼?山在眼中已越去越遠啦!旁的不必說，這篇稿子又是電話催來的，它的性質等於嘴說戒煙又吸了一枝一樣，為世俗纏身而煩惱的人，也就不必太自鑽牛角尖啦，人祇要能保有一分童稚之妄，想想也就多少有點安慰了!

眼前這一年，包管仍夠你忙你累的。

劫嬰記

一夜驟雨後，我太太到院子裏察看她的寶貝盆景，忽然她悄悄回來拉我，緊張神秘的說：

「你快來看，一隻麻雀落在院子裏，亂蹦亂跳的飛不動了！」

「大概是生病的老麻雀，叫大雨打濕了翅膀。」我說：「天轉晴了，牠翅膀一乾就會飛走的。」

我走到小院轉角處一看，和我所料想的恰恰相反，那是一隻翅膀上羽毛還沒長齊的小麻雀，不知從哪兒跌落到院子裏來的。牠旁邊立著一隻急躁的老麻雀，吱吱的叫著，看光景是那小麻雀的母親。我不是公冶長，聽不懂雀語，但從老麻雀連成一串的叫聲，猜得出牠是急死了，不知怎麼辦才好。老麻雀受體型和力量之限，是銜不動半大的乳雀的。

「是一隻小雀，」我轉身對我太太說：「風雨可能毀了雀巢，小麻雀受驚，飛落下來了。」

「你怎麼知道是小雀？」

「牠嘴呀是黃的。」我說：「我小時候，各種小鳥養得可多了。」

「那好，」我太太說：「你趕快找鳥籠，收養牠一陣子，等牠能飛，再把牠放回牠媽那邊，免得被貓給吃了。」

我們夫妻合力去捉小麻雀，把老鳥驚飛，落在石榴樹上，吱喳叫個不停。人的心意和麻雀無法溝通，在我們來說，分明是一片好心，但對做母親的老麻雀來說，我們顯然是掠奪者，沒經牠的同意，就劫持了牠的愛嬰，侵犯了牠的鳥權。

我們總算把亂蹦亂跳的小麻雀捉住了，放在一個方形竹籠裏，替牠添了清水和脫殼的小米，拎回屋裏來保護著。我希望老麻雀能夠了解牠愛嬰的危險處境，我宅子附近有很多隻貓，尤其是對面鄰居飼養的那隻日本北海道種的禿尾母貓，是捕雀的能手，幾年來牠一味伸張貓權，蔑視鳥權，老鳥都很難逃過牠的閃電魔爪，甭說飛不動的小鳥了。

收養這隻遭受風雨之劫的小麻雀，我隔著籠子詳細檢視過牠，牠的眼睛很圓很大，有點呆頭呆腦，翅膀和尾巴的大毛還沒長齊，渾身濕漉漉的，看來有些可憐。

「大眼睛的小呆瓜！」我臨時替牠取了這個名字。

我坐在窗邊和小呆瓜講了很多話，也都是：乖乖啊！可憐哦，等翅膀長好，放你回媽媽身邊去啊……之類的，小呆瓜的眼睛一眨一眨的，一味楞縮著腦袋，也不知牠在想些什麼。

「把牠掛到外面石榴樹上去吧。」我太太說：「你聽聽，外面好多隻麻雀在嘈叫，牠們急死了！」

她說的一點都沒誇張，一群老麻雀總有好幾十隻，紛紛落在宅前的樹上、電桿木上，嘈叫成一片，彷彿是在互相傳告；這家夫妻倆劫持牠們的小鳥了。那聲音充滿憤怒、驚恐和不平的抗議，更有些逼宅示威的意思。

我把鳥籠掛出去，退回屋來，聽到小鳥和老鳥立刻交語，鳥聲也逐漸輕緩下來了。

半個時辰後，我忽然看見一隻小麻雀撲到我身邊的紗窗上，我吃了一驚，心想：真怪，籠子是關著的，小麻雀怎會飛出來了呢？舉頭一看，籠子裏的小呆瓜還在，窗子上的是另一隻，看來比前一隻更小些。

「喵——嗚！」

北海道種的黑白禿尾母貓，在對面屋頂上出現了。

我趕忙跳出去捉小鳥，捉住小鳥送往籠裏，再拾起竹棒去攆貓，攆走黑白貓，在院子裏搜尋一圈，確定落難的小鳥祇有兩隻，這才安下了心。

「有兩隻也好，小呆瓜有了伴兒，牠們一定是兄弟姊妹，在一起比較好養些。」我太太說。

既然收養了這兩隻劫嬰，就得悉心照顧牠們的飲食才行，我原以為這兩隻半大的小麻雀，自己會懂得飲水和啄小米的，誰知牠們除了發呆和偶爾空叫外，根本不會吃東西。

「糟了，」我太太著急說：「這下麻煩可大了，牠們不吃不喝，怎麼餵法？你不是說你小時候養過小鳥的嗎？像這兩隻小麻雀，你要餵牠們什麼呢？」

「嗨，小時候的事，我哪還記得清楚？」我搖頭苦笑說：「我記得那時我們餵鳥，用青蟲，用熟透的桑椹，把小鳥餵得肥肥的呢。」

「廢話，青蟲和桑椹，到哪兒去找啊！」

「別急別急，」我說：「這是可以研究的。」

我初步研究的結果，是泡了一些牛奶，用取去針頭的塑膠針筒，吸了牛奶，捉了小鳥輕握在掌心裏，扳開牠的嘴，一滴一滴的，把牛奶強迫性的灌進去。小麻雀掙扎著，不願被強灌，那情形，和我小時候不願被大人灌苦味的湯藥一個樣。

我一面灌，一面哄：

「乖啊，乖鳥鳥啊，吃了飽飽啊，回家看媽媽啊！」

每隻鳥被灌了一ＣＣ的牛奶汁放回籠裏，伸著小腦袋喘半天，好像發了心臟病。

「不成，」我太太說：「牠們太小了，你這樣硬灌，會把牠們噎死的。」

「別急，別急，」我說：「我可以再研究的。」

隔天我研究過麵包屑、生的碎米、煮熟的飯，誘引牠們自動張口啄食，但都失敗了。那天下午，我碰到愛養鳥的女孩吳璧人，我說起收養這兩隻小麻雀遭遇到的困難，希望她給我一點意見。

「由老鳥餵養的小鳥，最呆了嘜，」她說：「我以前也收養過一隻麻雀，都快長得和牠媽媽一樣大了，還不懂自己找東西吃，要等牠媽媽來餵嘜。」

「妳是怎麼餵牠的呢？」

「對啦，我用蛋黃，」她說，「你回去煮個蛋，把蛋煮得老老的，熟透了的蛋黃變成粉狀，你握住牠們餵餵看，牠們會張口啄的。」

回家後，我當然立即照辦，這回算是成功了，小呆瓜和後來捉到的小跛腳都開口啄食蛋黃了。我怕牠們被噎著，取了吸滿清水的針管放在旁邊，餵兩口蛋黃，再潤點清水在牠們嘴邊。不過，忙了半天，牠們吃進肚子去的卻是很少，我擔心這樣下去，牠們會營養不良。

「我倒想起一個辦法來，」我太太說：「你看，我們收養小麻雀才兩天，老麻雀成天繞著屋子叫，我們為什麼不把鳥籠掛在外面，讓老麻雀有機會銜蟲來餵牠們呢？看這樣子，光靠我們單獨餵是不行的。」

我採納了她的建議，一大早就把鳥籠拎出去，掛在廊簷下，我們拉下窗簾，躲在簾後偷看，看老麻雀會不會飛來照顧牠們的孩子。

外面的雨落得很大，鳥籠掛出來不久，小鳥也叫，老鳥也叫，麻雀媽媽和麻雀爸爸都飛來了，他們輪流的冒雨飛出去找蟲，來哺餵小呆瓜和小跛腳。我守在窗後注意了一整天，發現老雀自己空著肚子，千辛萬苦的找蟲來餵牠們的孩子，每隔一兩分鐘就來一次，麻雀是最機敏最膽小的鳥雀，如果不是為哺嬰，牠們絕不敢飛落在距人很近的竹籠上的。牠們一天固定餵兩次，在早上和下午。

「嗨，人說：天下父母心，萬物都是一樣的啊！」我太太被這情形感動得兩眼濕濕的，又感觸萬端的對孩子們說：「日後小鳥大了，老鳥老了、病了，小麻雀會銜蟲來餵爸爸媽媽嗎？」

多年來，我們也常收養小動物，像鸚哥、麻雀、兔子、小鷹、烏龜、貓咪，那些收養都是長期性的，留給我們一堆悼亡悼夫的傷痛記憶。這回收養兩隻劫嬰，性質完全不同，我們無意讓麻雀父母失去孩子，祇是為牠們安全著想，怕牠們葬身貓腹，也許祇要養牠們一兩個禮拜，牠們就可以長好翅膀，飛回舊巢，和牠們的父母團聚了，因此，收養時的心情比較輕鬆些。

不巧的是販嬰、騙嬰、竊嬰的案件，正在報章上大肆喧騰的時刻，從這兩隻遭劫的小麻雀，和牠們焦急的父母，都使我們產生很多感慨和有關的聯想，這也成為燈下主要的話題。

我們每天照例掛出鳥籠，讓老麻雀隔著籠子，作探監式的哺餵，縱說情非得已，我們心裏總覺不安，因為籠子搖盪，小麻雀不容易吞進蟲子。夜晚我查看籠底，塑膠板上留有瓢蟲、大蚊子、半截小青蟲的屍體，我再捏捏小麻雀的脖子，仍然空空的，顯見牠們並沒吃飽。

「這樣還是不行，」我說：「老麻雀費盡辛苦，小呆瓜和小跛腳還是吃不飽。」

「你每天晚上加餵牠們一次蛋黃吧。」我太太說。

這半輩子，我們淘大了六個子女，又累又疲，年過半百了，夜晚耐心的淘弄起兩隻小麻雀來，真是沒想到的事。當我一口口哺餵牠們的時候，並沒把牠們當成異類，完全是懷著奶嬰的心情。

飼養這兩隻劫後的乳嬰到第七天，小呆瓜的羽毛豐滿了一些，小跛腳卻更顯呆滯，又過了一夜，小跛腳竟然死去了。晴天的早上，我太太讓我拔開籠門，取出小跛腳的屍體，我用花鏟在院角石榴樹根下挖個洞，把牠埋葬了，悲哀嘛？也不是，祇是有些輕輕幽幽的悵惘。那溫熱的小東西，黑眼透出生命的光，曾在我手掌輕握中活過數夜，多少有分情緣，轉眼間見牠冷了、硬了，這種生命的失落總不是快意的，何況我作過使牠快樂飛翔、回巢團聚的夢呢。

不過，小呆瓜跳出籠子，大聲呼喚牠的父母了，我趕緊回屋掩門，讓老雀飛下來接牠。過了一會兒，開門再看，小呆瓜跟著牠的父母回巢去了，這使我在悼失之餘，有一分喜悅與慰安。

石榴開花時，不知哪朵花是小跛腳化成的？我想。小呆瓜長大後，不知還會不會記得我們，牠如果敢飛回來吃蛋黃，我仍然會煮的。

再想到那些販嬰的人，我忽然覺得，我和麻雀之間的距離，比他們還近得多呢。

旅遊之後

我們都是忙碌的，儘管經常想到如何去安排生活？使它能多一些餘閒，作一些得能調劑身心的活動，但冗雜的事務，本身的工作，加上繁密的人際關係，把人緊緊的捆住。近年出版的記事冊，有許多是把一天中每一個小時區劃出來，讓不同的開會、演講、約會、應酬把我們的時間切割成碎片；真實說來，每個人的餘閒仍然是有的，那多半是在白天的忙碌之後，筋疲力竭趕回家，能獲得的娛樂，也多半是些室內娛樂，比如看電視、聽音樂、下棋、閱報、看電影或是作方城戲等等；有些勤勞的人，會用他們具有興趣的輕工作代替娛樂，尤其是主婦們，更習慣採取這種消遣型式，像插花、編織、剪報、盆景培養、郵票及其他玩物收藏、飼養寵物等等。大體說來，這些室內的消遣性工作或娛樂，除了賭博之外，都是正當的；只不過人和大自然的接觸機會，也就相對的減弱了。

還能怨得誰呢？大家都會歎著說：我們都是忙碌的！在城市裏生活，忙碌是現實的一部分，儘管有許多人嚮往著自然，終究只是嚮往而已，為了彌補這種雖不能至的缺憾，各報刊上經常出現旅遊的文章，或是描述各地自然風光的專欄，並配以精美的圖片，使人望梅止渴，電視臺也闢有一些介紹自然風光的節目，更增加了聲光影色和動感，近些年來，更增加了若干提倡戶外活動的專業性刊物，記述翔實，描繪生動，的確使忙碌的都市人在感覺上略略接近了自然。不過，在大多數為生活忙碌的人群當中，真正去接觸自然的人並不多，他們多半是早起攀登郊區的小山，即使如此，也難能可貴了。絕大多數的人，被都市文明寵壞了，坐計程車也要拐進小巷，非到家門口不叫停；逛鬧區多走幾步路，回家就嚷著腿痠疼，他們自願把山和海以及大片郊野從意識中割讓出來，認為那些都是屬於年輕人的。

「嗨，老了，爬不得山，走不得長路了，」常有一些看上去並不老，只有些營養過度略顯得肥胖的中年人，這樣怨告著：「連擠電影買票，等公車排長龍全吃不消，要我出門去爬山看海？那不是活受罪？」

「我對睡覺最有興趣。」也有人說：「太累了嘛！」

「說真話，人在城裡擠著過日子，並不好受，」有位朋友說：「在心理上，沒有人不愛大自然的，問題是：郊區的風景都被人玩渾了，每逢假日，那些地方全是人潮，來回候車極為困難，有些人不願去湊那種熱鬧，寧願留在家裏還清靜一點，這也是很自然的。」

我不能不承認這確是事實，郊區的風景原無足觀，尤其一旦被炒熱了，成了人人皆知的名勝，那就連原有的一絲荒情野趣也消失了，這些地方的商店、攤位，蓋得雜亂無章，小販多得像菜市場給人的感覺，到處都是髒亂，替那些平庸的風景打上許多極難看的補靪，即使你停留整日，回來後，精神仍然是空虛的，並沒得到填補。夏季的海濱浴場，人頭擠在海水裏，像是油炸蝦，花季的陽明山，人比花還多，你如果領略過，就明白那是什麼滋味了？老實說，我情願在冬季寒流來襲時，一個人去和海共守寂寞，或是在花季過後的雨中，撐著傘去撫慰遍地的落英，即使領悟不到什麼奇景，至少能分嘗一些接觸自然的情懷，比一窩蜂去湊熱鬧好得多了。

人總是這樣，一旦習慣了都市模式的生活之後，對於季節的輪移或是真正的自然風貌，便逐漸失去了敏銳的感覺，只知道天冷了，換冬裝；天熱了，買夏裝，衣服上面的花草也一樣的色彩分明，賞心悅目，有時麻木得把自然當成可有可無的精神裝飾，我曾聽有人說過：

「什麼風景？風景也不能當飯吃呀！」在眾多辛苦討生活的人群中，整天為溫飽忙碌，不得已的為物所役，他們煞風景也確是言之成理，無可厚非的，有時我獨坐沈思，真有滿心悲憐之感，一時竟分不清是憐己還是憐人了？

城裏有許多人家，明明有個小小的院落和一片泥土，也要請工人來打水泥、鋪紅磚，彷彿那樣才合乎乾淨整潔的要求。有些公寓住戶無福享受庭園，只有利用陽臺，種植一些日益消瘦的盆景，希望藉著一朵花或一片菜去摹想他們心目中的、廣大的自然世界。我那體弱多病的妻就是這樣，她常常要我陪伴她去逛假日花市，見到她心愛的花卉，就買回來培養。這些年來，我們總也買過好幾百盆盆景，有各類的蘭花，有石榴、紫藤、長壽花、玉堂春、變葉草、萬年松、七里香、玉蘭、茉莉、孤挺、山茶、杜鵑、鬱金香，……這些花草，在買來時無論花姿花容都很美麗鮮豔，我們不斷閱讀有關花卉培養常識的書籍，經常為它們除草、施肥、換土，一切該做的都做了，但那些花草，仍不斷有枯萎、消瘦和夭亡的情形。硬把屬於自然的植物移到空氣污濁的城市裏來，總使我在精神上有著極大的負擔，我私下總覺盆花和籠鳥的處境沒有什麼不同，儘管我們真心愛著那些花木，以結果論，正如古人所說的：愛之反而害之了！

這種心情，我也曾隱約的對妻透露過，她卻不以為然，更滿懷希望的說：

「也許我們的園藝知識不夠，培養的方法不適當，為什麼在花圃裏生長得這麼好的盆景，到我們手裏就變了樣了呢？只要我們能不斷檢討改進，總有一天，情形會完全改觀的。」

即使改觀又如何呢？報歲蘭發花了，告訴我們要過舊年，杜鵑開花了，告訴我們現在是春天，我們已經成為文明世界中的籠鳥，隔著籠齒，對盆景而歌，就算融入自然了麼？都市人把養花當成陶情怡性，道理是不錯，在我聽來，也只是籠鳥唱歌而已。

「我要去旅行，」我堅持的說：「我要去旅行，」我堅持的說：「我要像愛自然的年輕人一樣，背上行囊，到自然深處去，爬險坡，走山路，涉澗水，滾一身泥巴，甚至挨餓、受凍，……我！我要站在山頂上，喊叫給滿山石頭聽；我要在森林裏迷路，要把新鮮空氣當成凍牛奶喝！要抓幾朵雲回來放給城裏的朋友，勸他們都到真正的大自然中去打打滾！誰說年輕人才旅行，中年人只是觀光，老人只能坐望遠山！我……一定……！」

「你說完了沒有？」妻冷靜的笑著。

「說完了！」

「那你翻翻記事看看，哪天有空好吧？」

她這一提醒，我便從雲端跌了下來，明天我有三個會要開，後天有兩場演講，還有什麼訪問錄音、婚禮、喪禮，要辦的事務，已經訂妥的約會……根本連半天的時間都抽不出來。

「現在我不知道還能做什麼了？」我沮喪的說。

「用毛筆蘸些煙絲泡的水，塗塗那些蘭花葉子吧！」她說：「要不勤快點，它們又要生蟲了！」

「當然，當然！」我說：「不過，我們總還要找個適當的時間，真正去旅行的。」

「是啊！」她說：「至少你剛剛在精神上已經旅行過一次，現在已經回來了！那你大可用『旅遊之後』為題，寫一篇遊記吧！稿費要交給我，我打算在下週的假日花市上，再買兩盆唐梅呢！」

「妳還要買盆景嗎？」

「不買怎麼行呢？——定錢都已經交了呀！」

——六十八年三月・臺北市

輯三
時光

我的少年時代

我是生長在北方平原一個荒寒小鎮上的孩子，我父親早年學書學劍，都沒有什麼成就。回家後，做個詩酒留連的太平紳士，為地方上排難解紛，倒是頗得閭里仰仗。他生平講究無慾無求，最愛蒐集古物和書籍，紫檀木的書櫥裏，閣樓頂上，到處都是書。

在我沒入塾前，他寫了許多字塊兒，繞牆貼了三圈，時常教我挨著認字，有時也教我習誦最淺俗易解的《千家詩》，這使我在七歲前，就粗識文字了。仗著那點兒認識的字，我便亂翻一些能約略看懂的書，像亂堆在閣樓上的唱本、《繡像通俗演義》、《牙痕記》、《再生緣》、《臨潼鬥寶》、《秦雪梅弔孝》、《李三娘磨坊產子》、《粉粧樓》、《野叟曝言》、《燕山外史》、《玉梨魂》……等類的，書裏有不認識的字，俗稱攔路虎，每隔三兩行，攔路虎就出現了，得捧著去問旁人。

父親說這些是閒書，讀來長不了學問，要我早點入塾拜師，當時，北街大廟裏，有個住持和尚源淮，大家都叫他淮和尚，他兼辦一個塾館，母親便領著我，攜了紅包封妥的拜師禮，到廟裏去拜師了。

我在大廟塾館裏，算是年紀最小的學生，唸的是：人手足刀尺，和山水田，狗牛羊那類的啟蒙課本，比我早進塾的人，都在唸《大學》《中庸》，《論語》《孟子》了。

淮和尚教塾，要求很嚴，而且「打」字朝前，背書不熟，要罰跪，跪著再背不熟，要挨戒方，他的棗木戒方有三塊：大號的、中號的、和小號的。我常挨的，是小號的，他說是最輕，但我捱不了兩三下，手心便麻辣辣的腫成饅頭啦。好不容易唸完兩冊讀本，進而讀《三字經》、《百家姓》和《千字文》。那些書，我讀也能讀，背也能背，但就差一個懂字，背著淮和尚，學長們教我把書本改讀成很頑皮的流諺。像：人之初，性本善，越打老爹越不唸。像：趙錢孫李，周吳鄭王，挨了戒方，好像吃糖！

有時，站起來背書，是用咿唔吟哦的調子，有些詞意不解的，衹好含糊籠統唱過去，打了馬虎眼，淮和尚未必聽出來，有一回我把「號洪武，都金陵，」唱成「敲紅鼓，鍍金鈴，」居然也矇混過去了。

不過，淮和尚對待塾生太兇，使我把上塾視為畏途，我開始找各種藉口，躲避到塾館裏去，我母親卻非逼著我去不可，五歲那年，教長工扛我上塾，到廟門口，交給淮和尚接手，照扛不誤。我急了，猛抓猛咬，把他光禿禿的和尚頭啃掉一塊皮，血淋淋的，這在當時，是大逆不道，駭人聽聞的，結果，家長去道歉，把我領回來，兩年塾館生活，就結束了。

秋天，家裏改送我去洋學，因為有私塾的根柢，我插班唸三年級，那裏自由得多，但我仍開不了竅，一次上作文課，老師出題「我家的狗」，我寫得極短，原文是：「我家沒有養狗。」祇比題目多兩個字而已。作文簿發下來，我的成績是「丁」等，當然是在最後一名了。……不過，到另一個學期，我弄得兩本書，一本是《匡橋日記》，一本是《文藝描寫分類辭典》，有了這兩宗法寶，每逢作文或寫日記，我是原文照抄，結果都得「優」等，抄書抄出興趣來，我學著會寫一點了。

三年級成績好，一跳便跳至五年級，我的作文還過得去，算術又成了問題，因為那些算術指南上的四則難題，我一竅不通，作業都借人家做好的一抄就交卷。我最大的興趣是看閒書，什麼《彭公案》、《施公案》、《海公大紅袍》、《薛仁貴征東》、《薛丁山征南》、《五虎平西》、《羅通掃北》……全都看得津津有味，小學沒畢業，戰亂起來了，學校宣佈關閉，我就失了學了。

人在年輕時，求知慾特別強，我十歲那年，父親嘔血逾斗，在戰亂裏去世了，我不用上學，成天窩在家裏看書，父親所遺下的眾多典籍，我差不多全翻閱過，由於程度不夠，祇能揀些能看得懂的先看——那是我自學階段的開始。

後來，我離了家，在浪途上飄泊，背囊裏，始終帶一些我愛讀的書本，同時，我讀書的範圍，也從舊的通俗坊本，進入新文學的領域。……那時，書籍非常稀少，從不為人選擇，我們祇能找到什麼看什麼，由於戰亂中書刊得之不易，使我異常貪婪的吸飲著那些作家的心靈。回憶起來，當時我所讀的那些文學作品，水準上有很大的參差，至少，它的人生展現面較廣，生活性強，能與時代共同呼吸，使人捧讀之餘，獲得很多的感悟，這該是它們最大的優點。

我一面流浪，一面自己閱讀，在我的成長期間，多方面的生活哺餵著我，廣大而生動的語彙，竟成為我今天在小說寫作方面的重要本錢，在當時，我根本沒曾想到過。我可以這樣說：少年時代的經歷，是一個創作者寫作的泉源。生活、人群和土地，給我以智慧，這時代造就了我，我是永生銘感，長誌不忘的。

如果不是逢著戰亂，我也許會在家鄉荒寒的小鎮上終老，過一生悠閒平靜的日子，飲飲茶，喝喝酒，泡泡澡堂，溜溜畫眉鳥，把感覺放在歷史的煙雲中，使自己的一生留在那些煙雲之外，不留一絲痕跡。但時代的烈風吹捲著，無數痛苦的悲劇展現眼前，一張張飄落的人臉究竟不是春殘時的落花，單單寫出些傷春的咏嘆是不夠的，因此，我產生一種極自然的原始衝動，要把一心的感覺和經歷，用拙筆述寫出來。

開始習作是在十一、二歲，寫得很零亂，很膚淺，但我的創作慾異常強烈，也可以用「沈迷其中，無法自拔」來形容，從一個農民到一個兵士，即使在火線上，我也沒中輟過我塗塗寫寫的習慣。

我是一個熱愛生活的人，也懷有創造生活的夢想，我不斷的汲取生活，使自己的生命增加廣度和厚度，它不但增添了我的學識，激發我的思想和智慧，同時也在無形中變化了我的氣質；對文學藝術的熱愛，使我在無形中面對了無限的人生。

也許是個人經歷帶給我的感覺罷，我總覺得：一個人活在世界上，無論經歷了什麼樣的艱難險阻，吃盡了多少的苦楚悲酸，祇要能留下記憶來，都是美好的，無歌無夢的生命，才是人生最大的悲哀。我當年曾經怨苦過的生活，不都轉化成豐繁的寫作題材了麼?

記得海明威說過：不幸的童年，是創作的泉源。我的童年，正處於幸與不幸之間，把承平和戰亂互相比映，益發促使我去思想、去參悟。我緬懷著往日安靜寧和的生活，承平歡樂的氣氛，離家之夜那種刻骨的痛傷！……無論流落到哪裏，心裏總懸著一幅墨沈沈的圖畫，那是家宅的影子，小鎮的影子，甚至連庭樹庭花的形象，都依稀可見。這種鄉土的情感，在我一系列的散文作品裏表現得最多，我把它們結成一集，定名為《鄉思井》，取意：鄉思如井，點滴深沈，也許能符合我原初的意念罷？我總想通過戰亂流離，覓回記憶中的往日，並願普天下新生代的少年們，都擁有如夢的生活。

在烈風吹捲的時代裏，我是個卑微平凡的人，但我總懷著堅定不移的生活理想和生活信念，一點一滴的實踐著，古人形容「聚沙成塔」，那是需要時間和耐力的，而現實生活，是一座烈火熊熊的煉爐，有些通過熬煉的，會變成精鋼，有些通不過熬煉的，便淪為渣滓。一位深具學養的長輩曾經教誨我：理想和夢想，事實上有很大的區別，能夠不斷實踐，圖以實現，可算是理想，單單意想而不圖實踐的，祇是夢想。

後來，我又曾摘錄了兩句古語，懸於座右，用以驚惕和激勵自己，其一是「行百里者半九十」，意思是說：一個人實踐他的理想，往往到最後關頭，失去堅持到底的耐力，而功虧一簣。其二是「志乎上者，僅得乎中」，意思是說：人在少年時代，意氣風發，大都胸懷壯志，有凌雲之想，但當成長之後，步入社會，或迷溺聲色犬馬，或為環境左右，在力行實踐方面大打折扣，終其一生，如果能做到一半，已經不錯了。這兩句言語，看似平常，實在是洞燭人世的經驗之談，我們能不警惕麼？

從一個流浪者到成為一個保衛國家的兵士，我把軍中當成生活大學，把生活當成浩瀚的海洋，何必為不開花的青春怨嘆呢？我堅信，人在任何困苦艱難的環境中，都能夠造就他自己，付出他的光和熱，那似乎沒有別的奧秘，用誠懇虛心，學習著汲取人間知識，增加本身生命的深度和廣度，用對國族的熱愛作為鎖鑰，開啟你的智慧之門，你精神的形象，便會逐漸的傲岸起來。

當我踮起腳尖，在完全陌生的地方，像看星一般仰望著別人家宅的燈色時；當我枕著冰冷的槍枝，蜷縮在寒風流咽的廊間時；當我伏身潮濕的壕塹，呼吸著硝煙時；我的思想和我的愛，在伴同我的呼吸。我最最關愛的少年朋友們，你會不會想到？——在你們降臨到這世界上之前，已經有很多很多的人，給予你們最熱切的等待、關心和愛，我祇是尚在存活的無數人當中之一罷了，還有更多的人，早已成為中國的泥士，你們看不見那些形體，那些抱有「為萬世開太平」的勇士，祇能使後來者通過「氣化春風肉作泥」的詩裏，感覺到春的溫暖，愛的青蔥。

生長在溫室中的少年朋友，你們是否在靜夜裏思想或感悟過這些？是否願陷於軟性生活的網絡？祇求滿足螢光般微弱的自我？是否勇於逞強私鬥或甘於平凡？放棄唯一能夠造就你的動力——一個屬靈的自我！

古人說：世事洞明皆學問，人情練達即文章，你們——壯志干雲的一群，如能務本求實，誠懇嚴肅的充實書本上的學問，然後再勇敢的投入生活，融化生活，進而提領和創造生活，未來中國的遠景，必然經由你們生命，塗繪成一片不可逼視的輝煌。

——六十六年二月·臺北市

習字的滄桑

毛筆是中國傳統的書寫工具，毛筆字又是一個人的門面，但我非常遺憾，半輩子活過來了，還不會寫毛筆字，尤其是作為一個中國人，真使我有愧疚神明之感。

小時候，家嚴也曾督責我學寫毛筆字，教我怎樣握管、怎麼磨墨，讓我熟背那些歌訣，但我很不成材，渾身上下，都沒有寫好毛筆字的細胞，最先是打仿影，大人握住我的手，照葫蘆畫瓢，後來也臨過帖，從柳瘦顏肥開始，但寫字的八法我是一法也沒學好，什麼點撇勾捺直我都不會，祇是像畫畫似的描字，結果越描越黑，急起來猛咬筆尖，弄得滿臉墨跡，上戲臺扮張飛根本不用化妝了。

戰亂後，離家流浪，環境也不許可去寫毛筆字了，我和蒙恬的關係也就拉得更遠了，我寫鋼筆，使用的是我自己創造的歪體，一路歪斜歪到底，但大小還算一律，遠看並不算太難看，但祇能整體看，不能單獨看，因為每個字都寫得很難看也。我在戰亂裏，也上過地下補習班，老師也曾嚴飭我們練習寫毛筆字，今天寫大楷明天寫小楷的輪流轉，當時我覺得頗不耐煩，於是，便發明出一個偷懶的法子——儘揀筆畫簡單字寫，不到幾分鐘，鬼畫符般的填滿規定的行數，交卷了事。大、小、一、十、山、人、以、工、士、土、牛、羊、已、口、丁、子、女、古、中、太、斗、日、月、王、下、上、止……這些字，我是寫得太多了，老師在後面批上一個大大的「懶」字，又把我叫去狠狠的呵斥了一頓，他對我說：

「你這樣寫字，真還不如不寫，人說：好字難寫飛、鳳、家，從今天開始，你行行都替我寫飛鳳家三個字，然後，我借一部《康熙字典》給你，你朝後寫字，替我從字典的最後朝前面寫！」

這一來可把我整慘了，別人寫三行，我連半行全沒寫完。無論老師再怎麼罰我，我的字卻毫無長進，而且經常倒插筆（落筆先後秩序顛倒），橫是扁擔直是棍，寫到口字，乾脆打個圓圈變成〇，沒有什麼旁的理由，主要是想省筆畫也。如此怕寫毛筆字的人，竟然和鋼筆結了不解之緣，說來連自己都不敢相信——鋼筆寫的，也都是字啊！

毛筆字寫不好，寫鋼筆字照樣好不到哪兒去，我不是寫字，是在畫字，祇要畫出個樣兒來，排字的先生能照著排版就成了。早年我在軍中擔任參謀，經常要擬稿呈核，我的這筆字，真讓閱稿的長官們頭痛，有一回，我將一件公文送核，核稿的副處長是我的老團長，他戴上眼鏡，把卷宗歪過來，斜過去的看，看得我很不好意思，最後，他擡起頭朝我笑笑說：

「顏柳歐蘇，你練的是哪一家的體呀？」

「報告長官，」我說：「我是野生野長的，沒練過字，請多包涵。」

「看你的字我有一種感覺。」他推動眼鏡說：「就好像觀光旅行，到了火奴魯魯。」

「火奴魯魯？」我大為困惑的重複著。

「是啊！」他說：「你的字像當地土著跳的草裙舞，搖來擺去的，看得我頭昏！」

經過長官的教訓後，我痛下決心，買了筆墨紙硯，和幾本字帖，練起字來，但年紀大了，腕不由心，寫來寫去，仍是自己那個怪體，脫不了胎，換不了骨啦。

後來退了役，轉入社會，要起筆桿來，把字當成表達的工具，寫雖天天寫，但字形字體仍然故我，毫無長進；好在現在大家都用鋼筆，而且年輕一代寫的字，比我更差更怪的，比比皆是，我夾混在當中，倒也馬虎得過去啦；不過，偶爾遇到一些事，也夠窘迫尷尬的，首先，我最怕對尊長寫信了，用鋼筆不夠尊敬；用毛筆，等於張飛跳狄斯可，教那些尊長如何看得？其次，是接到某些朋友用毛筆寫信來，我就覺得低人一等，我那些用毛筆的朋友，多半是主任秘書啦、學校校長啦，或是官場高級人物啦，我想我這一輩子是絕無機會幹那些職位了，若有人來請我題字怎麼辦？祇好鑽進老鼠洞了。

十多年前，我到東部巡迴演講，抵達花蓮時，早上起來，幾位校長帶了一位同學來看我，特別介紹說那位同學是連獲當地國畫比賽冠軍的，因為仰慕我，特別畫了一幅蘭花的條幅，請我題詩在上面，我一聽，嚇得三魂出竅、六魄全飛，連連擺手推辭說：

「這萬萬不成，我的爬爬蟲怎能糟蹋一幅好畫呢？」

「你瞧，畫都攤開了，墨也磨好了，人家慕名而來，不在乎你的字好壞，主要是留個紀念也！」

到了那種光景，不寫是不行的了，我祇好硬著頭皮，用發抖的手抓起筆來，題了「自古幽蘭生空谷，不與凡花競芬芳。」幾個字，退幾步看看，真是千古二絕——醜絕、怪絕，即使我跳進太平洋去，也洗不脫這個親筆留下的大洋相了。我不知道如今不練毛筆字的年輕一代，日後要是做到要人首長什麼的，怎樣替人題署？題出來的字又是什麼樣子？他們自己看了會不會臉紅？至少，我當初偷懶，沒把毛筆字練好，即使丟人現眼這一回，就夠人痛苦很多年了！後來我曾擬妥一篇散文題目，叫「生了蟲的蘭花」，所謂「蟲」，就是我寫的字——標準的爬爬蟲也。如果這種糗事祇是遇上那一回，倒也罷了，但我經常參加別人的婚禮，在粉紅色的簽名綢上，都要硬著頭皮抓起毛筆，把自己的名字寫下來，每次抓筆，都會記起那一幅被我題署弄糟蹋掉的蘭花條幅來，這等於硬揭自己的傷疤，每揭一次，就要流一次血；嗨，俗語說得好，馬尾串豆腐，提也不能提啦！

究竟要等到何時，我才能滿面春風的握管揮毫呢？當我這樣嘰咕自己的時候，連我的老伴都笑指著我的鼻子，說我是老不知羞呢！

——七十年元月十九日・臺北市

家宅——深色的故事

離開故鄉老宅，還是童稚期的事。在戰亂裏，到東到西的走著飄著，北地過春，南方過秋，環境和時空都無所選擇；回首雲端，想到火燒的鎮，血染的街，時間的淚是熱而微鹹的。家宅便是在匆匆奔逃的腳步中，遺落到身後的雲裏去的。

最早，家宅的影子還常出現在思舊的夢裏，幅幅圖景都很清晰，彷彿身在其中，一點都未曾改變；連夜來亮在窗角上的那顆帶芒刺的星子，還掛在老地方；只是家宅的色澤，被夢意染黯了許多，使人醒後有些索落淒清。

很難形容出一個人的成長，和他童年的生長環境，有著怎樣微妙的關聯，而生長環境，又是以家宅為中心的。也許，只有闊別家鄉和故宅的人，才會認真去感悟吧。

所謂鄉思，已不光是單純的、情感的縻繫，而是根蒂相連，本身生命和性格的一部分了。

每當在靜夜裏，雙手捧著頭，想起老家老宅時，真是想得好深、好苦，有一種生命被斬斷了的煎熬。那不僅是一座古老沈黯的屋宇，還包含著光與景，人與物，太多生活的記憶，像流水上漂去的落英，漸行漸遠，水也不會重回了。生命的苦澀正在這裏，時間是難以召返的，即使承平重現，讓一個老大回鄉的人去搖童鼓，怕也不復當年滋味了。

明知如此，仍抱著畫夢的心，去悉心描摹那些逐漸朦朧的圖景，把它們和記憶粘黏起來，拎著它，像寒冬風雪裏拎著一小籠炭火，用來溫炙異地的單寒。

家宅坐落在小鎮北街梢，和若干更古舊的宅子相較，它要光鮮得多。算起小鎮的歷史，那可真夠久遠了，它的名字在北宋末就見諸史頁，在宋和金，元和明，歷代的戰火中屢毀屢建，顯示出一個聚落的韌性。它的劫難還不止於戰場，黃淮交浸，使很多古老的聚落蕩然無存，它還在滔天水患中保留下來，居民們會指著數百年或者更久的老宅子，轉述上一代或是上上一代留下來的傳言。

北地那些老宅子真是老，連太陽都被它們映老了，使陽光柔黯而沈遲。古代牆磚

老爬蟲的告白

的砌法和今天不同，它是以裏外兩道單磚砌成，中間留有空隙，填以殘磚碎瓦，當然，古磚的長度和寬度，都大過今天的磚塊數倍，因此，看上去顯得十分厚重。時間從那兒走過，長年久月的風雨鹽霜，侵蝕了磚面，使牆上露出大大小小的洞穴，屋裏不但住著人，還住著各式各樣的動物。

如果你沒住過那樣的老屋，說來就夠駭異了；牆角陰濕的洞穴裏，住著日夜咳嗽的老蛤蟆，通地的洞穴裏，又住著一窩窩的赤練蛇，我們管牠叫花鐵練子。靠近樑頂的上層洞穴，是老鼠、黃鼠狼的天下，外邊的簷洞裏，住著吱吱喳喳的麻雀，而多蒿草的屋頂上，經常落有三喜鵲兒、野鴿子，和令人詛咒的烏鴉——這倒真是住者有其屋了。

我所說的光鮮，是家宅還沒老成那樣，沒有那麼多的洞穴容那麼多的異類寄居，燈下講起老房子的故事，都是鄰家的。戰前，夜來點的是美孚油燈，燈座具有很多種精緻的式樣，長長的玻璃燈罩上覆著燈笠，少數的燈笠是用彩紙剪妥套上去的，大部分是磁笠，笠面上還燒有花卉或是翎毛。也許裏一層時空遙隔的朦朧，回憶中的事物都被美化了吧，想想，並不如此，菜油盞太昏黯，汽油燈又太刺眼，只有有罩煤油燈光色明亮柔和，微帶一分暖意的暈黃，最能保存夜的情韻。究竟是那樣的燈色引出那些故事，還是那些故事襯映了那種燈色呢？真的很難分別了。

和家人守著燈和夜，古老的故事流成黑河，一波一浪的推湧著。說有些宅子裏，住著會幻變的狐仙，使人在提到狐的時候都要先卡起一隻碗，說這樣才能封住牠們通靈的耳朵。說有些宅子裏，赤練蛇大模大樣的盤繞在供桌上，享用供品，人們相信那是家蛇，也是財富的象徵，不願捕殺牠們。而蛇和蛤蟆老鼠之間、黃鼠狼和雞之間的恩恩怨怨，更助長了人們燈下的談興。

祖母講的故事多半是老而俗的，但也有它的幽奇神秘。像某處出現過一隻黃盆大的蛤蟆精，會張口噴出毒霧來迷住人。老鼠娶新娘的夜晚，牠們成群結隊的跑去拜灶王，有人在窯裏聽到老鼠樂手們奏出細吹細打的樂聲……還有像王小賣豆腐啊，水鬼找替身啊，虎姑婆吃小孩指頭啊……那類典型的老故事，每個孩子都知道的。而父親講的故事，現實性就強得多了。他講某些江洋大盜的傳說，多半能找出事實的根據來，講早年鬧大水，一條頭上生出紅色獨角的巨蛇，昂著頭在河面上漂過。某年遭兵燹，死人無算，鬼火像無數綠燈籠，遍地亂滾，和夜行的人爭路。某年戰死，積屍累累，小禿子經過高粱田，聽到沒腦袋的屍首在肚子裏發出細聲講話。某年匪寇犯境，投水懸樑或引火自焚的婦女有上千人。凜於那些故事，亂世的哀慘，早在經歷之前我就已感受到了。

正因門外的世界那麼古怪離奇，才使人分外的愛戀家宅的祥和與燈色的溫暖吧。瓦櫳上的鴿群，庭院裏的花木，燈笠束住的圓光，在心裏結成一個核，我怎能忘卻生命的最初孕長？即使鄉井是破落荒寒的，離鄉人仰眺流雲，思念的情懷總同樣深沈。

時間輪轉著，在彌天戰火中踏過許多我的異地卻是別人的家鄉，每見到斷垣殘壁，灰牆空灶，就產生無由的心悸，想到別人眼中的異地何嘗不是我的家山?!它如今是怎樣的光景呢？一面也安慰著自己：只要戰亂過去，每個人都回奔老家老宅，把它從劫後重建，離別並不是永遠的。日子逐漸遠引，家鄉的消息極少聽聞，家宅究是何等景況，更不得而知了。經過半生的離別，那幢宅子仍常在思念中搖曳，僅僅是記憶，而非實體。也許它早已不存在了，有時候，奔撲而來的，是一些光怪陸離的抽象光景：年夜時，掀開蒸籠時騰起一片帶麵香的白霧，包裹住灶壁中的一盞昏燈。一年瑞雪的傍晚，照壁後的老梅綻出一樹紅花。在黑底子上一束油黃的燈火，夜風牽引著燈下的流蘇，漾出一綹綹綿延的波浪。父親微帶醺醉的吟哦。母親膝上的針線扁，花樣本上露出的花樣兒。窗櫺上斜插著一朵蘭花，仍幽幽的開放著……以記憶為觴，在默然獨酌，它究竟具有怎樣的意義，連自身也恍惚難辨，只留下一絲悵惘了。

我不知當年在硝煙魔火吶喊前衝的人們，有否想到過他們自己的家宅？想到過摘星的童年？倒臥溝渠或黃沙蓋臉，全不是他們理想的夢園，我澆滴著我的鄉思奠祭他們，我沒有理由去記恨由骨骸化成的泥土，管它是扶桑還是北國的生靈，他們留給我的，只是一分煙飛灰滅的，歷史的悲情。

把緬念家宅的情懷，孕成一枚果核，栽種在這裏，讓我的子女也有個新巢，有夜，有笑也有燈。人世如林木，不就是一代代這樣生長起來的麼？但願人們能記取這些，真正的理想無需植在高高的雲上，一個人如果能守著家宅守著夜，守著夜央蓮浮的燈火，你才能見到希望的根芽。

——七十一年五月廿五日・臺北市

寒夜

時序輪秋了，在白天，盆地的鬱熱未散，捲在人潮裏，滿眼不見秋景，心頭也欠一份秋情。不過，夜來時獨坐露臺，聽山麓的鳴蟲，從微帶沁涼的風裏，不難感覺到秋的遲遲的腳步，即使是些許秋意，卻也夠撩人的。

守著老家的童年，對深秋的記憶銘心刻骨；棍打的西風摘著庭樹上戀枝的殘葉，那許多蝶舞的葉子，悉索幽語著，彷彿在說著春和夏的故事，薄黯的燈火也染上了一街的蕭索，屋裏泛著陰寒。前額貼著窗玻璃，心裏旋轉著稚氣的夢，假如自己裏在迷離暮色中，踏著滾動的落葉朝回走，風會不會把人吹成一片葉子，直捲進天邊的寒雲裏去呢？真的，在那種時刻到屋外去，秋真會把人心掏走。

比較起來，我倒喜歡秋後的苦寒季節了。

寒夜

苦寒季來臨前，人們都在準備著，掃乾葉，劈柴火，修房舍，整畜棚，計算甕裏的餘糧。若想躲在屋子裏安守寒冬，糧和火是最緊要的。這兩者無虞匱乏，才談得上生活的意趣。

風訊來時，天氣總是陰晦的，天和地凝結成一種單調的顏色，接著，夾有細碎雪花的寒雨，便日夕不停的飄落了。俗諺說：雨夾雪，落一月，那和黃梅時節的連綿陰雨，性質極為相近，祇是冷暖不同罷了！

遇上這種天候，感覺裏的黃昏來得極早，轉眼便夜幕深垂啦。隔牕窺望，街空了，也冷了，蓮浮的燈火稀落得可憐。垂下厚厚的牕擋和門帘，守著爐火的人們，彷彿連燈光也吝於施捨了。再聽不見風捲乾葉的悉索，祇有淅淅瀝瀝的簷滴凝在耳上，這使人憐秋的心反而安定下來。屋外的淒寒和室中的爐火比映，越發顯出家宅的溫暖。

一年的寒夜，父親教我習誦刻在椅背上的詩章，至今仍不曾忘卻：寒夜客來茶當酒，竹爐湯火沸初紅，更難忘圍爐話夜的意趣。不過，寒雨連綿的夜晚，家宅裏絕少訪客，偶有穿著木屐鞋、拎著油紙燈籠的路人，在犬吠聲中走過，便會猜想到那人一定有急著要辦的事，要不然，誰願穿風冒雨的在屋外流連？

老爬蟲的告白

街口的長廊下面，倒簏聚著幾個賣吃食的擔子，沸水昇起的白霧、搖曳的方燈，各種夜食的香味，和爐火一樣的誘惑著人。那些叫賣者，成為荒冷的寒夜的點綴，說來真夠辛苦的，沒命的撐開沈重欲闔的眼皮，吞著風，飲著夜，在欲醒欲睡的朦朧裏數著敲打而過的更聲，自己忍著餓，卻把熱騰騰的熱食端給別人。儘管時間過得很久了，想來仍覺淒涼，更鼓譙樓的中國，夢意的淒寒，有些像深夜裏胡琴流咽的聲音；心是一口裝滿聲音的井，那樂聲如水，漲起來，漲起來，在井壁間鼓盪。

卅年後，坐在牕前守著微涼的夜，幽幽撿拾一些遺忘，不論它具有怎樣的意義，總想把它以寒夜為線，一粒一粒的串連起來，這才恍然悟及，自身早化為隨風逐舞的一片乾葉，滾落於萬里的他鄉，盆地陰濕，連悉索低語也很難發出了。

在這裏度過很多個秋和冬，此間天氣不比北方，苦寒的意趣自然淡了許多，盆地的冬雨，倒是一樣連綿，淅瀝聲彷彿凝固在耳邊，滴成一串鬱慪的情思。姑說它就是一盞可飲可醉的鄉愁也罷，往昔實在很難描摹了。

歲月是一座座疊壘的山峰。

這裏冬季用不著爐火，圍爐的光景祇是對兒輩們講述的故事，當一個人本身的經歷被當成邈遠的故事，該是怎樣的滋味呢？你該從那種低沈的、徐緩的吐述中，看見

寒夜

略帶酸苦的笑容了！竹骨的油紙傘，桐油浸製的釘鞋，木板套印的年畫紙，搖轉的紡車，婦女們手裏的捻線鉈和老頭捏著的旱煙桿，爐火上的鐵絲絡子，絡上的花生、葵花子和山毛栗子，在感覺裏是一首詩。

攀過歲月的山峰，誰還能逆著時間走回往昔去呢？懷念總有些哀遲，即使日子真能重回，經歷山河湖海的生命，怕也無閒學著去偎偎爐火、坐坐茶樓，或是蹺蹺二郎腿，帶幾分醺醉去說古談今了。

那就走一峰算一峰吧。走過此間春的溫寂，夏的酷熱，畢竟又到秋天了，我總習慣迎候著更寒冷的一些冬天，沒有爐火，守著一盞看來溫暖的檯燈也好。當寒冷的夜雨聲在牕外響得很繁密時，我會預感到這天夜晚不會聽到門鈴，不會接待一些不必要的訪客了。能把一個安靜的夜握在自己的手上，總是使人安心的，我可以定下來，計畫著做自己的事，讀幾頁書，或是用稿箋攤掠自己的靈魂。這一季的夜晚，我常是時間的富人。

在古老的北方，人們常把寒冬看成閒暇的季節，說是消閒，並非是無所事事，有許多易於在爐火邊做的事，他們常在輕鬆的談笑中做著，沒把它當成事情看，像選播豆種，編織日用的筐籮籃扁，捻線，紡紗，縫縫綴綴的針線活計，他們全把它當成消遣。如今，我正有這種感覺，寫作的工作是娛悅的，讓自己的靈魂在夜的透明中酣舞，有一種羽化登仙的飄然。你可以瞑目神遊，或思或悟，昇為涅槃，更可以反芻生活，展掠記憶，尋拾很多可貴的遺忘，使生命像刺繡般的精緻細密，百彩紛呈。

靜謐和孤獨，恒是作品的溫床，一位作家這樣寫著：「凡過冬天日子的，當有冬天的性格。你這不安靜的人，無論住在什麼地方，看一看牕外吧，看那樹枝和天空吧。」我相信，並且深深感覺著，我和寒夜是熟悉的，彷彿是老友般的，有著長久深摯的情誼。寒夜的寂默是可讚的，山麓叢草間那些夏秋的歌者大多寂然了，偶爾聽見一隻夜鳥的啼聲，再就是細微繁密的雨聲，那都是不喧噪的，能使人安靜，給人靈思。

當初初入夜的時刻，偶爾會有以茶當酒的友人撐著傘來訪，在柔黯的落地燈的燈光前坐著，用安靜柔和的語言，談論一首詩或一篇小品，我常覺得屬於性靈的談話，本身就具備詩一般的情韻，當對方起身告辭後，屋裏仍有無聲的音樂在迴盪著，但那需要用心靈去諦聽。

有時我也會撐起一把傘，走到風雨裏去，走過街廊，走過一些燈光，小街中段，也有些小小的吃食店，或是露天的飲食擔子，也有燈和熱霧，但我極少去照顧他們，我已經失去童年那種食慾了。

在市郊的這條街上生活了整整十年，我不認識誰，誰也不認識我，我衹是一個飄然的過客。我走過去，領略著傘外的雨的淒寒。從早秋就矚望著多雨的冬天，也許正是偏愛寒夜的緣故吧？即使淒寒也好，我能夠思想和感悟，尋覓生命的痕跡，難道還不夠豐盈麼？

——六十五年八月．臺北市

廟

五歲或是六歲罷？家人便帶我到北街的大廟裏去，廟很古老，也很大，雄踞在山門口的韋陀，足有兩丈多高，廟牆是用前朝的古磚砌的，比一般的青磚大上一倍。廊房邊有口石砌的六角井，正殿前面，有兩棵相峙的梧桐，掌大的葉子碧綠透明，使整個天井都綠陰陰的，人打樹下走過，能染綠衣裳。

正殿寬廣的廊後，展著一列雕花的紙糊格扇，看上去既整齊，又有氣派，那是在僋寒小鎮上很難見著的。正殿那間開敞著，在屋外可以看見高高的神龕，兩邊斜吊起黃色的布幔，幔後端坐戴冕旒的玉皇。朝西經過一道圓門，也有座大殿叫做西殿，一排五間相通的殿堂，供奉的神佛很多，有如來、觀音、十八尊羅漢、眼光菩薩、送子娘娘、東嶽帝君、南極壽星和腳踏龜龍蛇的北極玄武大帝。

兩殿都點燃著終年不息的、荷花形的長明燈。

北方的廟宇，在建築形式上注重古樸，很難看到鮮麗的色彩，高高的脊頂，雕立著搶珠的龍，小小的塔和怪異的獅獸、麒麟、虎、象之類的動物，瓦壠間，滿生著絨苔、粒苔和塔形的瓦松，灰裏帶著肉紅色，更能襯映出廟宇的莊嚴。

天帝生日那天正逢廟會，廟裏擠滿了奉香上供的善男信女，廟外的攤位擺成好幾條臨時的街市，賣香燭的、賣吃食的、賣水果的，還有些走江湖的藝人也趕來湊熱鬧，有耍刀弄棒賣膏藥的、唱獨腳戲的、揹著竹架賣唱本的、玩黃雀抽籤的、演木偶戲和扯開嗓子唱著拉洋片的。除此之外，各鄉鎮都敲鑼打鼓的差出會班子，到廟前來爭奇鬥勝，撐旱船、踩高蹺、耍小驢、玩石滾子、舞獅舞龍，都佔全了。

不孕的婦人們，繡了整套的小衣小鞋，親自掛在送子娘娘木雕的手上，害眼病的姑娘們買了眼光靈符，貼得眼光菩薩像多穿了一套紙衣。據說單是一次廟會，住持和尚所收的香火費，就足夠廟裏一整年的開支了。

廟裏住持淮和尚，經常出門為人作法事，有時是上供還願的人家請去誦經，有時為人放燄口，幾個小和尚挑著法器擔子，一路吱咯吱咯響，一聽著，就知有熱鬧看了！放燄口時，長桌連接著，高疊成塔形，一路放置著豐盛的供品，淮和尚穿著紅色帶金線的袈裟，高踞在桌頂的背椅上，領著排列在兩邊的僧侶們誦經。最能吸引人的，倒不是法器聲和誦經聲，而是重重垂掛的繡簾，和各種式樣的彩色琉璃燈。

我後來常到那廟裏去，秋天，梧桐結子，那些飄落的桐殼，可以縫綴成很好看的桐雀，而且，桐子吃起來極有滋味，勝過葵花子和落花生。

戰亂來時，離家避難到鄉野上去，再難見到那種有規模的廟宇了，不過，各種樣的土地廟倒都見過了，有些較為富足的村落，土地廟是磚牆瓦頂，裏面有神龕，有土地公和土地婆的塑像，神臺前面能容得三幾個乞丐留宿。有些貧苦的村落，土地廟已經不算廟，祇是一口倒覆著的破瓦缸，缸壁上貼著一張褪色的紅紙，上面寫著「當方土地神位」的字樣，連香爐和燭臺都是用紅薯刻的，缸前缸後，荒草迷離，使人很為忍飢挨餓的神祇難受，彷彿神和人都是命運相連的了。

浪途中，廟宇是使人得以聊避風雨的地方，我曾經多次做過廟廊下的寄客，聽過無數晨鐘暮鼓和敲擊木魚的誦經聲。一年在江南的一座荒城裏，我寄居於一個已忘卻名字的小廟，過了整整一個春天，那廟宇臨著河，周圍都是樹木。烽火在遠方怒燃著，而廟裏寂靜得彷彿是另一個世界，據說連住持都托缽雲遊去了，祇留下一個看廟的老者，那個半聾半瞎的老人，成天呆坐著，一言不發，早不撞鐘，暮不響鼓，廟裏成天也不見前來膜拜的香客。我在陰暗的廊房裏，寫了很多篇散文，總的題名叫「在浪途上」，多半是寫戰亂中所思所見的，充滿青春的熱望和一些無告的悲酸。

我算不得是佛家的信徒，但多年浪跡的經歷，使我和廟宇結緣，因而，對廟宇也就產生了一份特殊的情感。我深愛著那些荒山古廟，愛那種莊穆祥和的氣氛，不一定是出家人參禪悟道，即使一般遊客，在那種寧靜的環境中，也會憬然而生慕道之心。可惜此間多數廟宇，非屬僧團，無藏經、無典籍，或開放為遊覽區，靠如織的遊客奉獻之資維活，所歛錢財，並未用於社會福利及慈善事業，這等的廟宇，在我眼裏，似乎尚不及一口破瓦缸的土地廟，那種寒傖小廟，至少還顯出濃郁的、虔敬的人情。嗟乎人的貪慾不除，禪機難悟，青燈古壁，祇怕仍是牢籠罷？

無論如何，廟宇林立的島上，總標示出民間自由的信仰，你可以朝山拜廟，可以奉香求禱，可以瀏覽觀光，或自久遠年月的建築中，發思古的幽情，但夢中的北國呢？抗戰期間，日軍縱火焚廟的消息，已時有所聞，及後山河色變，更以毀廟為能事，甚至焚火神於火，投龍王於江，把無產無業的土地爺那口破瓦缸也砸爛了！……一個不見廟宇的中國，焉能不戾氣沖天，毫無和樂呢！

把我的懷念投向往昔時空，端的是欲寄無從了！早年我所見過的廟宇，如今還能覓得一塊殘磚，一片碎瓦麼？人為的浩劫，從歷史裏跳出來，輪現在這世代人們的經歷當中，我倒盼望能有那麼一座廟宇，將歷朝歷代的亂臣賊子，放在刀山劍林，油鍋炮烙的活地獄中，使他們死後，也領略自作自受的滋味，也許這幅新「地獄圖」，會使下一代人活得清明和安然呢！

——六十五年十月·臺北市

倚閭

在深色度的記憶裏，展開的是年深日久的畫幅，煙黃帶褐，且裂出縱橫的龜紋；說它朦朧，在靈視中卻非常清晰——一種夢意的清晰，刻劃在人的心上。那是一座有著五級青石臺階的大顯門，門廊深而闊，兩側開有六角形的瓦嵌的花牕。地面鋪著青灰色的水磨方磚。若干年代之前鋪就的水磨磚，已失去它的光澤，磚面顏色，顯著深深淺淺的參差。仰臉朝上看，褐色的斗拱層層交疊著，充滿古老沈厚的氣氛。虎頭瓦的簷影，走著很規律的波浪。斗拱間伸出的橫樑上，吊著兩支生銹的鐵鈎，那是逢著喜慶節日懸掛燈籠用的。九尺高的晉木門非常厚重，門上貼有細麻布，再加上黑色油漆，施工極為考究，每扇門上，都嵌著古銅的鏤有獅獸的門環。門邊分立著的獅獸，是青麻石雕就的，它們曾是我童年的坐騎，我曾騎在獅背上幻想著追風或騰雲。

老爬蟲的告白

很難摹想這古老家宅在初初建造時的光景了，記憶的開端，整條街就那樣子古老，茅屋變成褐黑色，滿是鱗狀的風痕雨跡，被鹽霜浸蝕的牆磚，顯著凹齒和大大小小的孔穴，許多零落的瓦簷，成為蝙蝠和麻雀的窩巢，新鮮的生命長在歷史裏，就像古盆中栽植的一葉新芽。

人會很快的習慣這些，並在古老的土層裏扎下他生命的根鬚，那片灰沈沈的天地彷彿是一片相映相融的整體，雲樣的柔軟，夢樣的溫沈，把人給包裹著。一扇那樣的門，塗繪成一個世界，而母親的臉，成為那圖景的中心。卅年迢遙的歲月，使她的臉廓已很難描畫了，祇留下一些影象在微泛潮濕的心底，也黯而柔，完全融和在那幅圖畫之中。

一個北方鄉野上習見的婦女，母親是那樣的，梳著髮網包紮的圓髻，而髮微現灰白，笑容很寧和，在感覺上微微帶一絲淒遲的意味，……很多在承平歲月中逐漸老去的人們，笑起來彷彿都沾有那種淒遲的意味，顯露出原始的寂寞和自然的滄桑，在當時，祇知感受，卻無法形容。她做姑娘時裹的小腳，後來放過，雖不是三寸金蓮，但仍帶著尖巧的遺痕，布鞋和桐油釘鞋，都像端午的粽形。

舊式的婦女，多半是順乎環境，安於命運的，她為我講說過老宅子的經歷，當初建造時的光景，那也是由祖上輾轉傳述的；這片祖傳的家業，曾經輝煌鼎盛過，幾次喜慶時熱鬧的光景，聽來極為迷人。但那種往昔的榮光已隨流轉的歲月逐漸沈黯了。她講述過往時，眼裏流露出期勉的光彩。望子成龍並不需要什麼樣的言語。

庭院裏的一花一木，屋中的一燈一飾，都有來源，都有她輾轉聽得的故事或親身經歷的記憶，碎瓷瓶是明代的古物，西湖十景屏風是從縣城買得的，描金的瓷鼓兒來自江西，紅底金字的「福」字，是某年某翁贈送的。說它沈黯也罷，中落也罷，祖產祖業總得有人守著，日後撐門立戶的人，總該知道這些產業是怎樣積聚成的？人有根，水有源，她不能不把這些，哺餵她的孩子。

房產田契鎖在籐製的提籠裏，那些前朝前代的老契書，又大又笨拙，連字跡也很呆怪。但街坊鄰舍，無論哪一家都極其慎重的保有那些老契書，守著它，在這片灰沈的世界裏終老。一個人終生不離家宅和鄉井，雖非天經地義，也該是極為自然的。那年代，沒有誰不恐懼著離鄉背井，飄泊異地，舉眼不見熟面孔，側耳聽不著半句鄉音，該是怎樣使人腸斷的況味啊?!因此，流離飄泊的故事，總是母親燈前的話題，她說著那些，語聲流露著關愛，皺褶間攏著憂情，彷彿那並非是煙裏雲裏的故事，卻是在這片灰沈古老世界中可能發生的變化，她常用嘆喟的、又蘊含期望的話來作結：

「嗨，世上的日子，都像眼前這樣沒波沒浪，那該多好啊！」

我逐漸感覺到，她把那些關切天下的憂情，都專注到正在成長中的我身上。她那時年近六十，安守著古老的家宅，過了大半生，夏日的桐蔭下，寒冬的爐火邊，她總是做著那些事情：縫不完的針線，補補連連的活計，揀揀糧種，播播豆子，或是用古錢和竹枝做成的捻線錘捻線。過著清苦尚不算貧寒的日子，一般家庭主婦們在同一生活背景中，平常也都做著這些，有些年紀較輕的姑姨們，有著繡花繡朵的興致，講究針線的精巧，母親同樣經歷過那一階段，她手剪的牕花和鞋花的樣本兒，仍放在她的針線盒裡，老藍布的頁面早已褪色，也污損了，她常微微嗟嘆著，說她眼睛不好，勝不得精細的刺繡活了。

人守著那種寂靜荒冷的宅院，守著自然推移的日月，她盼的是什麼呢？對她自己，她的夢想實在非常少，她的壽材已經準備妥當了，她祇求日子過得安穩些。平平淡淡就是福。她早在做姑娘的時刻，聽人說過「上有天堂，下有蘇杭」的話，曾夢想有一天乘著風帆，到蘇杭二州去逛逛，夢到鬢現星霜了，也沒出過遠門。西湖十景屏風，也許就是父親在某種補償心理下為她買下的，看了畫上的風景，她說是跟去過了差不多。真的出遠門有什麼好呢？江無底，海無邊，大風大浪的，處處都帶些凶險，她這樣相信著，因此，連一絲遺憾都被自我寬慰彌平了。

守著搖籃守著夜，用如水的眠歌唱闔了我的眼，唱落了稀亮的晨星，等我能端著小板凳，偎在她膝前聽故事的年歲，便聽她解說過「父母在，不遠遊，遊必有方」的道理。她的臉廓，她的笑容，她緩緩靜靜的舉措，她流滴著溫柔的語音，是童年世界中我唯一的依戀。

我更大一些的時候，喜歡騎在麻石雕成的獅背上，看熱鬧的街景，溫暖的太陽下擠滿街道的人群和牲畜。喜歡看春濃時鎮梢的郊野，柳線綠得煙迷迷的，如火的夭桃，一直燒到天邊的雲裏去，喜歡在夜晚的茶樓裏，縮坐在角落裏聽人說書或打琴賣唱，說的，唱著，大都是歷史上的悲戚和天蓋之外的孤寒，比較起來，心領神會的幸福感，便會種植在幼小的心裏。說什麼我也不願失去那扇門和門裏的老婦人——我最最依戀的母親。

童年的夢，真就那樣單純。

即使那樣被拴繫著，每當我跨出那座門，或是略略晚歸，一個徐緩淒遲的聲音，總在叫喚著，黃昏之後，滿街都是高低不同的招兒喚女的聲音，一遍比一遍憂切，彷彿真有一匹魔獸，會把她們的骨肉叼去一樣。

傍著門，暮靄裏的母親的影子，看上去瘦弱孤伶，在聽到我的回應前，顯出完全無助的樣子。這景象曾多次重複的顯現，重疊在記憶裏，變成我生命中最原始的痕跡。當時我想過，當我長大，用我的肩作為她的杖，也許能略略彌補倚閭盼望的焦灼和憂煩吧？

沒想到在烽火裏離鄉，不知度過多少的江河湖海，攀越多少的峻嶺高山?!童年期的生活，早變成生命裏黑沈沈的背景了！卅多年來，有關故鄉故宅中母親的生活景況，獲知的極少，多半是輾轉得來的一鱗半爪，我知道，街上很多老宅子被炮火轟毀了，殘垣處處，無人的廢院中，蔓草迷離，而家宅也被拆毀了，庭園花木，也已蕩然無存。

我從沒為一切人或物在歲月中自然的衰頹擔心過，但對人為的災劫，感到極大憂憤和困惑，為什麼有些人辛辛苦苦，一磚一瓦的營建起遮蔭擋雨的居停，貼上永恒期盼的「喜」和「福」字，有些人卻要毀掉它?若說歷史的輪覆就是這樣，自命為萬物之靈的人類未免太高估自己了！我心上繪著的那幅墨色圖景，早非現世的實體，但對於一些明知已經不存在的事物，我仍不願改動，也無法改動它，這份執著，勉可算得是生命的情操吧？

倚閭

大陸陷落後，香港友人來信，言及我的母親被逐到鄉間去，寄身在一座破落的小廟中，討乞為活，而在那種乞討無門的社會裏，她根本是難以為活的，就在那年的冬天，她在冰雪中活活的凍餓而死了！……這是無論就人道觀點或委諸宿命都無法解脫的，它使我生命的墨圖潑上了血色。我想到，在血染般的黃昏光裏，她死前那段活在地獄中的日子裏，她是怎樣傍著破廟的門，瞇著昏花的眼，費力的望著那些火燒的雲，喚著我的名字，她的祈盼能隨風飄行萬里，能夠透過百層雲片，千疊山峰……風吹著，沙煙瀰漫成昏霧，她微顫的站著，她會記得當年在搖籃中的嬰孩，坐在她膝前仰臉聽故事的孩童，記得她的盼望，儘管無門可撐，無戶可立了，她仍將懸念著他浪跡何方？

我更可想像到，像這樣倒下去的，何止是一個母親?!我含著淚反芻這些零星的記憶，能夠繪出的，也就是這種光景了。從南到北，在陷落的土地上，在不同的背景中，有著千千萬萬的閭里，每個離鄉者的門前，都曾有過倚門而立的母親的影子，有過朝空的呼喚，那樣的熱切又那樣的淒遲……如果你深深的思想，那便不再是單純傷感的鄉愁了！

——六十五年雙十節．臺北市

梧桐

浮居島隅，有許多年沒見過梧桐了；這種溫帶的落葉喬木，童年時常在北方見到；古廟裏，寬廣的宅院裏，或是村落的井湄，都是種植梧桐的好地方。由於梧桐的成長速度比較緩慢，從種植到成林，得要好幾十年的時光，幾乎相等於一個人的一生；因此，一般人多把它當成名貴的樹木；更因桐苗得之不易，養護較難，成長後枝柯伸展，遮蔭面很廣，所以，多半是採取單株種植或雙株種植，絕少密綿成林的。梧桐的木質堅硬而富彈性，極適合製作名貴的樂器，但種植梧桐的人家，極不願砍伐一株生長多年的梧桐出售，因而它的觀賞價值，遠超過它的實用價值，桐琴之所以名貴，和桐木的難求怕有很大的關係罷？

記憶裏的梧桐，是高大軒朗，異常潔淨的，它的枝幹，渾圓而挺直，樹身細緻潤澤，微呈灰青色，有著極細的橫紋，它的枝椏在半空伸展，圓圓的葉蔭，傘覆著寬大的庭院，巴掌大的桐葉疏密有致，呈透明透亮的碧綠色，仰臉去望時，那種透明的碧色使每片葉子的脈絡都清楚的顯露在人的眼底；這種顏色的深淺，是隨著陰雨晴晦的天氣而變化的，它隨光流滴下來，暈染了地面；人在桐蔭下走過，臉上和身上，也都會染上那種光色；它使人的心，也被幽光所染，自覺開朗平和，詩情滿溢，無怪歷代詩人和詞家，常對它發出衷心的吟讚了。

故鄉北街的古廟裏，植有兩株梧桐，分立在東西廊院間，據傳都有百年以上的樹齡。樹身粗圓足可合抱，主幹挺拔有五六丈高；它不像其他枝葉繁茂的樹木，葉子邊生邊落，也不像其他的老樹，根鬚盤突地面之上，樹身又多孔穴，讓蛇蟲之屬有藏身之地；樹下光軒潔淨，是最好的休憩納涼的地方，圍繞桐蔭間的那股幽寧氣氛，更有助於人們展放思維，參悟人生；僧侶們愛在廟中植桐，想必有些緣由的了？《易經》曾勉人「與四時合其序」，一個人在仰視桐木時，當能想及它確是和時序明顯融和的典型喬木罷？……春來時，梧桐的新葉初茁，彷彿是一簇簇豎起聽風的、精靈的圓耳，逐漸在駘蕩的春風中展放開來，燒成一把活生生的綠火；夏日裏，桐葉長成，為人們遮蔭，很少有病葉及早離枝的，也就無須煩人去辛勤打掃了。

桐葉辭枝，要比榆柳慢得多，直到秋深時分，白露為霜，它們才相率變黃，片片飄落，那些艷黃色的隨風蝶舞的桐葉，美得像一首秋歌；許多人都珍愛著，把它們撿拾回去作為書籤，更在葉面留下字跡，標明是哪年秋天拾得的。

有人頌讚梧桐是最富秋意的喬木，和蕭蕭的白楊相較，各具不同的情趣，而我在感情上，毋寧是偏愛無聲的、寂寞的梧桐，它要比作響的楊鈴，更能引人步入深邃的秋境。

早在夏秋之際，梧桐的圓葉間，便抽放出一串串淡黃色的桐花來，那是無數密集的小顆粒組成的，有一種淡淡香香氣味。桐花轉褐，又生出耳形的桐殼來，排排豆粒大的梧桐子，就生在桐殼的邊緣。桐葉飄落時，桐花和桐殼也跟著飄落下來，人們拾得桐殼，把它們合綴成桐花鳳；合綴的方法簡易，連孩子們都會——把兩片梧桐殼合成鳳凰的身體，用桐子嵌成兩眼，再用桐花穗兒做成鳳凰的長尾就成了。凡有梧桐的地方，一般人家的牕角上，都立有這種栩栩如生的桐花鳳，看來真的像是鳳凰。

表姊教我合綴桐鳳時，為我講述過民間的傳說，說梧桐是世上的名木，鳳凰是天上的靈禽，鳳凰飛至人間，最愛棲停在梧桐樹上，桐樹感染仙禽的靈氣，才結成桐子，開出桐花，使人們能將它合成鳳凰的形象，插在牕角上。當時祇覺這傳說新奇有趣，也許祇緣於一種巧合，過後讀至「良禽擇木而棲，賢臣擇主而事」句，頓悟此類聽來彷彿荒邈的傳言，也和我中華文化道統融契無間，它祇是藉著傳言，感染人心罷了！

在童年，我和梧桐共擁過美好的秋天。豆大的梧桐子，無論生吃或炒熟了吃，都美味可口，齒頰留香；書頁間夾著的桐葉，艷麗如詩，更能喚起人對曾經擁有過的時光的回憶。不止一次，我夢過牕角上的桐雀，化成真的鳳凰，破牕而出，在高空中翔舞著，飛向遙遠的星辰。

古廟裏的那兩株梧桐，抗戰期間被日軍砍伐了，不久，廟宇也毀於炮火，成為一片瓦礫，我離家避難，再回到劫後的故園時，曾在廢墟間久久徘徊，默對著迷離的蔓草和一片斜陽，有著無盡滄桑的感嘆。

真的有許多年沒見過梧桐了！夜坐燈前，讀詩誦詞，每當讀到有關梧桐的吟咏時，心裏便浮現出梧桐的影廓來。在少不更事的年歲，不知在新茁梧桐葉簇間翹首遙迎如鈎的春月，也不懂得品嘗秋雨梧桐的淒遲況味，但我對梧桐的愛戀，卻是那樣真摯，那樣深切，時常想著它，一如想著闊別的故人。

一年，聽說山裏有一種叫做泡桐的樹種，蔚然成林，我為此專程跋涉深山，卻失望而返；泡桐既沒有梧桐那樣挺拔，又缺乏梧桐所具有的詩情。

前些日子，路過中部山區，在一處果園的竹籬上，竟然看到一塊寫著「本園備有梧桐樹苗，廉價出售」的木牌，當時我確曾有一種衝動，想躍下車去叩擊柴扉，拜訪那果園的主人，看一看他所出售的，是否是真的梧桐樹？但正當瞬間的意念在心頭搖曳之際，滾馳的車輛已把我帶走了。

如今想來，我所愛的何止是一株詩意的梧桐呢？生存在這種年代，誰能再守著梧桐望月或是聽雨？即使購得桐苗又如何呢？小院狹隘，祇能暫時養些盆景，根本無法種植梧桐的，何況守著異地的梧桐原非本願呢！

——六十五年十二月・臺北市

舊夢

生活過得太瑣碎太匆忙了，現實人生事務，像絞肉機一般的把人心割裂成肉糊，明知有大部份的事毫無意義，全和性靈無關，但一樣牽腸掛肚，為它煩惱著。都市生活有時是愚蠢的。我常自覺在繁忙的白天，人變成一個行動匆忙的空殼，根本缺乏靜靜的思維，更談不上高度的靈性了。現在社會的無形網絡，使無數人變成一盤排妥的鉛字字盤，無論印刷千張萬張，都是相同的型式。

正為亟於擺脫這種使人困惑的感覺，我每夜獨坐燈前的時間，經常超過六小時。夜讀和寫作當然有助於性靈展放，不過，即使不做什麼，靜靜的在燈衣圈成的光束裏，運一運思維，或是溫一溫情感，更會產生覺得自我的欣慰；我的一些舊夢，多半是這樣重新撿獲的。

睡眠時所作的夢，常常幽黯朦朧，非常零亂。有時和現實人生覓不著明確的關聯；但睜著眼走入的夢境，應屬於記憶和印象的綜合，或是對未來的摹想，它是生存原境中的一些經歷，或是由往昔經歷喚發出的想像。我所謂的舊夢，多半屬於前者。

一個最常進入的夢，彩畫般的攤陳在夜的背景裏，加上黑的底色後，它便顯得很古老了，一道由榆柳和山茶夾峙的村頭沙路開展著，那些枝柯參差交疊著，使沙路上空變成葉影婆娑的碧色圓洞，走完這段沙路，就是平整廣闊的打麥場，場角開著鮮艷的木楷花。一座露天的石輾，立在那裏，輾那邊是一座汪塘，水面上浮著雞頭和菱葉。打麥場背後的高屋基上，是整潔的四合屋，茅頂、沙牆、磚包角的門戶，屋的一端是柴房和畜棚，另一端安置著石臼，那是臼糧用的農具。

圖景很平凡，北方農戶的宅子，大都是這樣，祇不過屋宇的新舊高低略有區別，使人能憑感覺，推斷出這家人是富裕或是貧窮。我們鄉下田莊的宅院，該算是普通的。抗戰初起時，避亂下鄉，我在那宅院裏生活過一段日子，過過夏和秋，採過菱角，戽過魚，粘過蟬，和許多赤足的小遊侶，玩過各種村野的遊戲，像扔鐮刀賭所割的畜草，打梭，或用木棒揮擊樹杪上的枯枝當成柴火。後來我離開那裏，鄉人們正在切割紅薯曬薯乾。我走時，母親送我到五里外的橋頭。一群橫空的雁陣朝南飛著。我沒有哭。因我從沒想到離此一步，便成為永別。

另一幅畫的背景，在河岸邊一處鎮集上，流浪的人圍集著，所有的客棧都擠滿了人。我找不到一處屋頂，祇能在河岸的月光中野宿。燠熱的夏季，近水處蚊蚋亂舞，鳴聲成雷。我遇著一位圓臉跛足的女孩，在浪途上見過面，彼此招呼過。為了防蚊，我們打開僅有的一床單被，互擁著共宿，她的低泣和我的憂惶融在一起，思無邪的緊擁著，彼此都願用心的熱力溫暖對方，那是愛戀，是時代的孤寒中一夕之緣，第二天的風吹起，我們便成為隨風逐舞的葉子，彼此連姓名都未曾通過。後來我想念過那個不知姓名的跛足女孩，祝禱她仍能通過重重的劫難，在人世間活著。這像一片飛舞的葉子在半空中碰擊著另一片葉子。一夕之緣中含蘊著一個時代的影廊，也算是一個年輕生命成長的過程罷？我總覺它的意義遠超過一把傘下醉夢般的愛情，她的影子，在船隻的風帆上，尾舵的浪花中浮現過不是愛情的邂逅，一樣如歌。

在一座密林邊的野地燃火驅寒，和一些擁槍的夥伴們共守長夜。激戰後的陣地很零亂，炮火掀成的坑洞參差展佈在周圍。我們找到六具屍體和一匹死馬，用圓鍬挖坑把他們掩埋在一起，沒有拱起的土堆，沒有記述的碑石，更沒一個留下他們的名字。一個黧黑矮壯的不超過卅歲，右胸留有不見血的彈孔。另一個身材瘦削，炸裂的頭顱低垂著，鋼盔翻垂在胸前，凝滿半盔濃黏的血液。我們舉著燃亮的柴薪，環列在坑洞邊，唱一首軍歌向他們致敬。如今這些落花般的無名者，早化為中國的泥土。他們曾經活過，吶喊過，用硝煙洗亮他們的臉。他們的遺言不是什麼言語，卻是每年每年吹拂的春風。你會從一握春風裏，一撮泥土中，想到這些畫境麼？

我常坐在燈前默默守候著，感覺裏的夜很透明，許多舊夢，翩翩蝶舞著，也許祇是一種零星的印象，一幅朦朧的圖景，沒等你仔細辨識，它已經一閃而過了。這些黏附在心的井壁上的舊夢，古色斑斕一如苔跡，當你忙碌時，它便隱匿得近於遺忘，當你夜深獨坐時，它便像蠟染般逐漸暈染成種種不同的形象來。它沒有明顯的遠近距離，更沒有時空的秩序，這幅圖景和那種印象，彼此也覓不出若何關聯的意義，也許這種參差紛陳的影像，就是生命穿過時空所留下的痕跡罷？

過了啣泥築巢的年歲，有了較為安定的生活環境，日子反而空淡起來，川流如鯽的車陣，重濁如霧的煙塵，羅列的高樓咧開譁笑的牎齒，無數湧盪來去的人群，成一種浮面的、冷漠的風景，這些過眼的雲煙，已很難印入心底，藏於記憶了。能撿獲一些舊夢，反而倍覺新鮮。仔細想來，當年本身深入生活，心靈融契其中，於今對事物缺乏探究，陷入煩冗又厭於煩冗，才會覺得日子空淡罷！

舊夢

有一年冬季，冒著一野的冰雪，坐著牛車到外婆家去，朔風絞割著人臉，厚厚的棉衣仍擋不住風雪，車上墊著麥草，人用棉被圍著，祇露出一雙眼，看著如絮的雪花。拉車的老黃牛，費力的吁喘著，一步步朝前掙扎，牛蹄踩在初結的冰殼上，冰殼破裂，牛蹄便深陷下去，那些鋒銳的碎冰，便割著牛的蹄脛，當時看在眼中，彷彿是割在自己心上一樣。

過後在戰亂中生活，生活環境也冰寒如刃，方悟及生存原是一種艱苦的掙扎。如今人到中年，拖著一群兒女，自身已變成當初曾憐憫過的冰雪中拉車前行的老牛了，說來是舊夢，卻處處見新痕，什麼是往昔和遙遠的呢?!

北方有一種被民間喜愛的木本花，叫做迎春花，那在臘梅初謝後，迎春開放的花，花朵繁密，簇簇淺金黃色的花球，在料峭的寒風裏，散發出一片清芬；看在眼裏，確有迎春的喜氣洋溢著。有一首民歌，也在開始時就唱出「迎春花開黃金黃」的句子，歌聲充滿喜悅和頌讚的意韻。一年初春，我經過一處激戰後的戰場，那是無人的集鎮，大半房舍毀於炮火，到處是斷瓦殘垣，但在瓦礫當中，探出一株迎春花，仍然開得一片燦爛金黃。和滿目瘡痍的景象比映，見喜悅於無盡的淒涼，它使我體悟到，人不管生存在多麼苦難的時代，而他們內心所懷的生存願望，仍然是無比熾熱的，就像那株迎春花一樣。

鎖連這些舊夢，成一領精神的衣裳罷！我能甘心被都市生活的迷霧掩埋，使日子變成一片空白麼？年輕時的熱望和理想，都應該變成金黃色的花朵，搖曳在寒風中迎春了！

——六十六年十一月・臺北市

沼澤

曠野上的沼澤是一隻望天的眼，沼面廣大，水很清淺，不像湖泊那樣突波湧浪。平如明鏡的水面上，印著天光雲影，彷彿把高天和曠野就那樣無聲的融契起來，帶給人如歌的記憶。

那片沼澤在外祖母家的宅外，三面圍繞著小小的村莊，形狀像一隻荷囊，而貫通沼澤的靈溪便是它拖垂的穗帶了。靈溪上有座獨孔拱背的小石橋，叫做卞家橋，橋兩邊種植無數垂柳，一直迤邐到沼岸邊。密扎的水蘆葦，開紫花的水蜈蚣，性濕的觀音柳，把沼岸圍住，使那邊沼澤顯得格外的幽靜寧和。

五歲或六歲的時候罷？母親帶我到那兒去過夏天，我便癡迷的愛上了那片沼澤了。澤地附近都是林叢，有些古老的大樹，樹杪直向天空，要仰酸頸項才望得見樹梢，林裏的鳥鳴聲從早到晚的流轉著，彷彿在快樂的說些什麼，有些水鳥在蘆叢間築巢，不時響著拍翅聲。沼邊茂密的草地上，散牧著牛群，近沼的泥塘，則是耕牛飲水酣臥的地方。

村裏的雞鴨和白鵝，也都喜歡沼澤，草地上的蚱蜢和小蟲，是雞群最愛的食料，淺水的水藻中的小魚小蝦，更使鴨和鵝養得透肥。村人們割取觀音柳，剝去皮，編織成筐籃之類的用具，成熟的蘆葦，更是編蓆的材料。

我並不關心成人們怎樣利用這片沼澤去增加他們的收益，我們眼裏，沼澤自有它特殊的奧秘。近沼處的林叢間，蟬聲非常繁密，樹枝上到處都爬著蟬，樹幹上常有蟬脫下的殼，我們採摘蘆葦的長桿，一端黏上洗妥的麵筋，用以捕蟬，把那些鳴蟬放在布囊裏，輕輕拍動，牠們便大聲聒噪起來。白天捕蟬還不夠，夜晚更拎著燈籠，去捕捉那些蟬的幼蟲，有時牠們剛爬出洞穴，有時牠們正爬到樹幹上去脫殼，初脫殼的幼蟬，渾身是乳白色，翅膀也很柔軟，很容易捉著。蟬的幼蟲，放在竹筒裏，加鹽醃起來，是最美味的佐餐小菜。

有時騎在彎柳背上，去認識沼澤，也充滿奇趣；沼裏的浮萍有很多種類，像大葉的金錢萍、四葉萍、雙葉萍，開出星星點點白花的水荽菱等等，藻類和浮萍一樣，有松形藻、帶形藻，曲折而剛硬的黑藻……。

除了萍和藻，更遠些的沼面上，浮著田田的菱葉，葉間開著紫紅色的菱花，另有一種當地盛產的水中植物，葉子大如睡蓮葉，俗稱雞頭，因為它探出水面的果實，有些像昂首的雞，裡面的果粒，味如蓮子，不過形狀略圓，粉質略多罷了。村人採菱和摘取雞頭，並不用船，祇用大型的圓形木桶，一個人端坐在裏面，以手當槳，緩緩划動去採摘，偶爾也哼唱些愛哼愛唱的鄉土俚俗的曲子，表示出他們內心的欣悅。

喜水的蜻蜓在沼上飛來飛去，牠們祇為捕捉昆蟲和水蟲為食，才會顯得那樣忙碌，一種體型很大的麻蜻蜓固然常常見著，還有些體型略小的蜻蜓，穿的卻是各種不同顏色的衣裳，有純紅的、紫紅的、淺褐的、金黃的、土黃帶綠的多種，還有些體型極為細瘦，和蜻蜓相似的昆蟲，後來才知那叫蓼蝶。

近岸的淺水裏，還有更多奇異的水昆蟲生長的，一種是浮躍在水上的多足昆蟲，俗稱賣鹽的，牠的足點在水面上，形狀像是細瘦的蜘蛛，也有人叫牠水蜘蛛的，牠的身體那樣輕盈敏活，能把水面當成路走，祇要把足尖發力一點水面，身體便箭也似的飛射開去。

蝌蚪當然是常見的，那些蛙和蛤蟆的幼蟲們，多得使岸邊變黑，從拖尾的，到生出後面雙足的，到四足生全，尾部消失的都有，那些幼蛙離水上岸，到處跳躍著，幾乎使人不敢輕易落足，但牠們大多填進雞鴨的肚子，躲過重重劫難長成的，不過千中之一罷了。

另一種俗名香瓜蟲的水昆蟲，淺沼裏也很多，牠的形狀和陸上的瓢蟲差不多，祇是背部呈灰褐色，沒有花紋，但牠的身體上，發出一種很好聞的香氣，近乎成熟的香瓜味道，那也許就是牠們被稱為香瓜蟲的緣故了。據村裏孩子說：香瓜蟲可以捉來生吃，味道香香甜甜的，但我卻從沒嘗試過。

一般說來，沼澤是安靜的，祇有鼓譟的蛙聲，偶爾有一聲魚躍，和游泳的鵝鴨的鳴叫。青蛙在白天不常鳴叫，偶爾閣閣的叫幾聲便停歇了，牠們的衣裳大不相同，有的一色青，有的背上有不同的花紋，黃的，褐色的，茶綠色的都有，牠們有的端坐在菱葉上，安閒的曬著太陽，有的以很舒適的姿態，在水中伸展著肢體，祇把嘴和鼻露在水面上，村裏有人來釣魚，卻沒人來捕蛙，孩子們都會唱那首謠歌：

閣閣閣，閣閣閣，
不吃稻米不吃穀，

苦苦捉我為什麼？

由此可見，在旁的地方，捕蛙供人果腹的事還是很多，才會有這種悲憫性的謠歌，替蛙類鳴冤罷？

沼裏也是養魚的魚場，村人們平常不用魚網去捕魚，他們在沼澤邊近水處壘起土堤，留有缺口，使它變為一塊一塊和沼澤相連的池塘。每年歲末，他們在魚塘裏下餌，把魚群誘進來，然後封住缺口，使它和沼澤完全隔絕，再使用扣有繩索的木桶，合兩人之力，把塘水一桶桶的傾進沼澤去，直到塘水舀乾，魚群被捕盡，再掘開缺口，放進沼澤裏的水，使它恢復原狀，這種方法，俗稱戽魚，是最吃力也最徹底的捕魚方法，被鄉下人普遍使用著。

春夏之間，地氣上升，近沼地帶，熱濕蒸騰出一股似煙似霧的光景來，隔著它望任何物體，都漾晃著，浮現出水紋般的景象，在地氣濃密的地方呼喚著人，聲音也帶著波浪，一波一波的傳到遠方去，直至天邊撞來同樣的迴聲。我和表姊常在清晨出門，到沼邊的灌木叢裏去撿取鳥蛋，有時也會撿到雞和鵝所生的蛋。

清晨和黃昏，如鏡的沼面上映著霞影霞光，彷佛天和地都在燒著嫣紅的火，沼澤美得更像一幅色澤濃郁的彩畫，畫裏曾映過我童年無憂的面貌。

一夜，我們在澤邊燃著火，佩著裝滿螢火蟲的紗囊，在火光和月色裏，玩著一種遊戲，假想世界祇是被沼澤圍住這麼大的一片野地，永遠有著火光和月光。在這個世界裏，人和人，人和物，都是親和的，互愛的，這是表姊提出來的幻想，我們都附和著。……那之後不久，戰亂的日子就來了，外祖母家約人來估樹，出賣了林子，沼澤失去蓊鬱的林叢圍繞，顯得光禿又荒涼了。及我離開家鄉，再沒到外祖母家去過，聽說外祖母逝世了，家宅也因無人看守，頹圮破落了。有時在異地看月懷鄉，想到童年所唱的謠歌：

搖呀搖呀，搖到外婆橋呀……

便禁不住的心泛潮濕，情懷黯然；那片小小的有情世界，早被炮火撕成碎片了，但它在我心裏，仍然是完整的；我存活一天，便會嚮往著那世界，並會去實踐，去尋求，好讓下一代人保有他們的夢。我不會忘懷那片望天的沼澤，澤面上飄浮著載過我童夢的紙船，生命不光是一種飄浮的美，童夢也有著它的莊嚴。

——六十五年十一月・臺北市

月光河

吟誦著「兒時不識月，疑是白玉盤」的詩，便恍惚重見童稚期仰對明月的光景了！月在童年的眼裏，確是神奇，經由每個中國兒童都熟悉的神話和傳說的哺餵，月亮便也中國起來。添了西王母、嫦娥、廣寒宮、月桂樹、玉兔和揮斧的吳剛那許多古典的裝飾，使它看來分外的柔媚；古人認定月為太陰，該是深受感覺的導引罷？望月成癡，對某些愛幻想的孩子們來說，該是毫不誇張的形容，為了貪看廣寒和桂影，我幾乎把自己望進月亮裏去，飄飄的，彷彿已御風而起，遠離凡塵了。

及後讀詩讀詞，詩裏的月和詞裏的月，更是千變萬化，凌越時空，各具不同的情韻，從那裏面，使人撿起秦，拾回漢，尋得眾多被月光照過的人的心靈，以及百采紛陳的生活姿影，能說這是虛幻的麼？數千年來，哪一頁歷史上沒有月光？

喜歡望月，這種穎悟彷彿是很自然的；亙古臨空的月魄，照過多少世代的人臉？見過多少歷史的滄桑？懂得這個，便很難把它當成單純的風景看了。事實上，面對著柔美平和的月亮，人們即使懂得，也不願認真去追索那些的、對酒當歌式的生活，雖含有自嘲的意味，那種享受，畢竟使人貪戀著，因此，月與花，月與酒，月與戀情，便在生活裏和人心連繫起來，創造出人生的美：一剎間的永恒來。

人生雖然短促。生活卻是多面的，感覺更展向無垠，因此，融和月光所創造的美，也並非多如前者那樣酣然，那樣輕柔。在月下飛度關山的勇士，創造出剛陽之美；而在月下的死別生離，便有另一種淒愴之境；不論昇平之世，或是戰亂之期，人類的生命，始終在尋求並創造著美。月光綿亙成河，便成為一種映證。

浮泳在乳色的月光河裏，我們成長著，無邪的習唱過：「月爹爹，月奶奶，把兩個錢，做買賣」的兒歌，把月光紙焚成夜舞的蝴蝶，也背熟了：「十五十六月亮圓，十七十八少半邊」之類的流諺，更逐漸感受到月出的欣喜和月落的憂鬱；生命裏，記憶中，都印下了斑剝的月光。

亂裏辭家，奔走道途，望月於陌生之處，月光彷彿有了寒冷的霜痕，夜讀「露從今夜白，月是故鄉明」一句。方知飄泊的心境，更常興掩不住的鄉思。

一路揹著南方北地的月亮，風沙打熬出的青春使人覺出：人在不同的時空、不同的生存際遇裏，使生命產生了不同的型格；月與花、月與酒雅興，註定不屬於我了。浪途中倒真心喜愛過一首古老的曲子，歌聲徐緩，有些鄉野上原野的哀淒……「月兒彎彎照九州，幾家歡樂幾家愁？幾家骨肉團圓聚？幾家流落在外頭？」

人揹著槍，走在月白霜濃的野路上，過的是「朔氣傳金柝，寒光照鐵衣」的日子，透過硝煙紅火，眼裏望的，心裏想的，卻滿是別人的困苦艱辛，日子過得愈堅硬，心靈愈為柔軟，沒有誰不想透過戰火，像摘星樣的摘取承平？有時候，仁懷也需生活培養的。

歲月波流，倏忽半生，我愛月的心分毫未見減卻；儘管科學新知，擊碎往昔的傳說和神話，但由童年起便深植於心的感情根蒂，非常深牢。月亮總是自然的一部份，它的柔光，始終感染著人，激發人的悟性。

一首最典型的詩這樣的陳明：「古人不見今時月，今月曾經照古人，古人今人如流水，共看明月皆如此。」當人仰視明月的一剎，誰不曾懷有這樣的嘆悟呢？一般說來，具有文化感的生命，活著是追尋和創造，死亡是一種美的完成；正為人生短促，才激發人創造的心胸。我雖愚拙，但同時代無數勇壯豪邁的悲情，也帶給我無盡的啟悟，平靜而柔和，如同月光。

傾出心囊裏的記憶，去撿拾月影罷；帶暈的月輪是將要起風的兆示，正如俗諺所謂的：日箍雨、月箍風。幼時每見月暈如環，便會撿起一塊磚，念念有詞的走七步，畫個圓圈把磚塊壓在當中，傳說那樣便可以把風壓住了。回想起自覺愚昧可笑，但當時卻確信著，兒時，自有兒時不解事的天真。

後來又聽誰說過，說當月光把簷影的波浪映在地面上的時刻，人祇要腳踏月光和簷影中間，數著走上一百步，就會看見鬼，我也曾滿懷好奇的試驗過——但從沒走完一百步，就恐懼的跳開了。在古老北方傳說中成長的孩童，對於幽冥世界竟是那樣的敏感，直至如今，我仍然清楚的記得這件事情。

北地有一種唱野戲的班子，專在有月光的夜晚，覓一處空場子唱戲；他們也挑有簡單的行頭，也塗胭脂抹粉的穿戴和化粧；所唱的戲曲，多半是耳熟能詳的民間故事，才子佳人的離合悲歡。那些戲曲的意念很通俗平凡，但在月光的渲染中，情節顯得格外感人。我為那些煙樣雲樣的人物笑過，也落過淚，在如今的記憶裏，仍漾著淡淡的、情感的波紋。

離家頭一夜，宿在蘆葦搖曳的野河邊，月亮透過初秋的水霧升起來，又扁大，又泛著少見的霞紅色，彷彿剛剛哭泣過的樣子。我這半生，從沒再見到如此扁大的初升月，因此，那夜的月亮，便留給我非常特殊的印象，怎樣都難以遺忘。

另一年的一夜，睡在沙原上的壕塹裏，一個年老的兵士告訴我，說太陽曬黑了人的皮膚，可以改變過來，但被月亮曬黑的皮膚，是很難變白的。我不知他的話有何根據？但直到如今，我的膚色黧黑，也許是被野地上的月光照多了的關係罷？春月的朦朧，夏月的乳白，秋月的玲瓏和冬月的寒冷，我都經歷過，把那些情境和感覺，深深的刻畫在心裏，閉上眼，便能看見那些畫境。

一夜在槍聲如沸的戰場上，我擡頭望月，幻想過一些愛情，一些又甜蜜又淒傷的愛情，假如我能活著，有一天我也許會指月為盟罷？人在生死俄頃之際，能想著這個，足見生命的感想是奇奧的，它很難依照理性的解釋去進行，我不知那算不算另一種形式的勇敢？

一年冬天，隊伍暫宿在乾涸的河床當中，以高高的堤岸當成避風的牆，但仍覺出夜深的嚴寒。有人折蘆燃火，並圍著火堆取暖，一個人先唱一支歌，許多人跟著應和。後來又唱出許多支與月亮有關的歌，人的感覺隨著歌聲，在月光中遠引，每個人的眼裏，都顯出濕潤的光輝來；而那些當時的人臉，多半成為中國泥土的一部份，有些終生並沒標榜過一句口號，他們便像春殘時的落花，默默的獻上了他們的生命，以及和我一樣多幻想的青春……。

離國之後，看明月升自海上，人坐在船舷邊的救生艇上，默念著：「海上生明月，天涯共此時」的詩，一心都是以一般語言難以宣述的詩情，那種銘心刻骨的痛傷之感，不知曾活在秦漢的古人是否同樣懷有過?!

把這些片段的光景連綴起來，記憶便流淌成一條月光的河流，一波一浪的拍擊著，不管是欣悅還是哀愁，它總有一分溫柔，生命也變得溫柔了！

「到露臺上看看月亮去！」

我常常陷身在躺椅上，沐浴著月光，有閒之士，也許會愛月夜眠遲，但我祇能在月下小坐片刻，便要回到燈前來，閱讀或是寫作，經常看東牕的月影移落西牕，有時靈思泉湧，直至雞啼月落方始罷筆，也算是月不負我，我不負月了！當然，比之李白酒後蹈月，與美同歸的境界，總覺略遜幾分，如能夢擁月光，沐淨心懷，使本身的性靈生活更加充實起來，也就差堪告慰了罷？

為都市塵務所苦的朋友，你可曾想躍入記憶，在月光展佈成的河流裏洗濯身心麼？花前月下的人生固然甜美，但在那之外，仍有著無數境界，值得人去感悟的，月亮和生命相融，它就再不是單純的、浮面的風景了！

——六十六年十一月・臺北市

蟋蟀

童年家宅的庭園很寬大，牆角蔓草叢生，後園更見荒蕪，有許多磚堆和瓦礫。每到秋天，那些地方便是鳴蟲們的天下了。秋蟲夜吟聲繁密而柔和，織成一闋伴人入夢的歌；像螻蛄、蟋蟀、紡織娘、金鈴子，偶爾也伴和著斷續的蛙鼓。尤其在有月光的夜晚，坐在花壇邊，傾聽著秋夜自然的歌聲，很使人著迷。

在鳴蟲合組成的樂隊裏，蟋蟀該是主要的歌手了；其實，有些形狀很像蟋蟀的鳴蟲，並非真的蟋蟀，祇能算是牠們的親族。一種體形特別大，滿身褐紅色油光的，我們管牠叫「油葫蘆」，別名「油叫雞兒」，因為牠們喜歡躲藏在溫暖的灶縫裏過冬，也有人稱牠為「躲壁兒蟲」，牠的叫聲尖銳綿長，很像高音的嗩吶。有一種體形特別小，背呈深褐黑色，有著長過尾叉的飛翅，我們管牠叫「草蟋蟀」，牠也不是蟋蟀的正種，牠們到處飛跳，經常會飛到燈下來。牠們的鳴聲短促低弱，很容易辨別。還有一種，頭部凸起，我們管牠叫「棺材頭」，把牠看成不吉利的蟲子。而正種蟋蟀，俗稱「蛐蛐兒」，形體適中，形貌威武，雄的性好鬥，尾生雙叉。母的頭部小、腹部大、翅短、尾生三叉，我們管牠叫三尾兒。

最早我對蟋蟀懂得很有限，祇知道這些，而且也從沒想到翻磚弄瓦去捕捉牠們。後來，我的一位遠房姑丈從江南避亂到家裏來，跟我講起養蟋蟀和鬥蟋蟀的故事，我才知道這種鳴蟲，因為勇狠好鬥的緣故，在古代就被人捕捉飼養著，作為鬥樂娛人的玩物。那位姑丈自幼受到流風的感染，迷上了玩蟋蟀，一直到頭髮花白，仍然興致不減，每當他提起蟋蟀的時候，就顯得眉飛色舞，嗓門兒也大了起來。

據他說：蟋蟀有很多名貴的品種，凡是愈勇猛健壯勇於咬鬥的，品價愈高，古代有人憑藉經驗，寫了一部有關捕捉、辨識、飼養蟋蟀學問的書，叫做《蟋蟀譜》，他曾經看過，那部線裝書一共有好多本。

他又告訴我一些關於捕捉蟋蟀的技巧，辨識品種的方法和飼養上應該注意的地方。比如捕蟋蟀，考究一些的人，要帶著竹筒、捕網、柔軟的掃子（用狗尾草製成，挑逗蟋蟀之用。）等等的工具，不能在捕捉時傷著牠們，即使弄斷牠一節觸鬚，都是很大的損失。

因為蟋蟀打穴或巢居的地方不同，有的在土層下，有的在磚堆瓦縫裏，有的甚至躲在成長中的辣椒裏面，使人必須使用不同的捕捉方法，有的要灌之以水，有的要翻磚弄瓦，主要是要把牠逼出來，然後用捕網撲獲牠們，裝進刻有細縫的透空氣的竹筒，攜回去飼養。

但在夜晚，四處都是蟋蟀鳴叫的聲音，怎樣辨別哪隻是上品的蟋蟀呢？他說是：凡是鳴聲粗宏嘹亮，平時不常鳴叫的，大多是好的蟋蟀，更有些極上品的，都有異物守穴，像蛇守穴的，蛤蟆守穴的，蜈蚣守穴的，你想捕捉牠，非得先把那些異物驅除不可。

蟋蟀既有無數珍貴的品種，他也就大略的告訴我一些：像紫牙、辣牙、麻頭、毛項、藍項、大翅……這些都算是最上乘的異品；一個人玩一輩子蟋蟀，也不見得遇上幾隻。一般的蟋蟀品評，多半是看牠的體形是否壯健？鬥志是否高昂？通常是身體狹長的，不敵身體粗圓的；身體粗圓的，又不敵身體方正的；而身體方正的，仍不敵前述的異品。

那位姑丈在我們家寄居不久就離去了，但我卻迷起玩蟋蟀來了。憑著他教會我的那點知識，每個秋季，我都利用閒暇去捉蟋蟀，捉來之後，把牠們分別養在鐵罐或粗陶的器皿裏，上面蓋上玻璃片，餵給牠石榴子或熟米粒，經常把這一盆和那一盆的蟋蟀放在一起，用掃子激怒雙方，使牠們捨死忘生的互相咬鬥。有時雙方勢均力敵，能咬鬥很久，都難分勝負；有時甫一接觸，勝負立判，勝的剔翅揚鬚，發出得意的鳴叫；敗的一聲不響，被追逐得繞罐奔逃。經過咬鬥的過程，產生了冠亞季殿，我管牠們叫「頭盆」、「二盆」……並在罐外寫明牠們的身分，再逐漸把新捉來的蟋蟀，參與過關斬將式的試驗，先和末盆鬥，如果鬥贏了，便淘汰原有的，再勝，便逐級遞升，完全使用獎優汰劣方法，加強我所飼養的蟋蟀的陣容。

在當時，老家小鎮上也有些玩蟋蟀的人，有個陳姓的年輕醫生最為著名，我把我捉得的頭盆蟋蟀去挑戰，想不到牠竟以橫掃千軍的姿態，鬥勝了他那些稱王稱霸的所有蟋蟀，使我這毛頭孩子，被那些玩家們另眼相看。

當我還不足八歲，已經算是玩蟋蟀的能手了。不過，逐漸我發現，在飼養方面，我還非常欠學。有個老玩家告訴我，把蟋蟀養在鐵罐或光滑的器皿裏，極為不妥，日子久了，會損傷牠們爪上的鬥毛。他養蟋蟀，都使用古老的瓦製的蟋蟀盆，那是專為飼養蟋蟀製造的器皿；有些名貴的蟋蟀盆，是用紫沙燒製的，和紫沙茶壺是同一種質料，那些蟋蟀盆的外面，有的燒出花紋，有的雕上草體的詩和詞，盆底並註明了燒製的年代。我看過許多名貴的蟋蟀盆，大都是清代的，間有明代的，當然愈古遠的愈值錢了。

有經驗的老玩家又告訴我，早年在北地若干城鎮裏，都有專門開設的蟋蟀鬥場，更有些人，靠著捕捉和飼養蟋蟀鬥彩維生的，那儼然成為一項特殊的行業了。據說鬥場裏立有很多的規矩，並設有公證人，雙方的蟋蟀開鬥前，先要用過籠引出盆來，先秤體重，這倒有些像現代拳擊所訂的規矩差不多了。體重相當的，放入鬥盆前，先行展覽，使一旁博彩的人自由下注，鬥場不管誰輸誰贏，祇收取一份水錢，因為以蟋蟀作為賭博的工具，使有些人滿載而歸，有些人甚至輸到傾家蕩產的。

我玩蟋蟀的興趣，前後維持了四五年之久，經驗也隨著時間不斷增加了；其間也聽過許許多多前朝前代發生過的關於蟋蟀的故事，說是有個窮苦的人，無意中捉著一隻蟋蟀，那隻蟋蟀逃走了，旁邊有隻公雞想啄食牠，牠竟然敢和公雞相鬥，一跳跳到公雞頭上去，咬住雞冠；有人知道這事，便勸他把這隻蟋蟀捧進京師去，獻給一位玩蟋蟀成癖的王爺，準能得到厚賞，那人果真去獻蟋蟀，結果竟然得到千金賞賜。……這類的故事太多了，祇能當成縹緲的傳聞罷了！

蟋　蟀

在我玩蟋蟀的歲月裏，民間以蟋蟀博彩之風業已過去了。我所捕捉的蟋蟀倒真有幾隻名貴的異品，一次是在觀音柳叢的根部捉得的，體型奇大，我管牠叫「楚霸王」，因為一般蟋蟀和牠咬鬥，一交齒便敗，從沒撐過兩個回合的。我一天讓牠咬鬥十多次，過不久牠便自己死掉了，也許是累死的。另一次在磚堆裏捉住一隻大翅，用牠換得一個紫沙的蟋蟀盆子。我也捉到過麻頭、紫牙，都用牠們換了蟋蟀盆子，每年辛勤捕捉，使我擁有十多隻很講究的蟋蟀盆子，都是從老玩家那兒換來的。

後來，年紀略大了一點，突然覺得玩蟋蟀固然會使人入迷成癖。但把那種快樂寄放在蟋蟀同類相殘的咬鬥上，實在太殘忍了。母親為這事也曾責罵我，舉出玩物喪志的例子，仔細說給我聽。我也自覺每夜翻磚弄瓦，滿身泥污，失去當年靜坐著聆聽自然蟲吟的樂趣；便痛下決心，把那種癖好戒除了。但那些製作精緻的蟋蟀盆子，我卻珍藏著，直到戰亂離家，我還把它埋藏在地下。

人在戰亂裏成長，逐漸領悟到在時代的風暴中，一個人須肩負著更多思想和感覺的重量，奮力為更莊嚴的人生理想去貢獻力量，自身命定不是有閒人，無須再去品嘗古人的風月了。玩弄蟋蟀成風的中國，將是怎樣的中國？如果說一族的文化精神，表現在民間廣大的多面生活形態上，那麼，玩蟋蟀的流風，消閒固然消閒，頹廢也夠頹廢了，既用以賭博，又涉及殘忍，哪有泱泱大國的溫厚之風？這無異是優美的傳統文化中的一股逆流，真不知前朝前代，怎會有那許多有頭腦有智慧的風雅之士，竟也會迷於它成好成癖的？

觀諸先秦時代，我國渾莽的民風習尚，雄昂奮發，簡樸單純，方得開創出漢唐盛世。也許，人逢安樂飽暖之餘，便會耽於逸樂罷？生活上貪閒圖樂的花式繁多，人的精神便會在愈益升起的文明假象裏鬆弛下去，多數社會人終生浮盪，白耗光陰，何止是百年積弱？仔細算來，怕有千年了！無怪早年有人以睡獅形容吾土吾民，安閒飽暖之餘，獅子也會打盹的！果爾以歷史為鏡，照照當前呢？勤奮圖強的固居多數，至少，少數都市生活的病態，使人有推陳出新之感，蟋蟀是不玩了，而旁的藉口消閒的玩藝兒還多著，彷佛忘卻此地何地？今日何日了！

正因童年迷溺過玩蟋蟀罷？用它比映真實人生，使人很容易產生觸類旁通的領悟，觀諸人類種種歷史愚行，彷佛都展現在蟋蟀盆中，不論它勝者瞿瞿，敗者鼠鼠，祇激起人無限的悲憐和慨嘆！

而人畢竟為萬物之靈，深知擁抱理想，秉持正義，歷史上復國之戰，仁義之師，值得人仰懷和稱頌。而蟋蟀祇是無知鳴蟲，除了逞猛私鬥，便別無所有。其間區分是極為明顯的。

經歷過戰鬥歲月和無盡長途，寄居島上，轉瞬間已度過半生；如今眼見一些青少年們，荒遊嬉樂，逞強私鬥，彷彿像是我當年飼養在蟋蟀盆中的那些將軍霸王，內心悲憐得直欲滴出血來，人間的戰鬥應是理性的，自覺的，有理想有選擇的，為國族自由與生存而興的戰鬥。那種血流五步的蟋蟀式的私鬥，早該揚棄了！誰願把自身當成蟋蟀，自己玩弄自己呢？

然而，忍心切責那些無知的青少年麼？社會是河床，少年是流水，有什麼樣的河床，便有什麼樣的流水罷？若從根檢討，社會上袞袞諸公能無汗顏之處麼？

牕外正是皓月當空的秋夜，山麓的鳴蟲們，正繁密的吟唱著，溫靜而祥和，在如此安定繁榮中成長的小友們，你們都自具有極深的靈性，極高的慧根，該擺脫不正常的流風的浸染，多在自然的和諧裏去領悟人生的真諦罷！去聽聽秋夜的鳴蟲，感覺那種快樂的奧秘，便不會再學鬥盆裏剔翅揚鬚的蟋蟀了。

我雖是個愚魯淺俗的人，願將經驗和思悟到的一得之愚，極為懇切的貢獻給我關愛的小友們。

——六十五年十月・臺北市

蠶

孩子們不知從哪兒找到幾粒噴在紙上的蠶卵，養起蠶來了；他們要上學，要忙著做功課，幾乎找不出時間去採桑餵蠶。家宅靠近郊野的山麓，樹林茂密，看上去蓊蓊鬱鬱的一片，但其中很難找到一株桑樹。孩子為了養蠶，竟然經常天不亮時就起床上山去尋找桑葉，他們居然能找回一疊小得可憐的桑葉來，維持著蠶寶寶的生命。

由於桑葉難求，他們每找著一株小桑樹，便像尋著寶物一樣，更用濕毛巾把採得的桑葉包裹著，恐怕葉片的水分乾掉。

他們把蠶養在一隻打了孔的鞋盒裏，一共不過六七隻的樣子，每天晚上，都捧在燈下，像看西洋景兒似的。蠶打眠了，他們不懂，竟然以為牠們不動不食，一定是生了病了！我不得不告訴他們：一隻蠶從初出生到上架結繭，要經過四度眠期，每眠一次，牠們的身體就長大幾分，通常，一條成長的蠶，有小指般粗大，當牠們的身體由青白色逐漸轉為黃白色，頸下透明，便是上架結繭的時候了。

孩子們飼養的那幾隻蠶，到四眠時，僅賸下三隻！也許桑葉沒有吃足，發育不良，並沒有我形容的那麼大；我撕了些硬紙板，為牠們作成繭山，那三隻蠶分別的吐絲作繭了，繭是結了三個，一個小得像大拇指頭，一個是扁平不規則的變形繭，另一個吐盡了絲，因為絲太少，繭子薄得像透明的紗帳，放在掌心軟軟的；饒是這樣，孩子們還很高興，他們總算親手養了蠶了。

在燈前看著蠶繭，我的思緒很自然的飄回往昔，憶起童年時陪著母親育蠶的光景，沈沈的感觸，鬱鬱的惆悵，一剎時便塞滿心底。

抗戰前，北國鄉野是承平的，政府注重發展農業，鼓勵民間植桑育蠶，作為農閒時重要的家庭副業，以增收益。淮河平原上，到處可見大片的桑林，除了原有的土桑，還引植低枝大葉的洋桑，每片桑葉大如葵扇，是飼蠶最佳的桑種。

春來後不久，沿街便有人叫賣蠶紙的了。那些蠶紙，多是地方設立的蠶業實驗所的產品，每張硬紙有十六開小報那麼大，紙上印有廿四個籃線打成的方格兒，每個方格兒裏，有一個杯口大的黑色蠶卵密佈成的圓圈。

凡對育蠶有經驗的人家，都能按照他們家宅能騰出的空間的大小，粗略計算出能育一張紙或兩張紙的幼蠶，因為幼蠶不佔多少面積，要以四眠時成蠶的體積來計算。

我們家宅的空間很大，母親又有餘閒，所以一季蠶也養得比別家多些。為了育蠶，買了許多號碼不同的大小竹扁，幼蠶在蠶紙上孵出來，小得像針尖一樣，輕輕蠕動著，得用鵝毛掃把牠們掃落鋪妥剪碎桑葉的竹扁裏，放在層層疊起的木架上。

幼蠶的食桑量不多，但桑葉採來必須剪碎，定時敷放在扁上供牠們食用，蠶的生長極快，食桑量愈到後來愈會大量的增加，育蠶的人家，也會跟著加倍的忙碌起來，蠶要專人整天的照顧，按時添桑葉。由於蠶性愛清潔，每隔幾天，按牠們體形的成長，要把牠們換扁，分扁，使每扁蠶都保持一種適宜的密度，換扁後所積的蠶糞，俗稱蠶沙，是極好的天然肥料之一，通常把它積聚成袋，留著肥田或是出售。

至於蠶的唯一食材——桑葉，一般多由自己到郊野去採摘，到了蠶過三眠之後，食桑量大增，自然的桑葉不夠用了，才會去買採桑人叫賣的桑葉。

母親每年春秋兩季都育蠶，很快的，我便成為她熱心的小助手了。在將近一個多月的育蠶期中，舉凡飼桑、分扁、換扁、清蠶沙，揹上竹簍到郊野去採桑，撿除蠶群裏的僵蠶和病蠶，抱取芝麻稭搭成繭山，直到取繭，幾乎所有的工作我都能做，但這許多事情，不是一兩個人能做得了的，因此，每當育蠶季，她都請些親戚來幫忙。像南鄉的五姥姥，我的舅母和大表姊，都常來住在家裏幫忙。

平常沈寂無聲的宅子，鬱著古老陰森的氣氛，一旦來了這些親戚，就顯得熱鬧多了，蠶寶寶是那樣白胖可愛，人可比蠶更可愛了。

記憶裏的五姥姥，是個瘦小的老婆婆，頭髮稀稀的，幾乎挽不起髻來，祇能草草窩成一個小圓疙瘩，歪墜在後腦窩上。甭看她年紀老了，精神足得很，耳不聾眼不花的，有許多隔了多年的瑣事，她都記得很清楚，說起故事和笑話來，能逗起一屋子人的精神，她一面守著蠶，一面談談說說的破悶，一副樂在其中的樣子。

舅母看起來很年輕，一張溫和的白臉，在感覺裏彷彿是掛在天上的圓月，她娘家在大城裏，儘管嫁到鄉下來多年了，一舉一動，仍帶著一股城裏人的稚氣，她做起事來，慢條斯理的，但卻極有耐心，她一面守著蠶，一面做著針線，夜晚來時，輕柔如絮的東風帶來透腮的沁涼，靜寂裏響著春蠶食葉的聲音，沙沙的，會使人疑為雨聲。

採桑的工作，通常由我大表姊去做，那也是我們極樂意做的事，春天的郊野花紅柳綠的，煙迷迷的林子裏，流轉著鳥的啼聲，我們一大早就挽著桑籃，踏著露珠去尋找桑樹。有些低枝的桑樹，不必爬上去採摘桑葉，祇要使用長長的採桑鈎子，鈎壓枝條，站在地上採摘就好。有些很高的桑樹，我必得爬上樹去，採了桑葉，讓大表姊用桑籃去接。

養蠶的人家很多，到郊野上採桑的人也成群成陣的，大家一面採桑，一面唱著民歌，別有一種熱鬧的光景，在日益久遠的記憶裏，化為一片如水的溫柔。

盼著蠶眠，盼著牠們上繭山，繭山上結出纍纍的蠶繭來，心裏那份快樂，實在難以形容。通常蠶繭多是純白色的，但偶爾也見到別的顏色，像金黃色、醬黃色、粉紅色、淡綠色的繭，我們會把它當成珍品，由大表姊小心翼翼的把它們做成一朵朵複瓣的繭花，有些當成她的髮飾，有些插在牕角花櫺上。

一笆斗一笆斗的蠶繭，賣到隔鄰的絲貨鋪去，他們便立即用以抽絲了。抽絲煮繭的鐵鍋是頭號大鍋，鍋臺下燒著劈柴火，一端的木架上，橫置著好幾隻六角形的絲絡子，抽絲的師傅踏動踏板，絲絡子便碌碌的旋轉起來，他手裏拿著兩枝長長的筷形木棒，不停攪動傾入鍋中的蠶繭，繭絲便被攪出來，纏在木棒的尖端，他再把那些絲引接到旋動的絲絡上去。

絲抽光了，褐色的蠶蛹便浮在沸水上，另有助手用漏杓舀出牠們，放在木桶裏，新鮮的蠶蛹，是美味的菜餚，用醬油麻油等佐料拌了吃，非常可口，如果把牠們曬乾，加鹽和胡椒粉炒了吃，更是別有風味。

這些初次抽在絲絡上的絲，亂而硬，俗稱生絲，必須再經加工和煮染，才會變為織用的熟絲或是五顏六色的絲線。

每次賣繭時，我們都會留下一些繭來，等繭中的蠶蛹變成蠶蛾了，咬破繭殼出來，公母交配，使母蛾產卵，我們也使用硬紙板，把產卵的母蛾罩在玻璃杯下面，使牠們產的卵聚佈成一圈圈圓形，這種自製的蠶紙俗稱土蠶紙，孵化率較低些，但照樣可以作為下一季育蠶之用。

童年的門在戰亂中關上，身後一切的光景，都祇能在記憶裏找尋了。我多麼思戀著桑林遍佈的故鄉原野，纍纍垂掛的桑椹，紫的，紅的，透著特殊的香味，我也常想起一朵朵豔麗的繭花，童年就是那麼的錦繡。

如今，五姥姥，母親和舅母，都早已辭世了，大表姊音訊全無，生死茫茫，我在島上憑牕獨坐著，一陣癡呆裏，竟憶及一闋詞的斷章……千里孤墳，何處訴淒涼？

而這份黯然的情懷，怎樣對孩子們去解說呢？有一天，當妖氛掃盡，我仍願重拾耕讀桑麻的歲月，讓兒孫們能重拾我當年領略過的歡情。

——六十五年十月·臺北市

撿遺集

兒時所經歷的若干事物，由於時隔久遠，泰半無復記憶了。偶爾在燈下沈思，喚回一些印象，撿拾一些遺忘，心裏便有說不出的慰安。描摹那些古老的事物，究竟具有怎樣的意義呢？我祇明白那是我生命本體的一部份，它們都曾扶持我生長。

絞臉

拐磨花盛放的黃昏，幾個婦人們坐在霞光裏，彼此絞臉，那也該說是修整面容罷。工具祇是一支環結的棉紗線，扭成三股兒，一股啣在嘴裏，另兩股分持在手上，利用線的擰絞，絞去對方臉額和髮鬢間的細小汗毛，使臉部顯得朗麗些。那時刻，鄉下的剃頭擔子和街上的剃頭店，都純做男人們生意，婦女們祇有自己美容了。

而絞臉的事，唯有已婚的婦人們才做，鄉下把婦人稱為開過臉的，至於沒出閣的閨女，一臉的細小汗毛，要等到出閣的時辰才能被絞臉。第一次絞臉，通常稱為開臉，表示那之後，再不是黃花姑娘了！也許因為閨女們不絞臉的緣故罷，黃毛丫頭的稱謂，想必有些因由的了。

無論替人絞臉的人技術有多高明，用伸縮紐絞的棉線，絞去臉上的汗毛，總不及剃刀輕刮那麼舒適罷？隨著美容術日新月異的增長，這種絞臉的事，如今早成為絕響了。但我總懷念著她們黃昏聚集時，一面絞臉一面談笑的那種消閒和怡然。

剪花樣的婦人

無論在哪個季節，賣花樣的婦人，總會沿街或沿村叫賣著她所剪的花樣兒，不論是紅紙剪成的，喜氣洋溢的牕花，或是鞋頭花，襪底花，枕頭花和床披花，她都能迅速的按照對方的意思剪出來。桃花、櫻花、梅花、菊花，都是最習見的，畫龍，描鳳，觀音抱子，劉海戲金蟾，麒麟和獅虎，貓和兔，也全是人們比較熟悉的花樣兒。

剪花樣的婦人，通常祇挽著一隻編織精緻的細柳籃子，籃裏放著剪成的花樣本兒，一把小巧的剪刀和一疊白紙，如果揀現成的，那簡單，丟幾個銅子便能立時取得所要的花樣兒了；假如指定她現剪，價格略高些。剪花樣的婦人動起剪刀來，竟那麼熟悉，那麼靈巧，根本不用描樣，再依樣畫葫蘆的剪，她會直接把顧主所要的花樣，很快的用白紙剪出來。

我不懂為什麼那年代裏的人們，怎麼會那麼喜歡描花繡朵？即使最貧最苦的人家，也不會丟開針線，有時候，刺繡是一門很好的行業，也許人們喜歡各式的花樣兒，和喜歡自然有關罷？如今姑娘們出嫁，講的是學歷品貌，那時刻，講溫順，講家事的勤惰和針線的出色與否？從精細的針線，也可以看出傳統性的生活教養來。

剪花婦的面貌很平庸，和北方一般婦女，沒有什麼顯著的不同，但她所剪的花樣，是那樣的均勻靈秀，她用纖巧的手指運剪時，各種花形花態，應剪而生，那會使人看得癡癡迷迷的，彷彿她不是在剪花，而是變一項神奇的魔術。她把各種花樣，帶進無數人家，同一種花樣，經過刺繡、配色，便顯出誰的精緻，誰的粗疏來，婦女比鞋頭，初婚的男人比襪底，已成為一種自然的習慣，那片花的世界，使人久久緬懷著。

而那並非是縹緲的夢，剪花樣的婦人，確曾在這世界上活過。

表姊

表姊和我相處在一起的日子並不多，她的臉廓我已經難以描摹了，她梳的是當時很流行的童話頭，額間垂著一排短而密的劉海，這我倒記得很清楚。

她大我五六歲，凡事都比我懂得多，她對比她小一截的孩子們很有耐心，也極和藹，除了領我們作功課，做遊戲，教我們唱歌，還教會我製作很多的玩意兒。

到郊野上去採摘大把的狗尾草，她能編成一隻毛茸茸的小狗；她會用木籤插起紫色的蠶豆花，做成一隻猴子；用圓形的地瓜片和成熟的扁豆莢，做成用線牽著滾動的車；會用麥管分出多叉型的吹管，吹著豆子跳舞；會用很熟練的手法玩瓦彈兒，一面玩著，一面柔聲的唱：

數頭城喲，數了頭城，到二城啦！……

舅母罵她上中學了，還樂著做小孩頭（即首領之意）。她不作聲，祇管露出整齊的牙齒笑，過後，她仍帶著我們玩更多更新鮮的事。用麥管編扇子，織涼帽，摺紙船，摺飛機和仙鶴，或是在夜晚的燈下打手影兒，說謎語讓我們猜……在我的感覺裏，她是多采多姿的，凡是她教我們做的，無一不迷人。不過，過完暑假，她就離開我，到遠地上學去了。

當我更大些的時候，表姊又來家住過一段日子；她教我畫畫兒，編織叫哥哥的彩籠子，她更能用香煙盒製成六角形的匣子，那是飼養金鈴子用的。她逐漸的文雅起來，帶給我許多有趣的書本和畫冊，那些益智的少年讀物，經她詳細講解，使我獲得太多的益處。

不久，戰亂的風把我們吹開了，一直就沒再見過。抗戰時，聽說她在皖北，勝利後，她在東北聯大，我來臺後，聽說她陷在東北的陰平。幾十年的歲月流轉，誰知她際遇如何？又流落何方呢？在早已關閉了的童年的黑門那邊，她曾是我心目裏的神，我怎樣也不會料想到，這一生當中，她祇留給我一個夢，一份永恒的懷念和感傷。

叫賣

記憶裏的許多叫賣聲，仍在響著。一個賣水蘿蔔的挑著方形的擔子，擔裏放有一把把桃紅色的水蘿蔔、紫蘿蔔和透青的蘿蔔。那人個子瘦小，有一隻很紅又多孔的酒糟鼻子，喜歡和孩子說笑話，有些像京戲裏的白鼻子小丑，不過他的鼻子是紅通通的罷了。清早賣櫻桃的姑娘，聽說長得很標緻，但我從來沒有見過，祇常在初醒的朦朧中聽過她曼聲的叫喚，有波有浪，像一支曼妙的歌。賣豆腐乳的老頭是個異鄉人，他每天衹賣一籃子貨，籃子有蓋，裏面放了有格的圓形磁器，香乳、鼻乳、香干、臭干、素雞，都分開放置著，他的動作緩慢沈穩，不喜歡開口說話，除了那種低沈粗濁、一成不變的叫賣聲，有關他的身世、經歷和過往的遭遇，他從沒提過隻字，他是個孤獨又古怪的老人，幾十年來，我嘗過千家腐乳，沒有誰比他製作得更好。

夜更深沈時，賣胡椒辣湯的擔子出現了，玻璃方燈被熱霧蒸得暈暈的，辣湯的材料，以如今看來很尋常，也不過是豆腐、豬血、粉絲、蛋花和肉絲，但他調製的佐料很特別，又辣得恰到好處，賣辣湯的老鄭常常自誇他的辣湯是世上的珍品，當時我很難信服，不過，事隔半生，我仍記得那辣湯的滋味，足見他所言非虛了。

無論是清晨、午間和夜晚，叫賣者的聲音總常在街巷間流轉著，鏟刀磨剪的，補鍋釘碗的，賣花的，賣時新果蔬的，賣古物字畫的，賣各種吃食的，這些人多半是起五更睡半夜的苦人。還有更多在江湖上漂泊的人物，賣燈草的，賣碗碟的，挑著竹架賣唱本兒的，賣花刀花槍泥雞泥人的，叫賣聲飄過，有經驗的能立即分出這是老賣家，那是初出道的新手——因為他們叫賣聲生硬，不自然，又帶著些不慣拋頭露面的羞怯。

不過，北方那些叫賣者，叫賣聲很夠藝術，有些音節軟柔，帶著特有的韻致，有些更美得像是曼聲的歌吟，賣麥芽糖的常用買一塊饒一塊，騙空我的口袋；吹糖人的，更能吹出各式各樣的糖人來引誘孩童。一次，我見他吹出一雙躺在鴉片榻上，瘦骨如柴的煙鬼夫妻，生動的表情和駭人的形象，使鎮上幾根老煙槍戒了煙。如今想來，他該算是極為出色的民間藝術家，一面交易維生，兼能達到移風易俗的功能，那太難得了。

也許童年時和那許多叫賣者結緣的關係罷，如今我深夜為文，對在夜寒中以叫賣維生的人，特別有一種同情之感，即使不需要，也會喚住他們，買點兒什麼，藉此和他們談談，杜詩云：「安得廣廈千萬間，大庇天下寒士俱歡顏。」也許正是我當時心情的寫照罷！

但如今強揿門鈴，糾纏不去，或以錄音機加擴大器，以假貨騙人且大吹法螺的惡性叫賣者，比比皆是，正因此輩面目可憎，市儈氣習太濃，倒使人不得不慨然懷古了！

靈像

瞑目想來，時光真是奇妙，它輪輾過歲月，使人的記憶產生了巨大的變化，有些雖沒全然遺忘，但也逐漸轉為玄黑，儘管極力思索，也朦朧難辨了！有些逐漸煙黃，愈久愈淡，最後竟成為一些淡影，想從記憶中撈取，記憶如水，筆尖如石，投石於水，撈得的，也祇是零星一握罷？無論如何，它總比水中撈月要真實一些，片段也好，零星也好，總能描出些影廓來，那些內心感覺的圖景，無以名之，姑稱它為靈像罷！

兒時常發寒熱，滿腦嗡嗚著，身子像在雲裏穿梭，飄然的空和軟，使人陷在裏面，那時，母親便會把一面圓鏡平放在桌面上，手捏一枚古銅錢，試著把那枚銅錢站立在鏡面上，每試一次，就會念念有詞的叫出一個已經逝去的長輩的名字，因她相信小兒寒熱，是有鬼魂作祟。是誰在作祟？要看銅錢是否站立不倒來判別。她在禱告著站錢時，一臉憂惶的神情和懇求的聲音，一幅畫般的影陳在我的心裏，雖已煙黃沈黯了，我心靈的眼還能看得見。

這些圖景多半互無關聯的；在一間破茅屋裏，我看過一個白髮的老婦人在搖著一隻舊紡車，紡紗車一端，是六角形的竹片紮成的輪子，另一端是旋軸，棉花經過旋軸，變成紗線，旋轉到竹輪的架子上去，紗線的粗細，幾乎全靠捏著棉花的拇食兩指來控制，手搖紡車紡出的棉紗，俗稱土紗，由於紗質不夠均勻緊密，祇能以很低廉的價格，賣給人去織成窄機土布（布的口面僅有二尺）。那老婦人很有耐心的搖著紡紗車，旋軸滾動聲沙沙的，尤其在霜濃月白的秋天，風嘆噫著，灌木叢裏紡織娘的鳴聲帶著寒意，和紗車聲相融，充滿淒涼的情韻。彷彿她紡的不是白紗，而是她本身充滿回憶的往昔，或是她僅有的一點存活的歲月，那該是一首詩，或是一個故事，祇有她自己知道它的內容。……更多人的一生，不都是以不同的方式度過的麼？

人被裝在一隻長方匣子裏擡出去，葬在土裏，就該是完了麼？在鄉野上，人們並不那麼想。出葬時，一路點燃蘆桿交叉紮成的火把，俗稱散燈，說那是為幽魂照路的。秋七月裏過鬼節，人們競放河燈，也具有同樣的意念。河燈有很多的花樣和型式，有蟹殼盞，蓮花燈，屋形燈，油紙糊成的船燈……那樣浮漾遠去的燈影，使人覺得陰與陽，人與鬼，人世與幽冥，在人的精神上，藉著關愛而融契無間了。真正算來，那年代並不久遠，不過，那種古老年代的感覺，如今很難再從現社會裏感覺到了。今天的生活，是一種現實的匆忙，生活的計算；所謂悼念，大多成為應景式的禮俗，屬於社交生活的一部份。我記憶裏的燈，彷彿不是燈，而是農業社會中，鄉野人們明亮而溫暖的心，那要比知識更有價值。

從茫茫人海裏去尋找些點亮的心燈罷！當我獨自撿起這些片段的遺忘，不覺這樣喃喃自語起來，彷彿時光真的倒流，我又活回去了。活成一個白髮的孩童，畢竟是很奇妙的事情，至少，在感覺上確是如此的。

這種靈像，怕祇能畫在心上了！

——六十五年十月・臺北市

風聲

記不清哪年哪月了，在浪途上聽人哼唱過一首歌，其中一節音韻哀沈，依稀記得是：曠野風聲，曠野風聲，你懷不懷念你故鄉的風聲？……來到另一個城市，聽到老式的留聲機轉盤上旋出同樣的歌，情韻更為淒切，也許身如隨風落葉，離鄉更遠的緣故罷，感情上的認定，多半是和當時的心境有關的，這許多年來，我曾深深緬憶過故鄉的曠野，曠野上的風聲。

鄉間的宅院，被許多古木圍繞著，大多是桑槐榆柳之屬。據祖母說，這些樹木，有一些是她嫁來後補植的，也有五十多年的樹齡了。我不知道真正的風聲究竟是怎樣一種聲音？當風走過樹叢，走過屋簷，走過池沼和蘆地的時刻，它們便會迸出高低不同音韻殊異的歌吟來，你如果認真諦聽，更仔細去辨別，你能聽出枝和葉的擊響，簷瓦的流咽，風鈴的搖曳，水波的拍岸，蘆葦的嘆噫；但在恍惚間，一些不同的聲音便綜合起來，融匯成一種自然的音韻，這全是由風所孕化。

在北方，季節的分割極為明顯，因此，風在人的感覺裏也具有不同的容貌，春風是軟柔的，你開闔手掌去捉風，握住的像一團棉，無形的風會藉著春野顯現出它的容貌來，草的波，麥的浪，牽風起舞的柳線，都使人感覺風的軟柔，這種拂面不寒的春風，幾乎是沒有聲音的，偶爾它會在初生的葉簇間密語，忽又附在風箏的弦上，發出輕輕細細的嗡鳴，當帶著風哨的鴿群飛起間，它卻匿在雲端，快樂的唱著夢意的歌了。夜來時，它在牕外徘徊著，風聲輕悄的起落，一如靈貓的腳爪，有時彈著油紙牕，有時又屏息了，一個母親在她的愛嬰欲睡時，悄立搖籃邊所顯露的、默含愛意的神情，也許能作春風的寫照罷？春野是它的搖籃，碧意連天的萬物是她的愛嬰。你曾否憶及童年，你欲睡之際，輕撫你柔髮的母親的手掌呢？欲歇的眠歌在你耳際，又彷彿遠在天邊，……春風給人的感覺，常和人間的摯愛相融，使記憶也柔軟如流蜜，灌入人的靈腑。

夏季的風總是流盪無定的，有時走過曠野，灌木與禾田，像酒意醺醺的醉漢，噴騰出濃郁的泥土和稼禾混融的氣味。有時它入睡了，留下烈日蒸蔚著大地，在凝止的雲翅上，也覓不著它的影子，人們用各種扇子想把它搖醒，祇搖出些習習的鼾聲。它總愛沈睡到黃昏日落的時刻，方自醒轉來，為人間帶來一分涼意。夏季的晚風，通常多是無聲的，若說有，也祇偶爾發出一陣短促的含著歉意的低吁，彷彿對那些在烈日下工作的人們，未能盡上力而抱有愧意。有時候，當暴風雨來臨時，它會突然逞性而來，吹得沙飛石走，葉簇飛翻，不過，人們喜雨的欣悅和雨前風相似，也就把這種風勢風聲，當成瀟灑之姿了。

真正使人緬懷的，倒是秋冬季的風聲，天上地下，一片風的吟嘯，彷彿瀰漫了整個世界，如果你生長在那片風聲繞耳的土地上，你自會銘心刻骨的記取那種聲音，榆枝上的風聲，絕不同於柳枝上的風聲，梧桐的吟嘯也不同於白楊樹上鈴葉的蕭蕭，落葉的夜語，鐵馬的叮噹，都融化在生命成長的感受裏，使你自覺是原野的孩子，你的思想、意識和感情，都深受著它的影響，那不是輸灌和教誨，無需經由人類的語言，直接的賦給人一分靈明的悟性。你踏著入晚的初霜，奔在落葉游舞的林道上，或是經過蘆絮如煙的野地，棍打的西風會使你想到溫柔的、亮著燈火的家宅。人，畢竟不是落葉，即使你倚著一棵樹，聽巢中鳥雀在風吼的世界上低語，你也會明白沒有寒風，便顯示不出窩巢的溫暖。

風聲

每年總有風聲滿耳的寒秋，人們忙著撿枯枝，掃落葉，使秋糧入甕，或是抽閒整修宅院，整補豬欄和畜棚，為的是安守他們辛苦營建的，生活的窩巢，這全是自然帶給他們的，原始的願望，風千年萬載的吹著，這種願望也跟著世代相沿，永無更改，誰說秋風真是肅殺無情的呢？前人有謂：秋是使人增長智慧的季節，我這愚魯之人，倒有深深的同感呢！

若說秋風喚起人思鄉戀宅之情，那麼，凜冽如刀，冰寒割臉的冬風，更易使安守家宅、享受爐火的人們，關心室外的飄泊和孤寒了！北風是尖勁的，它劃過枯枝和冰凍的簷鈴，發出一陣更比一陣淒厲綿長的銳嘯——彌天蓋地的呼鳴，尤其在漆黑的夜晚，風聲匯成感覺中澎湃的海洋，更給人以鬼怪妖魔和虎豹狼熊的聯想，那也許是童年期的敏感罷？自覺屋外的黑夜和風聲雖然可怕，但總被家宅的門擋著，而那些離家趕路的人怎樣呢？寒風吹透他們的衣裳，使他們佝僂著身子，瑟瑟顫抖著，夜正深，路正長，他們心上壓著家鄉的一口井，要走向何處呢?!……那倒不光是幻覺，每年冬天，總會聽著些無家可歸的流浪人凍倒在冰雪裏的事，使人滿心潮溼。

有一天，自己竟也踏著冰雪，把呼嘯的風聲掛在耳上，陷入陌生的曠野和無盡的長途了，這才想到：做一個一生守著家宅聽風的人，真是可慕的福分。感情上的依戀是一回事，生不逢辰的慨嘆也屬多餘，身當戰亂之世，一切理想的生活——即使是最卑微平凡的願望，也要透過理性，穿過艱難去求取的。

總走在寒風中曠野上的人真那樣孤單嘛？我們在童年曾關切過他們，焉知下一代的孩子，不在家宅為我們祝禱呢？自然所孕育的人性，才真是永恆的。

——六十二年九月・臺北市

附錄

司馬中原寫作年表

一九三三年　二月二日生於江蘇省淮陰縣

一九五〇年（18歲）　以中篇小說〈小疤〉獲「中華文藝獎金」

一九五六年（24歲）　中篇小說集《山靈》出版（香港：正文出版社）

一九五九年（27歲）　短篇小說集《春雷》出版（青白出版社）

一九六三年（31歲）　長篇小說《荒原》（高雄：大業書店）、短篇《加拉猛之墓》出版（臺北：文星出版社）

一九六四年（32歲）　以《荒原》獲第一屆「全國青年文藝獎」
短篇小說集《靈語》（高雄：大業書店）、長篇《魔夜》出版（臺北：皇冠雜誌社）

一九六五年（33歲）傳記《雷神》出版（臺北：幼獅文化）

一九六六年（34歲）起草一系列鄉野小說，開始由皇冠雜誌連載

一九六七年（35歲）獲「教育部文藝獎」

長篇小說《狂風沙》上、下冊出版（臺北：皇冠雜誌社）

一九六八年（36歲）長篇小說《驟雨》（臺北：水牛出版社）、《青春行》出版（臺北：皇冠雜誌社）

一九六九年（37歲）短篇小說集《石鼓莊》（臺北：皇冠雜誌社）、《十音鑼》出版（臺北：林白出版社）

一九七〇年（38歲）中篇小說《路客與刀客》、《紅絲鳳》、《煙雲》，長篇《綠楊村》、《啼鳴鳥》出版（臺北：皇冠雜誌社），長篇《巨漩》、《刀兵塚》出版（臺北：落花生出版社）

一九七一年（39歲）獲第九屆「全國十大傑出青年金手獎」

短篇小說集《荒鄉異聞》、中篇《天網》出版（臺北：皇冠出版社）

一九七二年（40歲）中篇小說集《十八里旱湖》（臺北：皇冠出版社）、《餓狼》

出版（臺北：陸軍總司令部）

一九七三年（41歲）　短篇小說集《遇邪記》出版（臺北：皇冠雜誌社），《荒原》重新出版（臺北：皇冠出版社）

一九七四年（42歲）　長篇小說《狼煙》、《凌煙閣外》出版（臺北：華欣文化），短篇《復仇》（臺北：皇冠出版社）、《呆虎傳》出版（臺北：皇冠雜誌社）

一九七五年（43歲）　《司馬中原自選集》出版（臺北：黎明文化），長篇小說《流星雨》（臺北：水芙蓉出版社）、《割緣》出版（臺北：皇冠雜誌社），短篇《霜天》出版（臺北：大地出版社）

一九七六年（44歲）　散文集《雲上的聲音》出版（臺北：源成文物），短篇小說集《闖將》、《野狼嗥月》（臺北：皇冠出版社）、《狼神》出版（臺北：源成文物），長篇《巫蠱》（臺北：皇冠出版社）、《丹妮的祕書》出版（臺北：林白出版社）

一九七七年（45歲）　散文集《鄉思井》出版（臺北：皇冠雜誌社）

一九七八年（46歲）　散文集《月光河》出版（臺北：九歌出版社），長篇小說《靈

河》（臺北：皇冠出版社）、短篇《挑燈練膽》出版（臺北：皇冠雜誌社）

一九七九年（47歲） 長篇小說《失去監獄的囚犯》第一冊（臺北：皇冠雜誌社）、《生命的故事》出版（臺北：皇冠出版社）

一九八〇年（48歲） 獲「聯合報小說獎特別貢獻獎」

與心岱合著散文集《他，為什麼要活下去》（臺北：皇冠雜誌社），長篇小說《失去監獄的囚犯》第二冊（臺北：皇冠雜誌社）、《孽種》、《復仇》、《天網》出版（臺北：皇冠出版社）

一九八一年（49歲） 散文集《駝鈴》（臺北：九歌出版社）、長篇小說《失去監獄的囚犯》第三冊出版（臺北：皇冠雜誌社）

一九八二年（50歲） 長篇小說《湘東野話》出版（臺北：皇冠出版社）

一九八三年（51歲） 散文集《精神之劍》（臺北：九歌出版社）、小說《迷離瑪麗》出版（臺北：皇冠出版社）

一九八四年（52歲） 小說集《愛的故事》出版（臺北：宇宙光出版社）

一九八五年（53歲） 長篇小說《春遲》出版（臺北：九歌出版社），短篇小說《啖

頭記》（臺北：皇冠雜誌社）、《野市》出版（臺北：學英文化），傳記《喻培倫》出版（臺北：金蘭出版社）

一九八六年（54歲）　以《春遲》獲「國家文藝獎」

散文集《俠與劍》（臺北：省訓團）、《無弦琴》出版（臺北：皇冠出版社），短篇小說集《寒食雨》出版（臺北：九歌出版社），《刀兵塚》、《流星雨》重新出版（臺北：皇冠出版社）

一九八七年（55歲）　散文集《抱一把胡琴》出版（南投：省訓團），長篇小說《龍飛記》（臺北：皇冠出版社）、《游俠風雲》、《邊城駝鈴》出版（臺北：號角出版社），《巨漩》重新出版（臺北：皇冠出版社）

一九八八年（56歲）　散文集《滄桑》出版（臺北：駿馬出版社），短篇小說集《鬼話》（臺北：皇冠出版社）、長篇《狐變》出版（臺北：林白出版社）

一九八九年（57歲）　短篇小說集《吸血的疆屍》出版（臺北：皇冠出版社），《流

星雨》重新出版（臺北：稻田出版社）

一九九〇年（58歲）短篇小說集《藏魂罈子》（臺北：皇冠雜誌社）、《夢緣：姻緣傳奇》（臺北：皇冠出版社）、《台灣江湖行》出版（臺北：台灣新生報）

一九九二年（60歲）散文集《和你聊天》、《寄望昇歌》出版（臺北：皇冠文學），《驟雨》重新出版（臺北：皇冠文學）

一九九三年（61歲）散文集《滄桑》重新出版（臺北：皇冠文學）

一九九四年（62歲）長篇小說《醫院鬼話》出版（臺北：皇冠文學）

二〇〇二年（70歲）散文精選集《老爬蟲的告白》出版（臺北：九歌出版社）

二〇〇五年（73歲）散文集《月光河》重排新版出版（臺北：九歌出版社）

二〇〇六年（74歲）童話集《司馬中原童話》出版（臺北：九歌出版社），長篇小說《狂風沙》、《荒原》新版出版（臺北：風雲時代）

二〇〇七年（75歲）短篇小說集《月桂和九斤兒》、《紅絲鳳》、《斧頭和魚缸》、《路客與刀客》，長篇小說集《祝老三的趣話》、《鬥狐》、《曠園老屋》、《獾之獵》出版（臺北：風雲時代）

二〇〇八年（76歲）　短篇小說集《大黑蛾》、《冰窟窿》、長篇小說《刀冰塚》、《荒鄉異聞》、《流星雨》、《闖將》、《湘東野話》出版（臺北：風雲時代）

二〇〇九年（77歲）　兒童文學《司馬爺爺說鄉野傳奇》，散文《司馬中原笑談人生》出版（臺北：九歌出版社），短篇小說集《遇邪記》、《六角井夜譚》，長篇小說《最後的反攻》出版（臺北：風雲時代）

二〇一〇年（78歲）　散文集《司馬中原鬼靈經》（臺北：九歌出版社），短篇小說集《靈異》、《焚圖記》出版（臺北：風雲時代）

二〇一一年（79歲）　長篇小說《龍飛記》、《狼煙》出版（臺北：風雲時代）

二〇一二年（80歲）　長篇小說《狂風沙》（收藏紀念版）、《狐變》，短篇小說集《巨漩》出版（臺北：風雲時代）

二〇一三年（81歲）　長篇小說《挑燈練膽》出版（臺北：風雲時代），散文精選集《老爬蟲的告白》增訂新版（臺北：九歌出版社）

司馬中原作品重要評論索引

評論文章	評論者	原載處	原載日期
雄豪奔放之外的閒情與寧靜——讀司馬中原的「閒與靜」	沈　謙	幼獅文藝	
款步於《荒原》內外——兼論司馬中原之新感覺「表現」	魏子雲	皇冠	一九六四年二月
評司馬中原的《荒原》	趙滋蕃	幼獅文藝	一九六五年二月
眞作家，好作品——試評司馬中原《啼明鳥》	詩　錚	臺灣新聞報	一九六九年四月十一日
《靈語》的感受	趙海濤	中央日報	一九七〇年十二月十三日
創作與年齡——從司馬中原當選傑出青年說起	梅　新	中華日報	一九七一年十一月二十二日

司馬中原作品重要評論索引

篇名	作者	刊物	日期
司馬中原的語言——《荒原》與《狂風沙》	魏　闕	幼獅文藝	一九七一年十二月
藝術家的心靈顯像——論司馬中原《青春行》	孫瑋芒	書評書目	一九七四年四月
談談《秉燭夜譚》《遇邪記》讀後	桂文亞	皇冠	一九七四年五月
談司馬中原的《黎明列車》	大　荒	中華文藝	一九七四年七月
《狼煙》所給我的	朱西寧	中華文藝	一九七四年十月
司馬中原的英雄衰亡與昇揚	高全之	幼獅文藝	一九七五年十月
司馬中原筆下震撼山野的哀痛	齊邦媛	中國現代作家論	一九七六年十月
傳奇故事《遇邪記》	桂文亞	橄欖的滋味	一九七七年四月
司馬中原的世界	姜　穆	文藝月刊	一九七八年四月
從《月光河》看司馬中原	宋　瑞	臺灣新聞報	一九七八年十一月二十六日
獨釣歷史的惆悵——淺談司馬中原的《月光河》	張　默	臺灣時報	一九七八年十二月二十三日

讀《月光河》有感	張拓蕪	臺灣新生報	一九七九年一月十四日
中原北望——字字血淚的《狂風沙》	方念國	民眾日報	一九七九年五月八日
故國西風——讀司馬中原的《鄉思井》	郭明福	新文藝	一九七九年十一月
靜寂的奔湧——談司馬中原《月光河》	羊　牧	中華日報	一九八〇年八月二十日
擁抱生命的人	朱星鶴	國魂	一九八〇年九月
中國土地一支雄渾溫厚的歌——讀《月光河》	謝惠香	書評書目	一九八一年
由《流星雨》談司馬中原的小說世界	陳明智	文壇	一九八一年七月
英雄與英雄崇拜——讀司馬中原《失去監獄的囚犯》	林佩芬	中央日報	一九八二年五月十六日
爲苦難的國家寫史作註——側寫司馬中原及其作品	姜　穆	文訊	一九八三年十月

司馬中原作品重要評論索引

夜聽《靈語》	南　鵠	臺灣新聞報	一九八三年十月八日
詞句美、情感眞 ——司馬中原的《精神之劍》讀後	林貞羊	中華日報	一九八三年十一月十一日
從眞情出發的作品	余　我	中華日報	一九八五年九月十一日
刀兵的省思 ——讀司馬中原《刀兵塚》有感	尼　洛	文訊	一九八六年十月
司馬中原的《山》 ——化戾氣致祥和的駝背老爹	張素貞	細讀現代小說	一九八六年十月
跨越宿命的戀歌 ——讀司馬中原《春遲》	火　宿	中華日報	一九八七年二月二十三日
擡轎走出《狂風沙》	齊邦媛	千年之淚	一九九〇年七月
具象化的鄉愁 ——司馬中原與《紅絲風》	王震亞	臺灣小說二十家	一九九三年
既返鄉又浪遊的弔詭旅程 ——司馬中原的《荒原》	楊　照	自由時報	一九九八年一月二日

水晶子的悲劇	保　真	中華日報	一九九八年四月二十八日
南森與美倩	保　真	中華日報	一九九八年五月二十日
既返鄉又浪遊的弔詭旅程——司馬中原的《荒原》	楊　照	自由時報	一九九八年一月二日
槍和火的無情世界	楊　照	中國時報	一九九九年一月十二日
司馬中原舊作，啼明鳥新出版	江中明	聯合報	一九九九年四月二十七日
司馬中原的《荒原》	林少雯	中央日報	一九九九年十月三十日
說鬼的司馬中原，開始說童話	陳希林	中國時報	二〇〇六年五月十二日

名家名著選25

老爬蟲的告白

著者	司馬中原
發行人	蔡文甫
出版發行	九歌出版社有限公司
	臺北市105八德路3段12巷57弄40號
	電話／02-25776564・傳真／02-25789205
	郵政劃撥／0112295-1
九歌文學網	www.chiuko.com.tw
印刷	晨捷印製股份有限公司
法律顧問	龍躍天律師・蕭雄淋律師・董安丹律師
初版	2002（民國91）年10月10日
增訂新版	2013（民國102）年5月
定價	**300元**

書號	0107025
ISBN	978-957-444-881-4

（缺頁、破損或裝訂錯誤，請寄回本公司更換）

國家圖書館出版品預行編目資料

老爬蟲的告白 / 司馬中原著. – 增訂新版.
--臺北市：九歌, 民102.05
面； 公分. -- (名家名著選 ; 25)

ISBN 978-957-444-881-4(平裝)

855　　　　102006192